BEAUTIFUL MONSTERS

LIEBE IST
TÖDLICH

Katy Raze

Erstausgabe September 2024
Alle Rechte vorbehalten!

Impressum:
Katy Raze
c/o JENBACHMEDIA
Grünthal 109
83064 Raubling

Cover: Marie Graßhoff
Korrektorat: Holly O'Rilley

katyraze@web.de
Verlag: BoD · Books on Demand GmbH, In de Tarpen 42, 22848 Norderstedt
Druck: Libri Plureos GmbH, Friedensallee 273, 22763 Hamburg
ISBN: 978-3-7597-9440-6

RÜCKBLICK

Wenn du stirbst und der Teufel dir eine zweite Chance gibt, erfolgt dies niemals ohne einen Preis. Töte, was du am meisten liebst, und kehre als Incubus zurück, der sich von Leidenschaft und menschlicher Lebensenergie ernährt.

Emilio Diaz hat diesen Deal des Teufels angenommen und versucht seitdem krampfhaft, sein altes, menschliches Leben aufrechtzuerhalten. Die Jagdausflüge mit seinem Rudel sind das einzige, das er seiner dämonischen Seite zugesteht. Doch eine verhängnisvolle Nacht ändert alles, als nicht nur er, sondern auch die beiden anderen Incubi seines Rudels ohne jegliche Erinnerungen aufwachen. Alles hängt mit Landon zusammen, dem jungen Mann mit den unschuldigen blauen Augen, der, wie Emilio entsetzt feststellt, ausgerechnet seine Uni besucht.

Um mehr über Landons Absichten herauszufinden, freundet Emilio sich mit ihm an, verführt ihn und merkt schnell, wie stark die gegenseitige Anziehungskraft ist. Währenddessen macht auch Kilian sich auf eigene Faust auf die Suche und nahezu zeitgleich finden sie heraus, dass sich in ihrer Stadt Dämonenjäger formieren. Ihr Anführer ist niemand geringeres als Timothy Grayson – Pfarrer und Landons Adoptivvater.

Emilio ist inzwischen so sehr von Landon eingenommen, dass er nicht glauben kann, dass sie auf verfeindeten Seiten stehen sollen, doch nach einem Angriff von Gideon, dem ältesten und mächtigsten Dämon der Stadt, kann er die Tatsache nicht mehr leugnen: Nicht nur Landon, sondern auch dessen Freunde und sogar ihr Professor sind Teil der Dämonenjäger-Einheit.

Die Ereignisse überschlagen sich und während Emilio nicht die Finger von Landon lassen kann, rückt er gleichzeitig mit seinem Rudel zusammen. Das hat zur Folge, dass zwischen Kilian und Damien, die eine gemeinsame Vergangenheit teilen und zuletzt zerstritten waren, allmählich wieder das Feuer entfacht. Auch Landon kann sich nur schwer der dämonischen Anziehungskraft des Rudels entziehen und beschließt, mehr über seine eigene Vergangenheit herausfinden zu wollen.

Dazu bittet er Kilian um Hilfe, denn Landons leiblicher Vater wurde selbst zum Incubus, als Landon noch ein Kind war. Schnell findet Kilian tatsächlich heraus, bei wem es sich um Landons leiblichen Vater handelt und nicht nur das: Auch Pater Grayson birgt einige Geheimnisse; er selbst hat damals ein Kind zur Adoption freigegeben. Dass es sich dabei um Damien handelt, kann Kilian nur spekulieren, aber die Ähnlichkeit zwischen dem Dämonenjäger und seinem Rudelanführer ist verblüffend.

Nicht nur bei den Incubi herrscht Aufruhr, auch die Jäger selbst scheinen sich zu spalten und ein

Neuankömmling veranlasst Landon dazu, misstrauisch zu werden. Wer ist Valerie Masters und was hat ausgerechnet Gideon mit der neuen Jägerin in seinen Reihen zu tun?

Emilios Affäre mit Landon wird ihm unterdessen zum Verhängnis. Eine Nachricht von Landon lockt ihn in eine Falle und so wird er von den Dämonenjägern gefangen genommen und durch einen Exorzismus gefoltert.

Kilian und Damien tun alles, um Emilio rauszuholen, doch nach einem Kampf mit den Dämonenjägern müssen sie feststellen, dass sie zu spät gekommen sind. Emilio wurde bereits von einem unbekannten Retter aus den Fängen der Dämonenjäger befreit und ist spurlos verschwunden. Resigniert müssen sie den Rückzug antreten.

Die Suche nach Emilio gerät ins Stocken, als Kilian durch einen Anruf abgelenkt wird. Sein Vater wurde angeschossen und liegt im Krankenhaus. Kilian klammert sich an die letzte verbleibende Hoffnung, doch schlussendlich bricht ihm Damien erneut das Herz. Bevor sie ein klärendes Gespräch führen können, taucht Emilio plötzlich wieder auf und sticht Damien ohne Vorwarnung ein Messer in die Brust.

Die Fronten sind verhärtet, das Rudel ist zerworfen, doch im Schatten lauert ein Feind, der es auf sie alle abgesehen hat ...

Und damit:

Willkommen zurück in der Welt der Incubi!

PROLOG

DAMIEN

Sterben ist leicht.

Schwerelos. Friedlich.

Für einen Moment zumindest.

Ich bin zweimal in meinem Leben gestorben.

Das erste Mal war ich gerade einmal achtzehn. Damals dachte ich, das richtige Leben würde jetzt erst beginnen. Raus aus dem Heim, das in den Jahren zu meiner persönlichen Hölle wurde, und rein in die Freiheit. Zwei Tage nach meinem Geburtstag bin ich den Schreien eines Mädchens gefolgt, habe sie vor ihren Peinigern gerettet, nur um von den Männern selbst brutal zusammengeschlagen und sterbend im Straßengraben zurückgelassen zu werden.

Ich spüre heute noch die pochenden Schmerzen in meinen Knochen und das nagende Gefühl von Wut und Scham, wenn ich die Augen schließe.

Dann bin ich in der *tatsächlichen* Hölle gelandet und als Lucifer mir ein Angebot unterbreitet hat, habe ich es angenommen, ohne nachzudenken.

Töte, was dich am meisten kaputtmacht.

Natürlich habe ich dieses verdammte Kinderheim niedergebrannt. Es war eine Genugtuung, diese Monster brennen zu sehen, aber ich werde niemals die Schreie der unschuldigen Kinder vergessen, die ich auf dem Gewissen habe.

Es erschien mir so unfair, gerade dann zu sterben, wenn alles bergauf gehen sollte.

Ich war egoistisch und habe mein Wohl über das dieser kleinen Menschen gestellt. Wie das Monster, das ich bin. Das ich schon war, bevor Lucifer mich zum Dämon gemacht und Gideon mich ausgebildet hatte.

Als ich das zweite Mal sterbe, ist es noch schlimmer. Ich bereue so viele Sachen. Nicht Dinge, die ich nicht getan, sondern all das, was ich angerichtet habe.

»Ich will nicht, dass es vorbei ist. Du bist die erste Person, die ich geliebt habe. Die ich liebe. Immer noch.«

Die Worte rauschen durch meinen Kopf und ich sehe nur *ihn*. Dieser verletzte Blick aus grün-gesprenkelten Augen. Die Farbe erinnert mich an einen Wald bei Morgengrauen, wenn die ersten Sonnenstrahlen des Tages durchs Blätterdach schimmern. Hoffnungsvoll, ganz im Gegensatz zu Kilian selbst, der wie ein dunkler, reißender Bach ist.

Und ich habe es geschafft, das letzte bisschen Licht aus seinen Augen zu vertreiben, als ich die Worte ausgesprochen habe.

»Ich empfinde nicht dasselbe für dich.«

Die Worte tun mehr weh als das wortwörtliche Loch in meiner Brust. Mein Körper fühlt sich wie betäubt, aber meine Gefühle sind lauter als jemals zuvor.

Schon komisch. Beim ersten Mal meines Ablebens sind all die grausamen Highlights meines kurzen Lebens wie ein Film über meine Netzhaut gebrettert. Jetzt sehe ich nur Kilian.

»Damien, bitte.« Seine Stimme dringt selbst durch die Watte in meinem Kopf. Er ist mir ganz nah, hält mich, drückt die Finger gegen mein blutendes Herz. Im wahrsten Sinne des Wortes.

Es tut mir leid.

Ich wünschte, ich könnte ihm das noch sagen. Von allem, was mir auf der Seele brennt, zumindest das.

Es tut mir so unglaublich leid, Kilian.

Meine Muskeln krampfen sich zusammen und mein Herzschlag wird dumpfer, langsamer, schwerer. Ich bekomme keine Luft mehr.

Jetzt beginnt der Teil des Sterbens, auf den einen niemand vorbereiten kann. Der Schmerz. Die Qualen eines vorbeisickernden Lebens.

Es ist nicht mehr schwerelos und friedlich.

Ein letzter, verzweifelter Kampf, den man nicht gewinnen kann. Ich habe es schon einmal versucht – und versagt.

Ich habe nicht gedacht, jemals wieder so etwas wie Normalität zu empfinden.

Doch hier bin ich nun, lausche Mr. Peddles Vorlesung und esse mit Cecily zu Mittag in der Mensa, als wäre nichts passiert. Als hätten wir nicht alle eine riesengroße Zielscheibe auf dem Rücken.

»Entspann dich, Lan«, sagt Ely zu mir, als ich später am Tag durch unsere Wohnung tigere und unaufhörlich aus dem Fenster starre. »Die Dämonen wurden wochenlang nicht mehr gesehen. Wenn sie klug sind, haben sie diese Stadt verlassen und schauen nicht zurück.«

Genau das macht mir Sorgen. Diese unheimliche Stille. Die Ruhe vor dem Sturm. Auf der anderen Seite wünsche ich mir fast, einen von ihnen zu sehen, weil ich sie auf irrationale Weise vermisse.

Mein Job war es, Emilio im Blick zu behalten, mich mit ihm anzufreunden, in seiner Nähe zu bleiben. Ich hätte nicht gedacht, dass es mir so schwerfallen würde, emotionalen Abstand zu halten. Ich meine, er ist alles, was ich verabscheue. Ein Dämon. Ein Egoist. Ein Mörder. Er und sein ganzes Rudel.

»Redest du immer noch nicht mit mir?«, fragt Ely schnaubend.

Eigentlich habe ich ihr nicht geantwortet, da ich in Gedanken versunken war, aber es stimmt, dass ich sauer auf sie bin. Immerhin war meine beste Freundin und Mitbewohnerin es, die mein Handy benutzt hat, um Mio in eine Falle zu locken. Das war nicht mit mir abgesprochen.

Der Pater ist misstrauisch geworden, als ich darum gebeten habe, in eine andere Wohnung zu ziehen. Er hat es nicht gestattet und so muss ich es weiter ertragen, in Elys Nähe zu sein. Im Moment kann ich sie wirklich nicht leiden.

»Ich glaube nicht, dass es so leicht wird«, ringe ich mir ab. »Sie werden Rache nehmen wollen.«

»Ich denke, sie werden in erster Linie damit beschäftigt sein, zu überleben«, erwidert Ely leichthin und schenkt mir ein zögerliches Lächeln. »Wollen wir zusammen in die Bibliothek, um zu lernen?«

»Nein.« Ich würde die Stille heute nicht ertragen. Ich brauche laute Musik, Farbe und Ablenkung. »Ich werde ins Atelier gehen. Ich kann dich aber auf dem Weg dorthin an der Bib absetzen.«

Ely stimmt zu und wir packen schweigend unsere Sachen. Es ist in diesen Tagen ein komisches Gefühl, den sicheren Schutz eines Gebäudes zu verlassen. Ständig sehe ich mich über die Schulter um, mein ganzer Körper ist angespannt. Es wird erst besser, als ich in meinem Atelier bin und die Tür hinter mir schließe.

Hier bin ich sicher. Ein Dämon kann unsere Räume nicht betreten, ohne ausdrücklich eingeladen zu werden. Der Pater hat nach dem *Vorfall* alle Segnungen erneuert.

Zwar bin ich geschützt vor potentiellen Angriffen, aber nicht vor meinen eigenen Gefühlen, die sich wie Maden durch meine Haut fressen. Sie sprudeln an die Oberfläche, als ich zu Stift und Papier greife und ein paar fahrige Zeichnungen anfertige. Das fühlt sich falsch an, weswegen ich es mit Pinsel und Farbe versuche.

Gesichtslose Menschen fließen auf meine Leinwand, dichter Wald und inmitten ein wild fließender See. Genau so fühle ich mich. Als würde Schwärze mich jeden Moment mitreißen, umspülen, ertränken.

»Ziemlich bedrückend, findest du nicht?«

Meine Muskeln versteifen sich, als ich die Stimme, gedämpft durch die Schaufensterscheibe des Ateliers, von draußen höre. Tief atme ich durch und bringe meinen Gesichtsausdruck unter Kontrolle, bevor ich mich herumdrehe und zu ihm blinzele.

Durch die Scheibe starrt Kilian unverhohlen in mein Atelier, den Kopf schief gelegt, die Arme vor der Brust verschränkt.

Er lebt. *Ihm geht es gut.* Ich erlaube kurz, Erleichterung durch meine Glieder fließen zu lassen, ehe die Angst überhandnimmt.

Langsam mache ich ein paar Schritte auf ihn zu, schlucke angestrengt und räuspere mich, ehe ich bemüht lässig frage: »Was tust du hier?«

Er macht eine Kopfbewegung zum Eingang. »Lass mich rein, dann sprechen wir in aller Ruhe darüber.«

Ich drehe den Schlüssel und ziehe die Tür auf, Kilian tritt zur Schwelle. Er bringt den Geruch von Kälte und Regen mich sich. Auffordernd sieht er mir in die Augen.

»Das ist nah genug«, befinde ich. Sicherlich werde ich nicht den Fehler machen, ihn hereinzubitten.

»Hast du etwa Angst vor mir?«, fragt er.

Etwas an ihm hat sich verändert. Der Spott, das Funkeln ist aus seinen Augen verschwunden. Sie sind nur noch leer und hasserfüllt.

»Was willst du?«, frage ich im Gegenzug. »Das können wir aus Distanz klären.«

»Ich will wissen, wo Emilio ist.« Kilian presst die Worte zwischen den Zähnen hervor, als würde er sich sonst an ihnen verschlucken.

Ich senke den Blick. »Ich habe keine Ahnung.«

Er hebt ruckartig die Hand, will nach mir greifen oder mich schlagen, doch seine Finger krachen gegen die unsichtbare Barriere. Verärgert zischt er auf. »Du kannst nicht ewig da drinbleiben«, prophezeit er mir.

»Und du kannst nicht ewig vor meiner Tür ausharren«, bemerke ich und sehe demonstrativ an ihm herunter. Er hat offenbar schon lange keine Energie mehr zu sich genommen. Jetzt begreife ich auch, was für eine ungewohnte Aura ihn umgibt.

Ich habe Kilian nie zuvor *hungrig* gesehen. Er strotzte immer vor Lebensenergie und Charme. Jetzt wirkt er verzweifelt und hohl, genauso leer wie seine dunkelgrünen Augen.

Mein Herz zieht sich schmerzhaft für ihn zusammen. Er hat einiges durchgemacht in den letzten Wochen.

»Es tut mir leid, übrigens«, sage ich zögerlich und schlinge die Arme um meinen Oberkörper. »Ich habe gehört, was passiert ist. Mein Beileid.«

Kilian schnaubt abfällig, senkt aber ungewohnterweise den Blick. »Das kannst du dir sparen.«

»Es tut mir leid«, wiederhole ich leise.

»Sag mir lieber, was passiert ist«, verlangt er und sieht mir wieder in die Augen. »Was habt ihr mit Emilio gemacht?«

Sacht schüttele ich den Kopf. »Ich weiß wirklich nicht, wo er ist. Ich will ja selbst ...« Ich beiße mir auf die Lippe, um die Worte zurückzuhalten.

Die Wahrheit ist, dass ich ebenfalls darauf hoffe, dass er zurückkommt. *Zu mir.* Zumindest, um mich zu schlagen und mir Vorwürfe zu machen. Vielleicht, um sich Energie bei mir abzuholen.

Mein Magen zieht sich sehnsuchtsvoll zusammen bei dem Gedanken an unsere letzte Begegnung. Es war falsch, ihn zurückzulassen. Ich wünschte, ich hätte ihn damals schon rausgeholt. Dann wäre all das gar nicht passiert.

»Habt ihr immer noch vor, ihn umzubringen?«, will Kilian wissen.

»Wir wollten nie ...«

Er rollt mit den Augen und macht eine wegwerfende Handbewegung, um mich zum Schweigen zu bringen. »Also ja«, schlussfolgert er. »Gut, dann verfolgen wir ja ausnahmsweise dasselbe Ziel.«

Hart schlucke ich. »Du würdest nicht …«

Er wendet sich ab, ohne mich anzuhören. »Kilian!«, rufe ich und wäre fast aus dem Atelier spaziert, stoppe zum Glück rechtzeitig und kralle mich an den Türrahmen.

Kilian hält tatsächlich inne und wirft einen Blick über die Schulter zu mir. »Weißt du noch, worum du mich gebeten hast?«, fragt er.

Mein Herz stolpert ein wenig. »Ja«, sage ich zögerlich.

»Ich weiß, wer dein leiblicher Vater ist. Ich bringe dich gerne persönlich zu ihm, wenn du mir Emilio lieferst.«

»Das ist nicht dein Ernst.«

»Doch. Das ist meine Bezahlung. Überleg es dir gut. Und lass dich verdammt nochmal nicht von Mio umbringen, wenn du ihn das nächste Mal siehst.«

Mit diesen Worten lässt er mich stehen, ich starre ihm noch eine ganze Weile nach, atme flach und versuche, all die Informationen zu verarbeiten, die er mir offenbart hat.

KAPITEL 2

KILIAN

In letzter Zeit erinnere ich mich immer häufiger an meine ersten Tage als Dämon. Die ersten Wochen, Monate, das erste Jahr.

Damien und ich waren uns damals so nah. Es gab nur uns beide und die abgefuckte Welt um uns herum. Ich rauche Marlboro nur so gerne, weil seine Lederjacke, die ich mir ausgeliehen und nie zurückgegeben habe, danach gerochen hat. Damien hat das Rauchen irgendwann aufgegeben und ich bin an der Sucht hängengeblieben, um diesen vertrauten Geruch um mich zu haben, der mich so sehr an ihn erinnert.

Auch jetzt inhaliere ich einen tiefen Zug, schließe die Augen und lehne mich zurück, während das Nikotin meinen Körper flutet. Wenn ich mich heute Abend in diesem Hoodie ins Bett lege, wird er nach Rauch riechen. Nach früher. Nach Damien.

»Bist du gekommen, um dich umbringen zu lassen?«, höhnt Gideon. Er hat soeben die Tür aufgestoßen und sieht auf mich herunter. »Die guten alten Zeiten, hm?«

Es stimmt, dass ich ihn eine Woche nach meiner Veränderung aufgesucht und angefleht habe, dem ein Ende zu setzen. Den Schuldgefühlen, dem Schmerz, diesem unstillbaren Hunger. Gideon hat mich netterweise vor einen Zug geworfen.

Ich spüre heute noch den heftigen Ruck durch meinen Körper ziehen, als er mich erfasst und mitgeschliffen hat.

Nun, ich bin nicht gestorben, auch wenn es sich hundertmal so angefühlt hat.

»Sei kein verdammtes Weichei!«, hat er mir nachgerufen.

Es war Damien, der mich leidend im Graben gefunden und zusammengeflickt hat.

»Gideon ist ein Arschloch«, hat er gesagt und mir seine Lederjacke zum ersten Mal über die Schultern gelegt. Schützend, wärmend. *»Wir brauchen ihn nicht, okay? Wir gründen unser eigenes Rudel.«*

Langsam richte ich mich auf und schnipse die Zigarette zu meinen Füßen, um sie auszudrücken. Mit dem letzten Rauch, der meiner Lunge entkommt, wische ich gleichzeitig die Erinnerung weg.

»Lass uns reden«, schlage ich vor.

»Es gibt nichts zu besprechen, Kilian. Verlass meinen Club und meinen verdammten Stadtteil. Wenn ich dich noch einmal hier herumlungern sehe, werde ich dich zurück in die Hölle schicken.«

»Ich bin Valerie begegnet«, rufe ich ihm hinterher, als er sich schon abwendet.

Gideons Schultern versteifen sich, er dreht sich schwungvoll wieder zu mir herum und beißt sichtlich die Zähne zusammen.

»Sie ist atemberaubend«, fahre ich fort. »Heiß. Für eine Frau meine ich.«

Blitzschnell überwindet er die Distanz.

Ich bin darauf vorbereitet, dennoch stöhne ich schmerzerfüllt, als sein Körper gegen meinen kracht. Er schiebt eine Hand schmerzhaft in meinen Nacken, mit der andere drückt er gegen meine Kehle.

»Ich würde dir ja Energie klauen, wärst du nicht schon so leer. Erbärmlich«, spuckt er mir entgegen.

»Sie ist bei den Jägern. Sie arbeitet mit ihnen zusammen«, spreche ich weiter und ignoriere, wie falsch sich seine kalte Berührung anfühlt.

»Schwachsinn!«

»Aber wahrscheinlich nicht freiwillig.«

Bei diesem Satz verändert sich etwas in seinem Gesicht, sein Griff lockert sich. Der Dämon hadert sichtlich mit sich selbst, bevor er von mir ablässt und sich wortlos umwendet. Mit festen Schritten läuft er durch die Hintertür zurück in seinen Nachtclub, lässt sie aber einen Spalt offen, statt sie zuzuknallen.

Mit einem siegessicheren Lächeln folge ich ihm, laufe durch den dunklen Gang und komme in einen basslastigen Hauptraum. Elektroklänge dröhnen durch den Boden in meinen Körper.

Gideon sitzt mit ein paar leichtbekleideten Menschen in der VIP-Lounge und starrt mir düster entgegen. Er schenkt dem Bodyguard ein Nicken, der mich daraufhin durchlässt. Erst als ich auf die rote Satinbank zusteuere, bemerke ich, dass Gideon nicht der einzige Dämon hier ist.

»Oh, hallo«, sage ich ehrlich amüsiert. Mit Clover hätte ich am wenigsten gerechnet.

Dieser rollt mit den Augen und seufzt übertrieben. »Was macht er denn hier? Das versaut mir die Lust«, beschwert er sich und scheucht die junge Frau von seinem Schoß. Sie springt erschrocken auf und stolpert zurück. Geradewegs in meine Arme.

Charmant lächelnd lege ich eine Hand an ihre Hüften, drehe sie herum und umfasse ihr Kinn, um sie zu einem Kuss heranzuziehen. Sie wehrt sich nicht, schmilzt in meine Arme und lässt zu, dass ich ihr ein wenig Energie raube.

Nach den vergangenen Tagen des Hungerns fühlt es sich an wie ein heftiger Trip, weswegen ich lieber aufhöre und sie wegschicke. Gemächlich lasse ich mich zwischen Clover und Gideon fallen.

»Gern geschehen«, sagt Letzterer ironisch. »Ich lasse dich sicher nicht umsonst in meinem Revier wildern, Kilian.«

Gespielt entspannt lehne ich mich zurück und beobachte das bunte Treiben des Nachtlebens. »Sie war eine der letzten«, beginne ich zu erzählen. »Valerie hat uns mitgeteilt, dass jemand Emilio rausgeholt hat, bevor wir dazu kamen.«

»Sie ist keine Jägerin«, wispert Gideon verärgert.

»Wir alle sollten unsere Kämpfe weise wählen«, wiederhole ich ihre Worte von jenem Tag. »Ich weiß nicht, wogegen sie kämpft, aber scheinbar ist es besser für sie, mit den Jägern zusammenzuarbeiten.«

»Habt ihr sie getötet?«, fragt er weiter.

»Nein. Sie war weg, bevor wir irgendetwas mit ihr machen konnten.«

»Du willst mir also sagen, dass du keinerlei Informationen für mich hast? Ich weiß nicht einmal, ob deine dämliche Geschichte wahr ist!«, knurrt er und scheucht die zwei Frauen weg, die sich in seine Richtung bewegen.

»Ich sage, dass jemand eindeutig etwas über Valeries Verbleib weiß.«

»Die Jäger, an die ich nicht rankomme?« Gideon klingt so frustriert, wie ich es noch nie bei ihm gehört habe. Diese Frau scheint ihm unter die Haut zu gehen.

»Emilio, für den sie offenbar während seiner Gefangenschaft bei den Jägern verantwortlich war«, erwidere ich. »Ich bin auf der Suche nach ihm und das solltest du auch sein.«

Düster schielt Gideon zu mir. »Ich soll deinen kleinen Freund finden, der eventuell mehr Informationen für mich haben kann?«

»Ganz genau. Und dann übergibst du ihn mir, damit ich ihn umbringen kann.«

»Kilian. Warte.«

Überrascht fahre ich zu Clover herum, der mir in die dunkle Seitenstraße gefolgt ist. Ich habe ihn nicht gehört, geschweige denn seine Präsenz in meinem Rücken wahrgenommen. Das sollte mir zu denken geben. Ich brauche dringend einen Energieschub.

»Was willst du?«, frage ich barsch.

Gideon hat mich vor die Tür gesetzt, nachdem ich weniger Informationen für ihn hatte, als er sich erhofft hat. Zumindest hat er mich angehört. Ziemlich sicher wird Emilio jetzt auf seinem Radar bleiben. Mein Ziel habe ich erreicht.

»Ihr habt mich in diesem Hotel einfach zurückgelassen«, beschwert Clover sich und schiebt die Hände in die Hosentaschen. Seine blonden Haare sind länger als ich sie in Erinnerung habe, einzelne Strähnen fallen ihm in die Stirn, die er mit barscher Handbewegung zurückstreift. »Gideon hat mich daraufhin wieder in sein Rudel beordert.«

Tief seufze ich und ziehe eine Zigarettenpackung heraus, nachdem das scheinbar ein längeres Gespräch wird. Wortlos halte ich Clover die Schachtel hin und zünde ihm die Kippe an. Wir beide nehmen einen Zug, bevor er weiterspricht.

»Was ist bei euch passiert?«, hakt er nach.

»Bist du jetzt Gideons kleiner Spion?«, frage ich abwertend. »Das geht dich einen Scheiß an.«

Er schnaubt. »Schon gut, dann sag es mir nicht. Aber wenn die Jäger unsere Stadt einnehmen und wie Unkraut aus dem Boden sprießen, sollten wir aufhören, uns zu bekriegen. Wir stehen auf derselben Seite, Kilian.«

»Tun wir das?« Humorlos lache ich auf. »Gideon würde jeden von uns umbringen, wenn es ihm in die Karten spielt. Und ich würde dasselbe tun.«

»Du bist nicht wie Gideon.«

Seine Worte triggern mich, auch wenn er es wie etwas Gutes klingen lässt.

»Fick dich, Michael.«

Seine Schultern versteifen sich merklich. »Das bin ich nicht«, erwidert er schroff. »Dieser Teil meines Lebens ist lange vorbei. Du gibst all das auf, wenn du zum Dämon wirst.«

Seine Worte schmerzen, weil sie mich daran erinnern, dass ich den letzten Anker zu meinem früheren, menschlichen Leben verloren habe. Es fühlt sich nicht befreiend an. Es ist wie ertrinken, nur, dass es niemals aufhört.

»Ich gehe jetzt«, entscheide ich und wende mich ab.

»Hey! Warte. Ich will mich eurem Rudel anschließen«, sagt Clover schnell und hält mich an der Schulter zurück. »Ich bin es satt, Gideons Laufbursche zu sein.«

»Es gibt kein Rudel mehr.« Ich entreiße mich seinem Griff und laufe weiter, ohne mich nochmal umzudrehen. »Jeder kämpft jetzt für sich selbst, Arschloch.«

KAPITEL 3

KILIAN

Ich sollte auf die Jagd gehen und etwas gegen die Schwäche und Müdigkeit unternehmen, aber ich bringe es nicht über mich. Stattdessen lande ich, wieder einmal, vor den Pforten des Friedhofs und kann mich nicht überwinden, hineinzugehen.

Seine Beerdigung ist über eine Woche her. Seitdem habe ich das Grab nicht mehr gesehen, auch wenn ich jeden Tag hier stehe. Wieso ist das so verdammt schwer?

»Hey.«

Die sanfte Stimme hinter mir macht mich so wütend, dass ich die Hände unwillkürlich zu Fäusten balle. Ich schwöre, hätte ich nur einen Funken Energie übrig, würde ich sie dafür aufwenden, um ihm ins Gesicht zu schlagen.

»Verpiss dich.«

»Ich wusste, dass du hier sein würdest«, spricht er unbeirrt weiter. »Wollen wir zusammen reingehen?«

Super. Jetzt muss ich mir noch die Blöße geben und eingestehen, dass ich mich nicht auf den Friedhof traue, wie ein verängstigter Fünfjähriger.

Damien tritt neben mich, ich spüre seine Präsenz überdeutlich neben mir, zwinge mich jedoch, ihn nicht anzusehen. Tausend Worte schießen durch meinen Kopf, aber am Ende sage ich nichts davon. Ich drehe mich einfach herum und fliehe, wie ich es so oft tue. Meine Füße tragen mich über den Parkplatz zu dem kleinen Park in der Nähe.

»Kian, warte.« Damien folgt mir mit schnellen Schritten. Als er nach meiner Schulter greift wie Clover vorhin, drehe ich durch. Knurrend schubse ich ihn von mir, Damien stolpert und kracht gegen einen Baum.

Mein Herz zieht schmerzhaft, aber ich kann nicht anders. Seine Berührung macht mich verrückt.

»Hör auf, okay«, bitte ich ihn, bemüht um einen ruhigen Tonfall.

Ihn anzusehen tut genauso weh wie alles andere. Er ist so geschwächt wie ich, wenn auch aus anderen Gründen. Wenn ich blinzele, sind wir zurück in der Gasse und ich drücke die Hände verzweifelt gegen sein blutendes Herz. Mir wird heiß und kalt zugleich bei der Erinnerung.

»Kilian, ich will für dich da sein«, sagt Damien, nachdem er sich gefangen und den Staub von den Klamotten geklopft hat.

»Ich brauche niemanden!«, erwidere ich lauter als gewollt. »Lass gut sein.«

»Können wir nicht ...«

»Nein«, wehre ich ab, ohne ihn anzuhören. Kraftlos sacken meine Schultern nach unten. »Ich muss auf die Jagd.«

»Nun, ich auch.« Damien behält den Abstand zwischen uns bei und schiebt die Hände in die Taschen seiner Jacke.

Einen Moment bin ich abgelenkt, weil ich mich frage, wonach seine Klamotten nun riechen. Sicher nicht mehr nach Marlboro.

Verärgert wische ich die Gedanken weg. »Viel Spaß dann«, erwidere ich trocken.

»Wir können doch zusammen gehen«, schlägt Damien vor.

Ich will ablehnen, bringe es aber nicht über mich. Aus welchem Grund auch immer Emilio Damien umbringen wollte – die Chancen stehen gut, dass er es erneut versucht.

Und ich will da sein, wenn er es tut. Dieses Mal nicht erstarrt, panisch und hilflos. Wenn wir uns das nächste Mal gegenüberstehen, will *ich* derjenige sein, der *ihm* ein Messer in die Brust rammt.

Wir wagen nichts, sondern statten dem *Roxas* einen Besuch ab. In unserem Stammclub findet man so gut wie immer ein paar hübsche Jungs, die bereit sind, nicht allzu viele Fragen zu stellen und sich von der aufgeheizten Stimmung mitziehen zu lassen. Genau, was wir gerade brauchen.

Ich sehe aus sicherer Entfernung dabei zu, wie Damien sich seit einer geschlagenen halben Stunde mit einem Kerl unterhält. Er steht am anderen Ende der Bar, lehnt mit dem Rücken gegen den Tresen und lächelt immer wieder charmant, während er dem Typen seinen dritten Drink ausgibt. Langsam wird es lächerlich.

Genervt stoße ich mich von meinem Beobachtungsposten ab. Mir wird ein bisschen schwindelig

durch die ruckartige Bewegung, aber ich ignoriere
es, als ich auf die beiden zusteuere. Der Typ bemerkt mich erst, als ich ihn förmlich anrempele.
Seine blonden Haare sind mir von der Entfernung
im Halbschatten gar nicht aufgefallen. Er ist über-
durchschnittlich attraktiv und erinnert mich ein
bisschen an Landon.

»Bock, zu vögeln?«, frage ich geradeheraus.

Er schielt zu mir hoch. »Äh, wir unterhalten uns
gerade.«

»Verstehe. Die Sache ist, dass mein Kumpel ein
wenig schüchtern ist«, spreche ich weiter und ignoriere Damiens verärgerten Blicke in meine Richtung. »Du bist eindeutig sein Typ. Also: Hast du
Lust auf Sex?«

Blondie lacht verlegen und sieht von mir zu
Damien. »Mit dir oder mit ihm?«, fragt er keck.

Ich öffne den Mund, aber Damien kommt mir zuvor, indem er sagt: »Wie wärs mit uns beiden?«

Ich stocke und verliere meine aufgesetzte Miene
für ein paar Sekunden. Das ist keine gute Idee. Wir
sollten nicht ...

»Ich habe das noch nie gemacht, aber bin dabei«,
stimmt Blondie zu, bevor ich mein Veto einlegen
kann. »Ich bin übrigens Tyler.«

»Kilian«, stelle ich mich vor und schüttele seine
Hand.

Ich könnte einen Rückzieher machen, doch es ist
praktisch, wenn wir zusammenbleiben und gleichzeitig unseren Hunger stillen. Was ist schon eine

Nacht? Es ist nur Sex. Ich werde mich auf Blondie konzentrieren und Damien ausblenden.

Wie sich herausstellt, wohnt Tyler nur einen Block entfernt, sodass wir kurz darauf bei ihm landen. Damien hat ihn in einen intensiven Kuss verwickelt, als wir in den Eingangsbereich seiner Wohnung stolpern.

Während die beiden beschäftigt sind, sehe ich mich prüfend um. Es ist unordentlich, als habe er nicht mehr mit Besuch gerechnet, doch ansonsten fällt mir nichts Ungewöhnliches auf. Meine Schultern entspannen sich ein wenig.

Tyler dreht sich keuchend zu mir herum, schiebt die Hände in meinen Nacken und zieht mich zu sich herunter. Überrumpelt erwidere ich den Kuss, als eine Welle Energie auf mich überspült. Damien hat ihn bereits auf Touren gebracht und mich wiederum macht es an, dass ich ihn auf Tylers Lippen schmecke.

Ohne den Kuss zu unterbrechen, öffne ich die Augen und sehe zu Damien, der gerade seine Finger in Tylers blondem Haar vergräbt, eine undefinierbare Sehnsucht im Blick.

Genau deswegen wollte ich keinen Dreier mit ihm starten. Wie soll ich Abstand zu ihm einhalten, wenn er mich währenddessen *so* ansieht?

Es ist unmöglich, meinen Fokus zurück zu Tyler zu lenken, weswegen ich den Kuss beende und stattdessen über seinen Hals lecke, während ich an den Knöpfen seines Hemdes nestele.

Blondie legt stöhnend den Kopf in den Nacken und lehnt sich an Damien, der einen Schritt näher tritt. Der Geruch seines Parfums weht zu mir herüber.

Zu dritt bewegen wir uns durch die Wohnung, Tyler immer als Sicherheitspolster zwischen uns. Er dirigiert uns zu seinem Schlafzimmer und wir fallen in sein ungemachtes Bett. Keuchend löst er sich von uns und stellt sich zurück auf die Beine.

»Wenn ihr mich ficken wollt, muss ich mich kurz frisch machen«, sagt er atemlos. Sein Blick ist glasig und ein wenig benommen. Typische Incubi-Wirkung auf Menschen, wir sollten langsamer machen, wenn wir ihn nicht schon beim Vorspiel ausknocken wollen.

»Beeil dich«, befehle ich mit rauer Stimme.

Tyler grinst süffisant. »Klar. Beschäftigt euch währenddessen miteinander. Lasst keine Langweile aufkommen.«

Seine Worte versetzen mir einen Schlag. Unangenehmes Schweigen entsteht zwischen Damien und mir, sobald er aus dem Raum verschwunden ist. Ich lehne mich auf die Unterarme zurück und meide seinen Blick.

Diese ganze Situation fühlt sich falsch an. Sie erinnert mich an früher. Damals, als Damien und ich jede Nacht zusammen auf die Jagd gegangen sind, einen Kerl in unser Bett mitgenommen und trotzdem jedes Mal nur Augen füreinander hatten. Das war unser Ding. Wir brauchten Energie, aber noch mehr brauchten wir einander. Ich zumindest war süchtig nach seinen Berührungen, den Küssen, der innigen Vertrautheit.

Wir haben uns geschworen, niemals allein auf die Jagd zu gehen, dennoch hat Damien ohne mich diesen Fremden gefickt und mir das Herz gebrochen. Und schließlich, als ich Monate später bereit war, darüber hinwegzusehen, sagt er mir, *dass er meine Gefühle nicht erwidert.*

Fuck. Verdammt. Ich wünschte, ich könnte die Bilder abstellen, könnte aufhören zu fühlen, zu denken, zu *atmen.*

»Hey«, flüstert Damien und reißt mich aus der Gedankenspirale. Seine Hand gleitet über das Bett zu meiner, sein kleiner Finger streift über meinen. Ich schließe die Augen und ordne das Chaos in meinem Inneren.

Es gelingt mir nicht.

»Ich habe genug«, flüstere ich und stehe abrupt auf. »Sag ihm, dass ich kurzfristig wegmusste und bring es allein zu Ende.«

Verwirrt blickt Damien zu mir auf. »Du gehst?«, fragt er. Ich ignoriere, wie verletzt er klingt.

»Hab noch was zu erledigen«, lüge ich und mache auf dem Absatz kehrt.

Ich fliehe lieber, als auch nur eine weitere Sekunde in der Vergangenheit zu versinken. Manchmal ist es besser, einen Schlussstrich zu ziehen, statt an einem *was wäre, wenn* zu ersticken.

KAPITEL 4

LANDON

Ich fühle, wie sich Beklemmung in meiner Brust festsetzt, sobald ich die Kirche betrete. Es kostet mich mehr Überwindung als das letzte Mal. Das ist nicht gut.

Tiefe, flache Atemzüge und der Gedanke, dass ich unmöglich einen Rückzieher machen kann, helfen mir, einen klaren Kopf zu bewahren und mit durchgestreckten Schultern auf den Pater zuzulaufen.

»Du hast die Messe verpasst«, sagt er mit ruhiger Stimme, sobald ich in Hörweite bin. Er trägt noch die Robe mitsamt Kollar, die einen Großteil seiner Verletzungen verbirgt. Nur die Blessuren im Gesicht sind überdeutlich zu sehen. Ein schlimmer Autounfall, hat er überall erzählt.

Selbst die meisten Jäger wissen nicht, was wirklich passiert ist. Ich schon. Valerie hat mir die Aufnahmen unter der Hand gezeigt.

Ein merkwürdiges Gefühl zwischen Genugtuung und Bedauern überkommt mich bei der Erinnerung daran, wie Emilio ihn verdroschen hat.

»Tut mir leid«, sage ich verspätet. »Ich habe etwas für die Uni getan und die Zeit vergessen.«

»Dein Studium ist wichtig, aber nicht wichtiger als unsere Verbindung zum Herrn«, belehrt er mich und zupft an dem großen Kreuz, das um seinen Hals baumelt. »Möchtest du eine Beichte ablegen?«

Meine Muskeln versteifen sich. »Nein«, sage ich nach kurzem Zögern. »Ich habe nichts zu beichten.«

Außer meine unchristlichen Gedanken, natürlich. Doch das bleibt mein Geheimnis.

»Also schön.« Der Pater neigt den Kopf. »Denk aber daran, dass der Herr uns seinen Schutz nur so lange gewährt, wie wir an ihn glauben und ihm vertrauen.«

Etwas zieht kalt in meinem Magen, ich ignoriere das Gefühl und widerstehe dem Drang, ergeben den Kopf zu senken. »Ja, Pater. Ich verstehe.«

Einen Moment starrt er mich an, dann erweicht ein Lächeln seine Züge. »Gut, mein Sohn. Gehen wir ein Stück an der frischen Luft.«

Nickend folge ich ihm durch den Hintereingang nach draußen. Unser kleiner Pfarrgarten war schon immer mein liebster Ort, aber um diese Jahreszeit ist es trostlos hier. Alles stirbt allmählich.

»Ich muss bald weg, Peddle wird in Zwischenzeit die Kirche für mich bewachen«, erzählt er betont beiläufig. »Ich will, dass du ihm unter die Arme greifst und ihn unterstützt.«

»Wohin gehst du denn?«, will ich argwöhnisch wissen.

»Das ist nicht von Bedeutung.«

Unruhe macht sich in mir breit, aber ich bohre nicht nach. Er wird mir ohnehin nichts erzählen, wenn er es nicht möchte.

»Und ich habe eine weitere Aufgabe für dich. Eine neue Mission«, fährt er fort. »Bist du bereit?«

»Ja«, sage ich zögerlich. »Was kann ich tun?«

»Wir haben einen Ort entdeckt, an dem sich neue Dämonenvereinigungen formieren«, erzählt er bedächtig. Er humpelt ein wenig, weswegen ich meinen Schritt verlangsame. »Es ist ein Nachtclub in der Nähe des südlichen Strandabschnittes. Er nennt sich Flamin'.«

»Ich habe davon gehört. Ziemlich exklusiv, nicht?«

»Tatsächlich, ja. Gideon Riot hat ihn aufgekauft und ist seit ein paar Wochen so gut wie jeden Tag dort.«

Ein eiskalter Schauer jagt mir über den Rücken bei der Erinnerung an meine letzte Begegnung mit dem Dämon.

»Verschaff dir Zugang dorthin und behalte ihn im Blick«, fährt der Pater fort.

Ich stolpere fast über meine eigenen Füße. »Gideon ist der stärkste Dämon, den wir kennen«, bemerke ich. »Wir haben damals bewusst entschieden, ihn nicht anzugreifen.«

»Wir haben sein Rudel zerschlagen«, erinnert der Pater mich. *Indem wir sie alle getötet haben.* Keiner hat seinen Exorzismus überlebt. Bis auf Emilio. »Das war ein großer Erfolg.«

Hart schlucke ich und verkneife mir einen Protest. »Was genau soll ich herausfinden?«, hake ich stattdessen nach.

»Ich denke, er ist derjenige, der Emilio rausgeholt nach.«

Unwahrscheinlich. Immerhin ist Gideon für keines seiner Rudelmitglieder eingeschritten. Warum ausgerechnet für Mio? Das ergibt keinen Sinn.

»Außerdem wurden andere Dämonen in der Nähe des Clubs gesehen«, fährt der Pater fort. »Wir befürchten, dass sie gemeinsam Pläne schmieden.«

Und ich soll in diesem Hornissennest stochern? Großartige Aussichten.

»Wer begleitet mich?«

»Cecily und Ely. Das dürfte genügen. Ihr solltet keine unnötige Aufmerksamkeit auf euch ziehen.«

»Ja, Pater«, sage ich folgsam und bin froh, damit entlassen zu sein.

Es fühlt sich komisch an, wieder einen Nachtclub zu betreten. Das letzte Mal war ich mit Emilio feiern, wir haben uns geküsst, eng umschlungen getanzt und jetzt weiß ich nicht einmal mehr, ob er noch lebt.

Tatsächlich ist das *Flamin'* so exklusiv, dass man nicht reingelassen wird, ohne auf der Gästeliste zu stehen. Hier kommen uns Elys Social-Media-Kontakte zugute. Sie hat ein paar Leuten geschrieben, einen Gefallen eingefordert und hier sind wir nun.

Cecily hat geschlagene fünfzehn Minuten an meiner Frisur herumgezupft und Ely hat ein Outfit nach dem anderen anprobiert, während im Hintergrund *Halsey* gespielt hat. Es wäre fast ein lustiger Abend, würde die Sorge nicht eisig in meinem Magen kleben.

Die Frauen unterhalten sich angeregt, als wir durch den neondurchfluteten Flur in den Hauptraum laufen. Ich zupfe nervös an meinem Armband und nehme einen tiefen Atemzug, um nicht durchzudrehen. Wie soll dieser Abend nicht eskalieren, wenn wir mitten in Gideons Löwenhöhle spazieren?

Cecily lässt sich zu mir zurückfallen, während Ely mit einem strahlenden Lächeln einen Typen begrüßt, der uns vor der Tanzfläche abpasst. Das ist offenbar der Kerl, der uns auf die Gästeliste gesetzt hat. Er sieht in seinem Sakko zumindest ziemlich wichtig aus.

»Entspann dich«, raunt Cecily mir zu. »Wir sind nur hier, um zu beobachten.«

Und um nicht umgebracht zu werden, vermutlich. Die Jäger vertrauen darauf, dass Incubi keine unnötige Aufmerksamkeit in der Öffentlichkeit auf sich lenken, aber ich befürchte, nach allem, was wir getan haben, wird Gideon kurzen Prozess mit uns – und allen möglichen Zeugen – machen.

»Weißt du, was der Pater vorhat?«, frage ich sie.

Cecily runzelt die Stirn. »Was meinst du?«

»Er will bald verreisen, aber ich weiß nicht genau, warum.«

Sie zuckt nur desinteressiert mit einer Schulter. Bevor ich weiter nachhaken kann, winkt Ely uns zu sich und bringt uns durch das Gedränge bis zur Bar. Sie bestellt drei Shots und Cocktails für uns. Der starke Alkohol hilft, meine flatternden Nerven zu beruhigen. Betont lässig lehne ich mich gegen den Tresen, beobachte meine Begleiterinnen kurz beim Tanzen und lasse den Blick dann weiter schweifen.

Keine Spur von den Dämonen. Sicherlich gibt es in so einem exklusiven Club einen VIP-Bereich. Dort sollten wir suchen.

In großen Schlucken exe ich meinen Drink, fasse meinen Mut zusammen und gehe auf Entdeckungstour. Ely winkt mir fragend zu, aber ich gebe ihr mit zwei Fingern zu verstehen, dass ich allein klarkomme. Ich lasse den Tanzbereich hinter mir und komme zurück in den Flur. An den Stehtischen unterhalten sich Gruppen von Menschen, die mir keine große Beachtung schenken. Eine weitere Tür führt zum Raucherbereich, der halb im Freien unter einer Terrasse liegt. Der Geruch von Rauch erinnert mich unweigerlich an Kilian.

War *er* hier? Macht sich der Pater deswegen Sorgen – weil Kilian sich mit Gideon verbündet?

Ich kehre diesem Bereich den Rücken, ohne ihn richtig betreten zu haben, und laufe erneut durch den Flur. Eine weitere Tür erweckt meine Aufmerksamkeit, sie wird durch einen schweren Vorhang verborgen, steht aber einen Spalt offen. Leises Gelächter dringt aus dem Nebenraum.

Aufregung kribbelt in meiner Wirbelsäule, ich hebe die Hand, zögere und schiebe die Tür schließlich ganz auf. Dunkle Lichter verschmelzen mit den rot-schwarzen Wänden, Lachen wird durch Stöhnen ersetzt, untermalt von langsamer, sinnlicher Musik.

Oh.

Natürlich. Ein Incubus wird keinen Club ohne Darkroom sein Eigen nennen. Fast hätte ich über die kurze Verwirrung gelacht, die mich umfangen hat.

Wider besseren Wissens wage ich mich ein paar Schritte tiefer hinein, sehe aber noch keine Menschen. Dafür höre ich jetzt ganz deutlich, dass ein Paar sich hinter der Biegung vergnügt.

Dieser Bereich ist viel weitläufiger als gedacht, es führt sogar eine Treppe nach unten in einen Keller. Jeder meiner Instinkte rät mir, umzudrehen und zu verschwinden, aber ich kann nicht. Etwas lockt mich wie magisch tiefer.

Bedächtig nehme ich eine Stufe nach der anderen, passiere noch einen Vorhang und komme ins Untergeschoss. Schwarze Ledersessel säumen den Eingangsbereich, dahinter folgt eine Bar, an der eine hübsche Brünette steht und Gläser poliert.

»Du bist früh da«, begrüßt sie mich mit einem Lächeln. »Einen Drink, um auf deine Begleitung zu warten?«

Ich schlucke gegen meine trockene Kehle und trete näher an sie heran. »Ja, okay. Was habt ihr denn so da?«

»Er nimmt einen Painkiller.« Mir stockt der Atem, als ich die vertraute Stimme hinter mir höre. Ich spüre seine ganze Präsenz und kriege eine Gänsehaut. Lässig lehnt er sich neben mich gegen den Tresen. »Rum, Orange, Ananassaft, ein Hauch Kokoscreme. Süß, bitter, stark. So wie du.«

»Ich mache mich ans Werk«, sagt die Barkeeperin amüsiert und ich schließe die Augen, um tief durchzuatmen. Passiert das gerade wirklich?

»Das ist doch nicht dein verdammter Ernst«, presse ich zwischen zusammengebissenen Zähnen hervor, bevor ich mich zu Emilio herumdrehe.

KAPITEL 5

LANDON

Ich war Emilio Diaz verfallen, seit ich ihn das erste Mal in der Uni gesehen habe. Damals war er kein Dämon, nur ein verwirrter Student in seinem ersten Jahr auf der Suche nach dem richtigen Vorlesungssaal. Er hat mich halb angerempelt und ist ohne eine Entschuldigung weitergelaufen. Mio selbst erinnert sich nicht einmal daran, ich dafür umso deutlicher. Ich weiß noch, wie ich ihm nachgestarrt und das erste Mal seit langem wieder etwas wie Begierde empfunden habe.

Die schwarzen Haare, die vielen Tattoos, seine dunklen Augen. Alles an ihm ist so gottverdammt attraktiv, doch jetzt stockt mir aus ganz anderen Gründen der Atem.

Er ist hier. Er lebt.

Etwas an ihm hat sich verändert, aber ich kann meinen Finger nicht drauf legen. Es ist nichts an seinem äußeren Erscheinungsbild, eher seine Aura.

»Was tust du hier?«, frage ich mit gedämpfter Stimme, während Mio mich abwartend mustert.

»Die Frage ist, was du hier machst.« Er beugt sich ein Stück in meine Richtung und mein Atem beschleunigt sich sofort. »Ist es jetzt dein Job, Gideon im Auge zu behalten?«

»Ja«, sage ich wahrheitsgemäß. Mio verzieht das Gesicht.

»Tatsächlich? Wie interessant. Wirst du ebenfalls seine kleine Bitch werden, wie du es bei mir und meinem Rudel getan hast?«

Ich beiße die Zähne zusammen, während die Barkeeperin mir räuspernd meinen Drink vor die Nase stellt und sich unauffällig zurückzieht. Ich schnappe mir das Glas und laufe tiefer durch die Räumlichkeiten. Emilio zahlt und folgt mir.

Es gibt mehrere Sitzmöglichkeiten, die teilweise durch Vorhänge und Regale getrennt sich. Noch sind wir allein, es ist kälter als oben im aufgeheizten Club. Ich kriege erneut eine Gänsehaut.

»Was ist passiert?«, frage ich mit leiser Stimme, ohne mich zu ihm umzudrehen.

Mio packt meinen Arm und zieht mich in eine Nische. Ich spüre den Aufprall gegen die Betonwand schmerzhaft in meinen Knochen.

»Du meinst, nachdem du mich zum Sterben in diesem Verlies zurückgelassen hast?«, gibt er zurück.

Ich versuche wirklich, mich nicht davon ablenken zu lassen, wie nah er mir plötzlich ist und wie gut er riecht. Obwohl sein Griff um meinen Oberarm fest ist, tut es so gut, wieder von ihm berührt zu werden. Als wäre er eine Droge, auf die ich viel zu lange verzichten musste.

»Das habe ich nicht«, gebe ich bedächtig zurück. »Und es war kein Verlies, es war eine Kirche.«

»Nun, für mich war es schlimmer als die Hölle«, erwidert Emilio, umfasst mit der anderen Hand mein Kinn und hebt meinen Kopf, damit ich ihm in die Augen sehen muss. Sein Atem streift meine Lippen. »Verschwinde von hier. Gideon wird dich umbringen, wenn er dich sieht.«

»Was ist passiert?«, frage ich eindringlicher.

Mio lässt den Finger beinahe sanft an meiner Wange entlangstreichen, sein Blick gleitet über mein Gesicht. »Dinge, die ich nicht mehr rückgängig machen kann.«

»Dein Rudel ist auf der Suche nach dir.«

»Ich weiß.« Endlich beugt er sich vor und küsst mich, umschließt meine Unterlippe und saugt sacht an ihr. Ein hilfloses Wimmern entkommt mir, bevor ich es verhindern kann, aber Emilio weicht schon wieder zurück.

»Zieh es aus«, verlangt er knurrend.

»Ich werde nicht ...«

»Sofort.«

Sein harscher Befehlston geht mir gleichermaßen auf die Nerven, wie er mich anmacht. Ich rolle mit den Augen, befreie mich aus dem Griff und streife das schwarze Armband von meinem Handgelenk. Ein Geschenk von meinem Vater. Es verhindert den Energiefluss.

Emilio tritt einen winzigen Schritt zurück, damit ich es samt dem Cocktail auf dem Tisch neben uns ablegen kann. Dann drückt er mich erneut gegen die Wand, eine Hand an meiner Kehle, und küsst mich.

Ein Kribbeln schießt durch meine Wirbelsäule, meine Lebensenergie fließt leichthin über die Stellen, an denen wir uns berühren. Mio umspielt meine Zunge mit seiner, drängt sich an mich, bis ich seinen harten Ständer an meinem Oberschenkel spüre. Ein Zittern geht durch meinen Körper.

»Mio«, hauche ich, als er von mir ablässt und meinen Hals küsst. Ich will meine Energie festhalten, aber es ist, als würde ich versuchen, einen reißenden Fluss zu stoppen. »Hör auf. Bitte. Mach langsamer«, flehe ich.

»Du wirst Gideon nicht dasselbe geben wie mir«, knurrt er gegen meine Haut. »Denk nicht mal dran. Du gehörst mir.«

Ein humorloses Lachen entkommt mir. »Fick dich.«

»Nicht fluchen, Pfarrerssohn.«

Ich will ihn wegstoßen, aber Mio drückt mich fester gegen die Wand und umfasst mein Kinn. Eine neue Art Lächeln umspielt seine Mundwinkel, das ich noch nie bei ihm gesehen habe. Nicht unbedingt amüsiert, eher verrucht.

»Nein. Ich bin nicht fertig mit dir«, raunt er mir zu.

Ich will das Ganze wirklich nicht so heiß finden, wie ich es tue.

»Gottverdammt.« *Vergib mir Herr, dass ich in deinem Namen fluche.*

Als er mit den tätowierten Fingerknöcheln über meine Wange streicht, rutscht der Ärmel seines Pullovers hoch und offenbart etwas auf seinem Unterarm. Es sieht aus wie eine Brandwunde.

»Geht es dir gut?«, frage ich besorgt. Von wo hat er die?

Mio antwortet nicht, vergräbt das Gesicht an meiner Halsbeuge und lässt mein Kinn los, um beide Hände meinen Körper entlanggleiten zu lassen. Ein heiseres Stöhnen entkommt mir. Das geht viel zu schnell, außerdem könnte jederzeit jemand reinplatzen. Jemand wie Gideon zum Beispiel.

Hilflos drehe ich den Kopf und sehe zu dem Eingang. Davon bin ich einen Moment so abgelenkt, dass ich nicht schnell genug reagiere, als Emilio die Hände unter meine Klamotten schlüpfen lässt. Seine Finger fahren meinen Rücken entlang und er stockt augenblicklich, als er die Striemen ertastet.

Ich merke, wie der Energiefluss stoppt, obwohl Mio mich noch berührt.

»Wer hat dir das angetan?«, fragt er grollend.

Energisch drücke ich seine Hände weg und schiebe ihn von mir. »Ist nicht wichtig. Mir geht es gut.«

»Es war der Pater, nicht wahr?« Emilio kneift die Augenbrauen zusammen und sieht einmal an mir herunter. »Wo hat er dich noch verletzt?«

»Mir geht es gut«, wiederhole ich nachdrücklicher. »Kannst du wenigstens eine meiner Fragen beantworten?«

Mio stößt geräuschvoll die Luft aus. »Ich werde ihn umbringen, Landon.«

»Emilio ...«

Er legt mir zwei Finger auf die Lippen, um mich zum Verstummen zu bringen, und lauscht auf etwas, das ich nicht hören kann.

»Ich muss gehen.« Ich öffne den Mund zu einem Protest, als Mio schon zurücktritt und in Rauch verschwindet. Ruckartig schieße ich vor und greife nach ihm, doch meine Finger gleiten durch Leere.

Scheiße, was war das denn? Ich wusste nicht, dass er das kann.

Ein Fluch auf den Lippen schnappe ich mir mein Armband und beeile mich, zurück nach oben zu kommen. Einige Leute drängen sich mir auf der Treppe entgegen, sie kichern und stolpern. Gott, was würde ich dafür geben, noch einmal so unbeschwert zu sein? In meinem Magen liegt inzwischen ein schwerer Klumpen, die Wirkung des Alkohols hat nachgelassen und zurück bleibt ein fahler Beigeschmack.

Auf dem Weg zur Tanzfläche schaue ich mich immer wieder nach Emilio um, doch von ihm ist keine Spur zu sehen. Wo ist er hin, verdammt?

Wummernde Bässe dröhnen durch meinen Körper, als ich den Hauptraum betrete. Ich halte inne und lasse den Blick schweifen. Wo sind Cecily und Ely? Da, Cecilys schwarzer Lockenschopf springt mir ins Auge, die Frauen stehen an der Bar und unterhalten sich mit ... Gideon. Scheiße.

Panik lässt mein Herz schneller schlagen, ich spüre kalten Schweiß in meinem Nacken. Unwillkürlich taste ich nach dem Dolch in der Innentasche meiner Jacke.

Jemand tritt hinter mich und ich erkenne Kilian am Geruch nach Marlboro, noch bevor er einen Arm um mich schlingt und mich zurück in den Flur zieht. Ebenso ruckartig wie Mio vor zwei Minuten drückt er mich gegen die nächste Wand und kesselt mich zwischen seinen Armen ein.

»Was zur Hölle tust du?«, fragt er knurrend.

Ich stoße die angehaltene Luft aus und drücke ihn von mir, doch er bewegt sich keinen Zentimeter. »Lass mich los.«

»Das ist Gideons Club. Er bringt dich um, wenn er dich sieht. Verschwinde von hier. *Sofort.*«

»Ich kann auf mich aufpassen, vielen Dank«, gebe ich gereizt zurück. Gerne würde ich ihn auf die Ironie hinweisen, dass er selbst vor wenigen Tagen mit mörderischen Intentionen vor meinem Atelier stand, aber ich spare mir lieber den Atem. Wäre vermutlich auch nicht so klug, ihn daran zu erinnern.

»Nein, kannst du nicht«, widerspricht er barsch. »Letzte Warnung.«

»Seit wann kümmerst du dich überhaupt um meine Sicherheit?«

Kilian schnaubt leise, sein Blick gleitet über mein Gesicht und bleibt eine Sekunde zu lange an meinen Mund hängen. »Seit ich dich brauche, um Emilio zu finden.«

Mir wird heiß bei der Erinnerung, dass Mio gerade noch hier war und mich geküsst hat. Ich sage nichts dazu, weil ich befürchte, zu stottern, sobald ich den Mund aufmache.

»Also. Raus hier«, wiederholt Kilian.

»Meine Freundinnen sind noch da drin.«

»Hast du eine Ahnung, wie egal mir das ist?«

Ich will weiter protestieren, als er mich erneut packt, mich an sich drückt und in unmenschlicher Geschwindigkeit eigenhändig aus dem Club trägt. Ich spüre den Zugwind an meinen Klamotten und Haaren ziehen und mir wird ein bisschen schwindelig, als er mich in einer dunklen Gasse absetzt.

»Fuck«, keuche ich, torkele ein paar Schritte weg und stütze mich an einer Mauer ab, um zu Atem zu kommen und nicht zu kotzen.

»Das war eine dumme und unüberlegte Aktion«, belehrt Kilian mich.

»Okay, *Dad*«, erwidere ich ironisch.

Kilian packt mich am Kragen und wirbelt mich herum, damit ich ihm ins Gesicht sehen muss. »Ist das jetzt deine neue Aufgabe? Gideon verführen?«, fragt er angewidert.

»Das geht dich nichts an.«

Ich schlage nach ihm, leider verschafft mir das keinen Bewegungsspielraum, da sein Griff sich keinen Millimeter lockert. Mein Widerstand bröckelt.

»Was ist bei euch passiert?«, frage ich resigniert.

»Emilio hat Damien getötet.«

Sämtliches Blut gefriert in meinen Adern. »Er hat … *was*?«

»Er hat es zumindest versucht«, konkretisiert Kilian und lässt mich endlich frei, macht einen Schritt zurück. »Und jetzt muss ich ihn finden und ihm zuvorkommen, bevor er sein Werk vollenden kann.«

Ich schaffe es nicht, meinen Mio mit einem kaltblütigen Killer in Einklang zu bringen, der seinen eigenen Freund umbringt. Nicht einmal diese neue Version von ihm, die mir vorhin begegnet ist.

»Das kann nicht sein«, sage ich beinahe tonlos. »Irgendetwas muss passiert sein.«

»Ich weiß nur, dass er es getan hat. Das ist unverzeihlich.« Kilian tritt von mir zurück. »Sag ihm das ruhig, wenn du ihn das nächste Mal siehst.«

»Ich habe nicht ...«

»Hör auf, mich anzulügen«, unterbricht er mich abschätzig. »Ich sehe doch den frischen Knutschfleck auf deinem Hals.«

Ertappt fasse ich mir auf die Stelle, an der Mio mich geküsst hat, und schlucke angestrengt. Kilian wendet sich bereits von mir ab.

»Bitte pass auf dich auf«, flüstere ich heiser. Ich weiß nicht, ob er es noch hört, bevor er losrennt und in der Dunkelheit verschwindet.

KAPITEL 6

KILIAN

Ich sehe mir das Video wieder und wieder an.

Landon hat es mir zukommen lassen, einen Tag nach unserem Aufeinandertreffen in Gideons Nachtclub. Es zeigt den Exorzismus, den Pater Grayson bei Emilio durchgeführt hat. Man sieht, wie Mio durchdreht, seine Fesseln sprengt, zwei Schüsse kassiert und schlussendlich durch eine Spritze außer Gefecht gesetzt wird. Er sinkt vor dem Pater auf die Knie, die Tür wird aufgesprengt und dann ... weißes, blendendes Licht, bevor die Kameras aussetzen.

»Schaust du es dir wieder an?«

Ergeben schließe ich die Augen und unterdrücke den Impuls, aufzuspringen und zu fliehen. Heute nicht.

Stattdessen reiße ich mich zusammen, räuspere mich und drehe mich zu Damien, der vorsichtig auf mich zukommt. Seine schwarzen Haare sind zerzaust, er trägt nur Boxershorts und ein Kissenabdruck prangt auf seinem Gesicht.

»Habe ich dich geweckt?«, frage ich mit gedämpfter Stimme.

»Nein. Nur ein Alptraum.« Damien zieht sich einen Stuhl heran und setzt sich zu mir an den Esstisch. Ich gebe mein Bestes, um ihn nicht unentwegt anzustarren. Er ist dünner geworden seit dem *Vorfall*. Seine Haut hat eine ungesund blasse Farbe, aber das ändert nichts daran, dass er immer noch diese anziehende Wirkung auf mich hat. Er ist einfach so gottverdammt *schön*.

Stille senkt sich über uns, ich starre auf das eingefrorene Bild auf dem Laptop und Damien mustert die Holzmaserung.

»Machst du dir Sorgen um mich?«, platzt die Frage aus ihm heraus.

Ich runzele die Stirn. »Was? Warum?«

Er schnaubt, als wäre das offensichtlich. »Du schläfst die zweite Nacht in Folge hier oder besser gesagt, schläfst *nicht*, sondern verhältst dich wie ein Wachhund.«

»Emilio war in Gideons Club«, teile ich ihm nüchtern mit.

Seine Augen weiten sich überrascht. Offenbar hat er nicht mit einer ehrlichen Antwort gerechnet. »Hast du mit ihm gesprochen?«

»Nein, nur mit Lan. Aber es war klar, dass sie aufeinandergetroffen sind.«

Damien erhebt sich und läuft rüber in die Küche. Ich beobachte ihn dabei, wie er einen Tee zubereitet und mit zwei Tassen zurückkommt. Er umfasst den Becher mit beiden Händen, als er sich wieder zu mir setzt. Ungewohnte Unsicherheit huscht über sein Gesicht. Es macht mich krank, ihn so verletzlich zu sehen.

»Glaubst du, er kommt zurück?«

»Um dich umzubringen?«, spreche ich es aus. »Ja, vermutlich schon.«

Er seufzt frustriert. »Ich wünschte, ich könnte mit ihm reden. Ihn einfach fragen, warum er das getan hat.«

»Nun, mir ist das egal«, erwidere ich kalt. »Ich bringe ihn so oder so um.«

»Kian, tu das nicht. Ich bin sicher, er hatte einen guten Grund.«

Ist das sein verdammter Ernst? Humorlos lache ich auf und würde am liebsten diese verfickte Teetasse vom Tisch wegen. »Sei nicht so ein Weichei, Damien.«

Sein Blick verhärtet sich, aber er lässt sich von mir nicht provozieren. »Wir müssen zusammenhalten. Wir sind ein Rudel.«

»Nein! Das sind wir nicht mehr. Unser Rudel ist in dieser Nacht auseinandergebrochen. Unwiderruflich.«

Damien lässt die Tasse los und lehnt sich in dem Stuhl zurück. Er erwidert meinen Blick eisern, auch wenn ich ihm ansehen kann, dass er gerne ausweichen würde. So wie ich. »Dann geh.«

Verärgert kneife ich die Augenbrauen zusammen. »Ich passe auf dich auf, Damien!«

»Wenn du der Meinung bist, dass wir kein Rudel mehr sind, musst du mich nicht beschützen. Dann musst du Emilio nicht töten, um Rache zu üben. Für wen? Für mich? Unnötig.«

Ich starre ihn reglos an, Sekunden fließen in Minuten. Es gibt nichts, was ich gegen diese Logik tun kann. Soll ich ihm sagen, dass der Gedanke, dass er stirbt, sogar noch schlimmer ist als die

Vorstellung, dass wir uns nie wiedersehen? Dass er und sein Überleben der einzige Grund für mich sind, um nicht den Verstand zu verlieren? Nein. Vollkommen ausgeschlossen.

Ruckartig erhebe ich mich vom Stuhl und klappe den Laptop energisch zu. »Wenn es das ist, was du willst.«

Dann gehen wir in Zukunft eben getrennte Wege. Meinetwegen. Soll er doch selbst auf sich aufpassen. Kein Problem. *Schön.*

Wind lässt die Wellen aufbauschen, sie zerspringen an den Klippen, ziehen sich zurück und sammeln Kraft für den nächsten Anlauf. Das Wasser sieht tiefschwarz aus um diese Uhrzeit. Kein Licht weit und breit.

Ich balanciere auf den Felsvorsprung, die Arme zu den Seiten gestreckt. Ich kann die Gischt beinahe auf dem Gesicht spüren. Erfrischend. Belebend. Perfekt für mein heutiges Vorhaben.

Ich will mich wieder lebendig fühlen, brauche die Verbindung zu meinem Dämon, die sich viel zu schwer greifen lässt. Als wäre auch er ebenfalls erschöpft von all der Scheiße.

Ein Kribbeln erfasst meinen Körper, als ich nach unten schaue. Und dann lasse ich mich kopfüber ins Wasser fallen.

Der kalte Aufprall tut weh, aber es ist die gute Art von Schmerz. Die Art, die einen aus der Trance reißt. Wellen schlagen über mir zusammen, ich schmecke Salz auf meinen Lippen, als Wasser meine Lungen füllt. Keuchend komme ich zurück an die Oberfläche, hole Luft und schwimme gegen die Strömung, bevor ich den Atem anhalte und mich treiben lasse.

Loszulassen ist so befreiend. Meine Muskeln entspannen sich, alles in mir wird ruhig. Mein Herz schlägt endlich wieder gleichmäßig. Langsamer. Noch langsamer.

Der Dämon erwacht mit einem Ruck zum Leben und füllt jeden Winkel meines Körpers aus, ein Energiestoß fährt durch mich und ich schwimme zurück an die Oberfläche. Leichthin komme ich ans Ufer und lasse mich keuchend und triefend auf den steinigen Sand nieder.

Ich bin nicht mehr allein. Unweit von mir sitzt eine Person, die Knie umschlungen.

»Ich habe dich gesucht«, sagt Landon mit vorsichtiger Stimme. »Wolltest du dich umbringen?«

»Wenn dem so wäre, wäre ich nicht ans Ufer geschwommen«, erwidere ich ironisch. Meine Stimme klingt noch ganz rau, der kühle Wind verursacht eine Gänsehaut. »Woher wusstest du, wo ich bin?«

»Ich bin am Haus deines Vaters vorbeigefahren, da warst du nicht. Dann habe ich den Mustang gesehen und gewusst, dass der Verrückte auf der Klippe nur du sein kannst.«

»Schön. Und warum folgst du mir wie ein schlechter Stalker?«

Lan erhebt sich und läuft bedächtig auf mich zu. Argwöhnisch beobachte ich ihn, wie er sich aus seiner Jacke schält und sie mir hinhält. »Hier. Du solltest die nassen Klamotten ausziehen.«

Wäre ich nicht so angepisst, würde ich über diese Geste lachen. »Willst du mich ficken oder was soll das werden?«

»Komm schon, ich bin nur nett.«

Langsam stelle ich mich auf die Füße und ziehe den klitschnassen Pullover aus. Achtlos lasse ich ihn fallen, entledige mich auch des Shirts und nehme Landons Regenjacke entgegen. Sie ist mir ein bisschen eng, dafür schön warm.

»Was willst du?«, frag ich abschätzig.

»Du hattest recht. Emilio war am Samstag im Flamin'«, verrät er mir.

»Was für eine Überraschung.« Als hätte ich das nicht gewusst. »Und, hattest du Spaß dabei, ihn zu vögeln?«

Landon folgt mir, als ich mich auf den Weg zurück zum Parkplatz mache. »Das habe ich nicht. Also, wir hatten keinen Sex oder so. Er hat nur ein bisschen ... Energie genommen.«

»Wie großzügig von dir.« Wäre es klug, ihn zu kidnappen und Emilio damit zu erpressen? Nun, das wäre sicher eine Möglichkeit, wenn ich wüsste, wie ich diesen Wichser kontaktieren kann. Gott, es macht mich so wütend, an sein dummes Gesicht zu denken.

Wir kommen an dem Mustang an und Lan läuft zur Fahrertür, um mich aufzuhalten. Beschwichtigend hebt er die Hände. »Können wir bitte ...«

»Geh mir aus dem Weg oder ich bringe dich dazu.«

»Kilian, bitte.« Lan legt die Handflächen auf meiner Brust ab, ich hebe eine Augenbraue und er lässt die Finger sofort sinken. »Okay, ich fasse dich nicht mehr an. Aber kannst du mir kurz zuhören?«

Tief seufze ich. »Du hast neunzig Sekunden.«

»Der Pater erzählt uns nicht die ganze Wahrheit. Ich will wissen, was es damit auf sich hat. Erst schickt er uns auf immer waghalsigere Missionen und jetzt hat er vor, für die nächsten Tage zu verschwinden. Etwas läuft da und ich …«

»Deine Probleme interessieren mich nicht, Süßer«, unterbreche ich ihn.

Lan hat die Dreistigkeit, verletzt darüber auszusehen. Er beißt sich auf die Wange. »Na gut.« Er macht zwei Schritte zur Seite. Ich öffne die Tür, halte noch einmal inne und werfe ihm einen prüfenden Blick zu. Er sieht aus wie ein Welpe, der im Regen stehengelassen wurde. *Verdammt.*

»Tu mir einen Gefallen und ich werde herausfinden, was dein Adoptivvater plant«, biete ich ihm an. Ich habe sowieso noch eine Sache mit diesem zu regeln.

Hoffnung lässt Landons ganzes Gesicht aufleuchten. »Verrätst du mir dann auch, was du über meinen leiblichen Vater herausgefunden hast?«

»Nein. Ich habe dir gesagt, dass ich dir das sage, sobald du mir Emilio gebracht hast.«

»Also schön. Eins nach dem anderen«, gesteht er ein. »Was soll ich für dich tun?« Er beugt sich verschwörerisch vor und blinzelt kurz an mir herunter. »Etwas Sexuelles?«

Ich schwöre, irgendwo in seinem Inneren muss dieser Junge einen Todeswunsch hegen. Wenn mich nicht alles täuscht, sieht er sogar ein bisschen hoffnungsvoll aus.

»Weißt du was? Ja«, teile ich ihm nach kurzem Überlegen mit. »Wir besprechen die Details später.«

»Nicht jetzt?«

Nein. Jetzt muss ich ausnutzen, dass mein Dämon so präsent an der Oberfläche ist und etwas längst Überfälliges erledigen.

KAPITEL 7

LANDON

Langsam komme ich mir wirklich wie ein schlechter Stalker vor.

Zwischen den Regalen kann ich Damien beobachten, der wie ein ganz normaler Mensch seine Einkäufe erledigt. Er sieht so entspannt dabei aus, wie er die Nährwertangaben von Nudeln vergleicht und den Wagen bedächtig durch den Gang schiebt. Als eine ältere Dame seinen Weg passiert, lächelt er freundlich und hält inne, um ihr den Vortritt zu lassen.

Wenn ich an meine letzte Begegnung mit Kilian zurückdenke, kann ich mir gar nicht vorstellen, dass die beiden mal so etwas wie ein Paar waren. Ich kenne keine Details, aber es ist offensichtlich, dass irgendetwas zwischen ihnen vorgefallen ist. Ist Kilian erst danach zu einem soziopathischen Killer geworden oder war das eine Sache, die Damien anziehend an ihm fand?

Damien biegt mit seinem Wagen in einen Gang ein und ich trete den Rückzug an, da er mich jeden Moment erwischen könnte. Ich verliere ihn aus den Augen, stolpere rückwärts und stoße mit jemanden zusammen.

»Oh! Entschul...« Ich fahre herum und sehe zu Damien, der mich wenig überrascht mustert.

»Bist du fertig damit, mir zu folgen?«, fragt er im bedächtigen Tonfall.

»Ich habe nicht ... ich bin nur einkaufen.« Spontan greife ich nach der erstbesten Sache, die neben mir steht, und drücke sie fest an meine Brust.

»Ich weiß, dass du nicht dumm bist«, erwidert er unbeeindruckt. »Uns ist beiden klar, dass du mich nicht unauffällig beobachten kannst. Also. Komm mit zu mir zum Abendessen oder erzähl mir gleich, was du von mir willst.«

Das ist so viel leichter als mit Kilian. »Abendessen«, entscheide ich, bevor ich es mir anders überlegen kann. So klug bin ich anscheinend nicht, wenn ich einem Dämon in sein Zuhause folge, aber in letzter Zeit tue ich viele gefährliche Dinge. Mit Damien mitzugehen ist sicherlich mit weniger Risiko verbunden als am dunklen Strand auf Kilian zu warten.

»Dann zahl für deine«, Damien sieht einmal an mir herab, »*Damenbinden* und wir treffen uns draußen an meinem Wagen.«

Damiens Apartment erinnert mich an das letzte Mal, das ich hier war. Damals stand es schlecht um Emilio und ich habe mit Kilian rumgemacht. Kilian hat alles getan, um Mios Leben zu retten, und jetzt ist er selbst bereit, es zu beenden.

Wie konnte das alles nur so aus dem Ruder laufen?

Damien schweigt stoisch, während er kocht. Ich sehe mich derweil in seiner Wohnung um, streife durch die Räume und stöbere in den Schränken und Regalen. Es ist schön, modern und weitläufig, aber unpersönlich. Als wäre die Einrichtung für eine fremde, perfekte Familie erstellt worden.

»Wie lange wohnst du hier?«, hake ich nach, als ich zurück in die Küche komme und mich an die Bar setze, um ihm zuzuschauen.

Verwirrt sieht er zu mir auf, als habe er nicht mit dieser Frage gerechnet. »Knapp ein Jahr.«

»Wo hast du vorher gewohnt?«

»Gemeinsam mit Kilian in einem winzigen Apartment am Strand.«

Ah, da ist die Erklärung.

»Wohnt Kilian noch dort?«

Damien weicht meinem Blick aus und sieht stattdessen auf seine köchelnde Reispfanne. Er dreht die Hitze herunter und rührt darin herum. »Nein, er ist zurück zu seinem Vater gezogen, schätze ich. Keine Ahnung. Er schläft nur selten in seinen eigenen vier Wänden.«

Gerne würde ich ihn fragen, was zwischen ihnen vorgefallen ist, konzentriere mich aber auf meine Aufgabe hier.

»Du siehst blass aus«, bemerke ich nach kurzem Schweigen. »Was ist passiert?«

Damien runzelt die Stirn, stützt die Hände auf der Küchenarbeitsplatte ab und beugt sich zu mir. »Ihr habt Emilio entführt und gefoltert, wir haben ein halbes Dutzend Jäger umgebracht und du sitzt jetzt hier in meiner Küche und willst wissen, warum ich so blass bin? Was genau soll das werden, Landon?«

Ich reibe mir über die Stirn. Es macht mich merkwürdig nervös, so intensiv von ihm betrachtet zu werden. Seine Augen sind heller als Mios, mehr braun als schwarz, aber sein Blick nicht minder stechend.

»Ich wollte nie, dass Emilio verletzt wird«, setze ich an. »Ich wollte ihn rausholen, doch mir ist jemand zuvorgekommen.«

»Wer?«

»Ich weiß es nicht«, gestehe ich. »Mio hat sich verändert. Etwas muss vorgefallen sein. Ich meine, er hätte dich niemals verletzt. Nicht der Emilio, den ich kannte.«

Damien seufzt laut und rollt mit den Augen. »Was hat Kilian dir erzählt?«

»Nur, dass er auf der Suche nach ihm ist, weil Emilio dich angegriffen und fast umgebracht hätte. Schien so, als wollte Kilian ihm dafür persönlich den Arsch aufreißen.«

Damiens Mundwinkel zucken leicht, aber das halbe Lächeln vergeht so schnell, wie es gekommen ist. Er nimmt die Pfanne vom Herd.

»Komm, hilf mir, den Tisch zu decken«, befiehlt er.

Sofort erhebe ich mich und hole Besteck und Geschirr heraus. Beides stelle ich auf den Küchentisch und Damien legt uns jeweils eine Portion ein.

»Ich wusste nicht, dass Dämonen noch normal essen«, gestehe ich, nachdem wir schweigend zwei Bissen probiert haben. Es ist wirklich gut.

»Das müssen wir nicht und es hilft nicht unbedingt«, erklärt er mir. »Aber es hat etwas Tröstliches, eine warme Mahlzeit zu sich zu nehmen.«

»Verstehe.«

Ein paar weitere Schweigeminuten vergehen, in denen wir essen, bis Damien wieder das Wort ergreift. »Es stimmt, dass Mio mir ein Messer durch den Rücken ins Herz gerammt hat.«

Ich schlucke bei der bildlichen Umschreibung.

»Vielleicht war es eines von euren, jedenfalls hat es höllisch wehgetan«, fährt er fort, die Stimme betont ruhig. »Ich lebe nur noch, weil Kilian sofort erste Hilfe geleistet und mir Energie übermittelt hat. Und das, obwohl ...« Er bricht abrupt ab und sein Blick verliert sich ins Leere.

»Obwohl was?«, hake ich nach.

Barsch schüttelt er den Kopf. »Jedenfalls – das ist die ganze Geschichte, Landon. Ich weiß nicht, warum er es getan hat. Ich weiß nicht, wo er jetzt ist. Ich kann dir nicht weiterhelfen.«

»Ich bin sicher, er hatte einen guten Grund.« Die Worte klingen selbst in meinen Ohren absolut dämlich, doch Damien schenkt mir dennoch ein gezwungenes Lächeln.

»Bestimmt.«

»Danke fürs Essen«, füge ich hilflos hinzu.

»Kein Problem.« Er erhebt sich und räumt meinen leeren Teller mit ab. »Machs gut, Landon.«

»Lass mich dir helfen«, biete ich an und komme auf die Beine.

»Ich schaffe den Abwasch schon allein.«

»Das meinte ich nicht.«

Abrupt hält Damien in seiner Bewegung inne, er verengt die Augen und mustert mich mit einem undefinierbaren Ausdruck auf dem Gesicht. Misstrauisch und … neugierig?

»Wenn ich Energie brauche, kann ich eine echte Hure engagieren, vielen Dank«, erwidert er. Wow, okay, dieser angriffslustige Tonfall ist neu. Offenbar habe ich einen Nerv getroffen.

Ich folge ihm in die Küche und trete hinter ihn, als er das Geschirr in die Spüle räumt. Er versteift sich merklich.

Er ist ein gutes Stück größer als ich, sodass es unmöglich ist, seinen Nacken zu küssen, wie ich es eigentlich vorhatte. Ich improvisiere und schlinge stattdessen die Arme um seine Mitte, schmiege mich an ihn und lege den Kopf zwischen seine Schulterblätter.

Er riecht gut. Ein bisschen wie Mio und Kilian und doch anders. Männlich und frisch, wie der Wald nach einem Regenschauer. Genießerisch schließe ich die Augen und lasse die Hände vorsichtig über seinen Bauch und seine Brust gleiten.

»Keine gute Idee, Lan«, warnt er mich, aber ich spüre bereits, wie das inzwischen bekannte Knistern zwischen uns entsteht.

»Macht nichts. In letzter Zeit hatte ich nicht viele von denen.«

Damien lacht schnaubend, packt ruckartig meine Handgelenke und löst meine Umarmung. Als er sich zu mir herumdreht und ich das Glitzern in seinen Augen sehe, weiß ich, dass er mich nicht wegschieben will. Ganz im Gegenteil.

Mit einer Hand umfasst er mein Kinn und beugt sich ein Stück vor, um mich zu küssen. Sacht knabbert er an meiner Unterlippe, ich erwidere den Druck seiner Lippen und schiebe die Hände seinen Bauch hinauf. Damien zieht sich zurück.

»Nein«, sagt er knurrend. Es klingt spielerisch, was mir ein Lächeln entlockt. »Hände hinter den Rücken.«

»Ernsthaft?«

»Ja.« Dieser schnurrende Tonfall macht mich irgendwie an. Gehorsam verschränke ich die Handgelenke hinter meinem Rücken und lasse mich erneut von ihm küssen.

Energie fließt auf ihn über, aber es fühlt sich anders an als bei Emilio. Langsamer, kontrollierter. Nicht ganz so reißend, eher bittersüß und genießerisch.

Damien fährt mit dem Finger meinen Kiefer entlang, streicht federleicht über meinen Hals, umspielt Mios verblassten Knutschfleck. Keuchend lösen wir uns voneinander und ich blinzele zu ihm auf.

»Das musst du Emilio beibringen«, kommt es über meine Lippen, bevor ich die Worte zurückhalten kann.

»Die Energie kontrollieren?«, rät Damien. »Ja. Das lernt man, wenn man von jemandem Energie stehlen muss, den man liebt.«

Ein warmes Feuer entfacht in meinem Bauch, als ich daran denke, dass er von Kilian spricht. Irgendwie finde ich die Vorstellung heiß, dass sie miteinander schlafen. Ich schlucke und strecke mich zu einem weiteren Kuss, aber Damien schiebt mich zurück.

»Willst du mir mehr geben oder aufhören?«, hakt er nach.

»Mehr«, sage ich, ohne nachzudenken. »Wie magst du es am liebsten?«

Ein verruchtes Lächeln erscheint auf seinen Lippen. »Im Moment hätte ich dich am liebsten auf den Knien.«

»Darf ich dich dann anfassen?«

»Nein.«

»Hmpf.«

Wir küssen uns erneut, ein süßes Kribbeln erfasst meinen Körper, Damien fährt mit den Fingern in mein Haar und zerwühlt es.

»Hat Kilian dich hierher geschickt?«, fragt er gegen meine Lippen raunend.

Ich nicke. »Er macht sich Sorgen um dich«, gestehe ich, die Lider noch halb geschlossen. »Auch wenn er das nicht mit diesen Worten gesagt hat.«

Damien kommentiert das nicht weiter, bringt mich stattdessen vor sich auf die Knie und holt voller Gelassenheit seinen harten Schwanz heraus, während ich mir ungeduldig auf die Lippen beiße.

»Wie tief kannst du schlucken?«, fragt er.

Ich sehe auf seine Härte, die er mit einer Hand gemächlich reibt. Wieso sieht alles, was er tut, so sexy aus?

Vergib mir Vater.

»Dich sicher nicht ganz«, antworte ich abgelenkt und beginne, seine Hand mit meinem Mund zu ersetzen. Küssend und leckend bearbeite ich seine Eichel, lutsche an ihm und verwöhne ihn mit der Zunge, bis ich ersten Vorsaft auf meiner Zunge schmecke. Der herbe Geschmack benebelt meine Sinne und katapultiert mich in einen lustvollen Zustand der Trance. Energie fließt, mehr als zuvor, als habe auch Mr. Selbstkontrolle langsam Mühe, sich zu beherrschen.

Sein langgezogenes, zufriedenes Stöhnen verrät ihn. Ich blicke hoch und sehe, wie er sich mit einer Hand an der Küchenzeile festkrallen muss. Ein gutes Zeichen.

Gemächlich schiebt er sich tiefer in meinen Mund und noch ein bisschen tiefer, bis ich ihn in meiner Kehle schmecke. Damien fährt mit den Fingern in mein Haar und gibt das Tempo an, fickt meinen Mund in kurzen, harten Stößen und dann langsamer, kontrollierter.

Als er schließlich keuchend innehält und fester zupackt, bis ich einen angenehmen Druck auf meiner Kopfhaut spüre, hebe ich den Blick und begegne seinem. Sein sexy halbes Lächeln, die Art, wie er einen Mundwinkel hochzieht, schießt heiß in meinen Magen.

»Gut so«, sagt er rauchig. »Das machst du so gottverdammt gut, Landon.«

Es kribbelt mir in den Fingerspitzen, seinen Schaft zu reiben und jede Stelle zu berühren, an die ich rankomme, aber ich will auf keinen Fall, dass er das hier beendet. Also schließe ich nur die Lippen fester um ihn und bewege den Kopf, lecke über die Unterseite seiner Eichel, schlucke ihn tiefer.

Damien verliert sich, wir finden einen Rhythmus, Speichel und Sperma tropfen mir inzwischen übers Kinn, aber ich achte nicht darauf, mache weiter, schneller, härter, immer seinem Orgasmus entgegen.

Er spritzt ab und ich wäre ihm beinahe gefolgt, einfach nur, weil der Anblick und der Geschmack auf meiner Zunge sich so gut anfühlen.

Damien lässt die Finger aus meinen Haaren gleiten und zieht sich aus mir heraus, woraufhin auch das stetige Ziehen an meiner Energie schlagartig aufhört.

»Danke«, sagt Damien abgehackt, räuspert sich und packt seinen Schwanz wieder ein. Ich wische mit dem Ärmel über mein Kinn und stelle mich zurück auf die Füße. Er sieht schon besser und kraftvoller aus als noch vor einer halben Stunde. Ich hoffe, das hält an.

»Gern geschehen«, sage ich vorsichtig. Und dann, um die plötzlich angespannte Stimmung aufzulockern: »Gib mir eine gute Bewertung bei Kilian.«

Damiens Lächeln wirkt mehr als traurig. »Klar, wenn er wieder mit mir spricht.«

»Was ist zwischen euch vorgefallen?«, kann ich mir die Frage nicht verkneifen. »Ich meine, man merkt, dass euch viel aneinander liegt.«

»Wir sind ein Rudel.« Damien zögert, fährt sich mit einer Hand durchs Haar und mustert mich dann intensiver. In seinen rehbraunen Augen steht so viel Bedauern, dass sich mein Magen unangenehm zusammenzieht. »Manchmal kann man nicht haben, was man sich am meisten wünscht.«

»Das Gefühl kenne ich nur zu gut«, flüstere ich.

Damien hebt den Arm und zieht mich in eine spontane Umarmung. Überrascht schlinge ich meinerseits die Arme um ihn und vergrabe das Gesicht an seinem Pullover. Ich hatte gerade seinen Schwanz im Mund, aber diese simple Geste fühlt sich viel intimer an. Es ehrt mich, dass er mich so nah an sich heranlässt.

Vorsichtig fahre ich mit den Händen über seinen Rücken. Über die Stelle, an der Emilio ihm das Messer ins Fleisch gerammt hat. Er zuckt leicht zusammen. »Tut es noch weh?«, frage ich flüsternd.

»Phantomschmerz. Dämonen heilen sehr schnell. Es ist keine Narbe zurückgeblieben«, erklärt er steif und lässt mich los. Ich trete zurück.

»Ich sollte gehen.«

»Ja.«

Bevor ich mich abwende, halte ich nochmal inne und runzele die Stirn, als mir ein Detail an seiner vorherigen Aussage auffällt.

»Du sagst, Dämonen heilen schnell. Was ist mit Brandnarben?«

Damien schüttelt verwirrt den Kopf. »Was meinst du?«

»Emilio hatte eine bei unserer letzten Begegnung«, erinnere ich mich und deute auf meinen Unterarm, fahre einen Kreis mit dem Zeigefinger nach, um seine Verletzung zu symbolisieren. »Er hat mir natürlich nicht gesagt, was vorgefallen ist, sie sah aber nicht frisch aus.«

Kurz entgleiten ihm die Gesichtszüge, bevor er an mir vorbei ins Leere starrt. Was immer ihm gerade durch den Kopf geht, er lässt mich nicht daran teilhaben.

»Sei vorsichtig«, sagt er nur leise zur Verabschiedung.

Ich nicke bedächtig. »Du auch, Damien.«

KAPITEL 8

EMILIO

Ich weiß bereits, dass Kilian kaltblütig drei Menschen umgebracht hat, noch bevor ich die Schlagzeile zu Ende gelesen habe.

Lange geplant oder grausamer Racheakt?

Die Männer, die verdächtigt wurden, FBI-Direktor Jackson Carlson getötet zu haben, wurden tot aufgefunden. Sie alle sind auf Kaution rausgekommen, was ein großer Fehler war. Kilian hat nur wenige Tage gebraucht, um sie zu finden und zu töten.

Ich weiß nicht, was passiert ist. Gerne würde ich ihn fragen, wünschte, ich wäre da gewesen, um ihn zu trösten, hätte ihn auf die Beerdigung begleiten und in dunklen, stillen Nächten bei ihm sein können.

Wenn ich die Augen schließe, sehe ich ihn und Damien. Nicht während der schönen Momente, sondern in diesem letzten Augenblick, als ich Damiens Blut warm auf meiner Hand gespürt habe und Kilians verzweifeltes *»Fuck, bitte, bleib bei mir«* wie ein Echo durch meinen Körper hallte.

Es fühlt sich falsch an, heute wieder in der Uni zu stehen und so zu tun, als wäre ich ein normaler Student. Ich habe in den letzten Wochen so viel verpasst. Kann ich das überhaupt aufholen, ohne ein Semester auszusetzen?

Diese Sorgen sind so trivial, dass ich selbst darüber lachen muss.

Vielleicht sollte ich erst einmal überleben, bevor ich mir alles andere überlege. Das wäre gut.

Ich lasse die Vorlesung bei Mr. Peddle aus offensichtlichen Gründen ausfallen und verziehe mich stattdessen in die Malräume, in denen im Moment kein Kurs stattfindet, die aber jederzeit geöffnet sind. Im hinteren Teil finde ich meine Leinwand, die ich das letzte Mal bearbeitet habe. An diesem Tag bin ich nicht fertig damit geworden, weil Landon mich abgelenkt hatte.

Gedankenverloren streiche ich mit dem Daumen über die inzwischen getrockneten Konturen. Ich schnappe mir Pinsel und Farbe und beende das Gemälde, setze Schattierungen und Nebel, bis ich nichts mehr hinzuzufügen habe. Mein Unterarm brennt und kratzt unangenehm und erinnert mich an meine bevorstehende Aufgabe.

Nach den letzten Wochen würde ich mir den Arm am liebsten abhacken, wenn ich wüsste, dass damit diese Tortur endet. Aber das wird sie nicht. Ich bin gefangen, so oder so.

Als der Schmerz sich allmählich in meinem ganzen Körper ausbreitet, stelle ich die Leinwand zurück zum Trocknen und säubere meinen Arbeitsplatz.

Mein Plan war eigentlich, das Gebäude wieder zu verlassen und auf die Jagd zu gehen, aber ich kann nicht.

Ich rieche Landon überall in den Gängen, vermischt mit einem anderen, schmerzlich vertrauten Geruch. Zurzeit ist mein Dämon so dicht an der Oberfläche, dass ich manchmal vergesse, ob ich oder er die Entscheidungen treffen. Das hier würde der vernünftige Emilio definitiv nicht tun. Aber der Dämon hält es für eine überaus gute Idee, in die Bibliothek zu schleichen und Landon dabei zu beobachten, wie er leidenschaftlich küssend gegen ein Regalbrett gedrückt wird. Die Bücher darin wackeln gefährlich.

Sie haben mich noch nicht bemerkt, weswegen ich mich bemühe, keinen Mucks zu machen, während ich mich lässig mit überkreuzten Knöcheln an das Regal ihnen gegenüber lehne und sie betrachte.

Das ist so heiß, dass sich Sehnsucht unerwartet stark in mir zusammenzieht. Die Art, wie Damien Lans Kinn umfasst und mit dem Daumen über seine Unterlippe streift, löst mehr Hitze und Verlangen in mir aus als mein letztes Mal. Der Twink war süß und willig, aber durch und durch langweilig. Allein vom Zusehen regt sich jetzt mehr bei mir als gestern.

Damien geht dazu über, Landons Hals zu küssen, dieser stöhnt leise und neigt den Kopf, öffnet blinzelnd die Augen und begegnet geradewegs meinem Blick. Lan erstarrt augenblicklich und legt Damien eine Hand auf die Brust, der daraufhin innehält.

Weniger überrascht als Landon wirft Damien mir einen abschätzigen Blick über die Schulter zu. Er hat mich schon bemerkt und trotzdem weitergemacht. Der Gedanke bringt mich zum Schmunzeln.

»Lasst euch nicht stören«, sage ich mit gedämpfter Stimme. »Nette Show. 8/10. Könnte ruhig ein bisschen mehr Unter-dem-Shirt-Action geben.«

Damien rollt über meinen Sarkasmus mit den Augen und nimmt sich noch einen provozierenden Moment, um Landon langsam und intensiv auf den Mund zu küssen. Meine Fingerspitzen kribbeln von dem Verlangen, ihn ebenfalls zu berühren. Sie beide, um genau zu sein.

»Woher wusstest du, wo ich bin?«, will Damien wissen, nachdem er fertig ist und sich zu mir herumdreht. Seine Muskeln sind angespannt, seine Hände zu Fäusten geballt. Scheint, als wappne er sich für einen Angriff.

»Das wusste ich nicht. Du bist derjenige, der in meiner Uni ist und meinen Freund küsst, also ...« Ich lasse den Satz absichtlich offen und hebe eine Augenbraue.

»Stopp, lasst das!« Landon hebt beschwichtigend eine Hand und stößt sich vom Bücherregal ab, um sich zwischen uns zu stellen.

Amüsiert hebe ich die Mundwinkel, sehe weiterhin zu Damien. »Muss der kleine Jäger dich jetzt beschützen?«

Damien schenkt mir ein falsches Lächeln, dass glatt aus Kilians Repertoire der Provokationen stammen könnte. »Er hat eine bessere Todesbilanz als du, schätze ich.«

»Ich habe nie jemanden umgebracht«, verbessert Landon gereizt. »Und hier wird auch niemand sterben. Können wir das Ganze nicht friedlich besprechen?«

»Komm her«, fordere ich ihn auf.

Landon zögert. »Nein«, meint er schließlich.

Wenn ich ehrlich zu mir bin, bin ich nur in die Uni zurückgekehrt, weil ich ihn treffen wollte. Ein bisschen seiner Energie stehlen. Ein bisschen Zeit mit ihm verbringen. Vor allem das.

Ich habe das Gefühl, ohne ihn zu ertrinken. Nicht in reißendem Wasser, das meine Lungen füllt und mir keinen Ausweg lässt, sondern vielmehr in Treibsand, das mich langsam und stetig weiter nach unten zieht.

»Erst müsst ihr miteinander reden«, fügt Landon hinzu, als ich ihn nur anstarre. Mein Blick schnellt zu Damien, der ein ungewohnt spöttisches Lächeln auf den Lippen hat. Es steht ihm außerordentlich gut, wenn man davon absieht, dass er blasser als sonst aussieht. Schwächer, vielleicht. Kraftloser, obwohl er gerade eine Dosis von Lans Energie abbekommen hat.

»Weißt du«, sage ich in seine Richtung. »Du musst Lan da nicht mit reinziehen. Du kannst einfach vortreten und mir in die Fresse hauen, damit du dich besser fühlst.«

»Danke, ich bevorzuge es, deinen *Freund* zu vögeln.«

Wieder zupft ein unpassendes Lächeln an meinen Mundwinkeln. Gott, ich mag diese Seite an Damien ein bisschen zu sehr. »Sorry, damit kannst du mich nicht verletzen. Im Gegenteil. Ich mag die Vorstellung.«

Gerne würde ich diese Konversation fortsetzen oder ihnen noch lieber eine Weile zusehen, aber es geht nicht. Das Kratzen und Ziehen unter meiner Haut wird allmählich unerträglich. Ich muss gehen, bevor ich etwas tue, das ich nicht mehr rückgängig machen kann.

»Pass nur gut auf ihn auf«, sage ich zum Abschied und trete einen Schritt zurück. »Und sag Kilian, dass ich ihn vermisse.«

Bei dessen Erwähnung wird Damiens Miene kalt und ausdruckslos. »Nun, ich befürchte, das beruht nicht auf Gegenseitigkeit.«

Mein Herz krampft sich schmerzhaft zusammen. Tief atme ich durch. »Sag es ihm trotzdem.« Rauch zieht sich immer dichter um mich, bis er mich verschluckt und mitzieht in einem Strudel aus Wind und Dunkelheit.

KAPITEL 9

KILIAN

Ich bin ein Feigling. Immer noch.

Fuck, dabei habe ich gedacht, gehofft zumindest, dass es leichter sein würde. Jetzt, wo ich die drei Menschen umgebracht habe, die für seinen Tod verantwortlich sein könnten. Vielleicht haben sie es gar nicht getan. Ich kann es nicht sicher sagen. Ich weiß nur, dass es mich nicht weitergebracht hat.

Weder ist mein Rachedurst gestillt noch schaffe ich es, einen Fuß auf den Friedhof zu setzen.

»Kilian.«

Die Stimme hält mich auf, gerade als ich mich umwenden will. Großartig, das hat mir gefehlt. Zähneknirschend drehe ich mich zu Margot, der ehemaligen persönlichen Assistentin meines Vaters. Sie ist ganz in Schwarz gekleidet und die Falten in ihrem Gesicht sind noch tiefer als bei unserer letzten Begegnung.

»Hallo«, grüße ich und lasse mich von ihr in eine Umarmung ziehen. Sie fühlt sich steif an, weil ich es nicht verdient habe, getröstet zu werden.

»Willst du deinen Vater besuchen?«, fragt sie mit ruhiger Stimme und klopft mir mütterlich auf den Oberarm, als wir uns voneinander lösen.

»Ja, nein, ich …« Ich beginne zu stottern, weil sich alle Worte in meinen Ohren falsch anfühlen.

»Ich habe Jackson Blumen gebracht, aber seine Grabstätte ist ja bereits wunderschön hergerichtet«, spricht Margot unbeirrt weiter. Sie akzeptiert einfach, dass mir die Worte fehlen, was mich erleichtert aufatmen lässt. »Es ist schön, dass du dich darum kümmerst.«

Ich habe mich um gar nichts gekümmert, es muss irgendjemand anders gewesen sein. Mein Vater hat zu seinen Lebzeiten eine Menge Leute nachhaltig beeindruckt, auch wenn er nicht viele wahre Freunde hatte. Dafür Menschen, die sich an ihn erinnern werden. Für immer.

»Gehen wir ein Stück?«, fragt sie und ich bin froh, dass sie in die entgegengesetzte Richtung des Eingangs deutet. Zu dem Park, in dem ich vor wenigen Tagen noch mit Damien gestritten habe.

Schweigend laufen wir nebeneinander her, während kalte Herbstluft meinen Kragen aufpustet.

»Weißt du, dein Vater hätte sich nicht gewünscht, dass du Rache für ihn übst«, sagt Margot schließlich im leisen Tonfall. »Ich hoffe, das warst nicht du, der diese Menschen umgebracht hat.«

Wer denn sonst? »Nein«, lüge ich. »Aber sie haben es verdient. Sie haben ihn erschossen.«

»Ich bin mir dessen nicht sicher, Kilian.«

Meine Muskeln versteifen sich unwillkürlich. *Verdammt.*

»Ja, die Merendez-Brüder hatten eine Rechnung mit deinem Vater offen, nachdem er ihren Clan zerschlagen und viele von ihren

72

Familienmitgliedern hinter Gitter gebracht hat. Aber vor seinem Tod war dein Vater an einer anderen Sache dran. An etwas Großem, über das er mit keinem gesprochen hat«, fährt Margot fort. »Ich denke ...«

Mein Herz macht einen unerwarteten Satz und galoppiert mit einem Mal wild. Als sie anhält, bleibe auch ich stehen und wende mich ihr zu. Margots Blick verliert sich traurig ins Leere.

»Was?«, hake ich ungeduldig nach. »Woran hat er gearbeitet?«

»Ich glaube, er hat einen alten Fall wieder aufgemacht, den er selbst vor Jahren als Cold Case geschlossen hat.« Bedauernd blinzelt sie mich an und mein Magen knotet sich unwohl zusammen. Eine ungute Vorahnung überkommt mich. »Es ging um den Tod deiner Mutter, Kilian.«

Obwohl ich damit gerechnet habe, fühlen sich ihre Worte dennoch wie ein Vorschlaghammer an. In meinem Kopf beginnt es zu dröhnen.

Dad hat den Fall wieder aufgemacht? Wir wissen beide, wer Mutter getötet hat.

Wenn Margot recht hat und er die Sache aufgerollt hat, bedeutet das, dass er gegen *mich* ermittelt hat.

Damien

Können wir reden?

Ich bin gut achtzig Meilen von Damien entfernt, als ich seine Nachricht enthalte. Es juckt mich in den Fingern, ihn sofort anzurufen und zu fragen, was passiert ist, aber ich beherrsche mich. Das muss warten. Wohl oder übel.

Räuspernd richte ich den Kragen meines Hemdes und ignoriere das drängende Bedürfnis, nach meiner Zigarettenpackung zu greifen. Immerhin stehe ich unmittelbar vor einer Kirche. Das hat mich noch nie abgehalten, unanständige Dinge zu tun, aber heute will ich mich anpassen. Nicht auffallen.

Pater Grayson ist für eine Woche in Jacksonville, um der hiesigen Gemeinde auszuhelfen, deren Pastor unerwartet verstorben ist. Was wäre ich für ein Stalker, wenn ich ihm nicht bis hierhin folgen würde?

Leider hat er eine verdammte Barriere vor den Eingang der Kirche gelegt, sodass ich seit geschlagenen fünf Minuten wie ein Trottel herumstehe und darauf warte, hereingelassen zu werden.

Eine ältere Dame mit Krückstock kommt mir sehr gelegen.

»Hallo«, grüße ich mit meinem besten Schwiegersohn-Lächeln. »Entschuldigen Sie, ich bin neu hier, ich besuche meinen Grandpa in der Stadt. Können Sie mich hereinbitten?«

Sie lacht ein wenig rau. »Was für ein höflicher junger Mann«, sagt sie und greift nach meinem dargebotenen Arm, um sich auf mich zu stützen.

»Natürlich, komm herein, folg mir. Wie heißt dein Großvater?«

Ich tische ihr eine ausgedachte Geschichte auf und atme erleichtert aus, als wir die Pforten der Kirche gemeinsam passieren. Glücklicherweise gehört die Kirche nie einem einzelnen Menschen, sondern stets der Kirchengemeinschaft. Das hätte allerdings auch schiefgehen können.

Wenn Pastor Grayson mich in den Reihen bemerkt, so lässt er sich nichts anmerken. Ich lausche seiner Predigt, den Kirchenliedern und einer weiteren Stunde endlosem Gequatsche, bis ich endlich eine Chance habe, mit ihm allein zu sein.

Ich warte im kalten Beichtstuhl, die Augen geschlossen, die übrigen Sinne auf meine Umgebung konzentriert. Die Veränderung, als jemand auf der anderen Seite dazukommt, ist sofort spürbar. Ich höre sein leises Atmen und die beruhigende Präsenz, die von ihm ausgeht.

»Sprich, mein Kind«, fordert er mich auf, als ich nur schweige. »Wie lange ist deine letzte Beichte her?«

»Das war in einem anderen Leben«, antworte ich ehrlich. »Wortwörtlich.«

»Dämon«, zischt der Pater. »Verlass sofort das Haus Gottes. Du hast hier nichts zu suchen.«

»Nehmen Sie mir die Beichte ab oder nicht? Ich dachte, das ist ihr Job hier.«

Sein Zähneknirschen ist förmlich hörbar. »Gott, der unser Herz erleuchtet, schenke dir wahre

Erkenntnis deiner Sünden und seiner Barmherzigkeit«, rattert er herunter.

Erneut schließe ich die Augen und lehne mich zurück. »Ich habe diese Woche drei Menschen getötet.«

Schweigen.

»Es waren Kriminelle, also habe ich der Welt vermutlich einen Gefallen getan«, füge ich hinzu.

»Es liegt nicht in unserer Hand, zu richten«, behauptet der Pater, was mich trocken auflachen lässt.

»Ziemlich große Töne für jemanden, der meinen Freund vor ein paar Wochen in einer alten Kirche eingesperrt und gefoltert hat.«

»Ich handle im Namen des Herrn.«

»Richtig. War es auch sein Wunsch, eine Frau zu schwängern und sie dazu zu zwingen, das Kind in ein Heim zu stecken?«

Damit bringe ich ihn aus dem Konzept und seine Fassade bröckelt. Ich muss ihn nicht sehen, um zu wissen, dass er nervös an seinem Kollar nestelt. »Es geht hier nicht um mich«, spuckt er mir entgegen. »Du weißt nichts über mein Leben.«

»Keine Sorge, Ihr Sohn hat nichts von Ihnen«, beruhige ich ihn. »Außer das gute Aussehen, vielleicht.«

»Das ... ich ...«, stottert er. Komplimente bringen die besten Männer aus dem Konzept. Süß, irgendwie.

»Er hat das Heim niedergebrannt, in das Sie ihn gesteckt haben«, erzähle ich. »Sie haben ihn schlecht behandelt. Wären sie nicht bereits längst tot, hätte ich sie eigenhändig aufgespürt und zur Strecke gebracht.«

»Deine Sünden können dir nur vergeben werden, wenn du Reue zeigst und dich den Worten des Herrn öffnest«, sagt er steif.

»Ich brauche keine Vergebung. Nur Gerechtigkeit.«

»Der Herr ist es, der über uns alle richtet.«

Als hätten seine Worte Gott selbst heraufbeschworen, bebt plötzlich die Erde unter unseren Füßen. Sofort reiße ich die Augen auf und sehe durch die Dunkelheit zu dem vergitterten Fenster, das mich einen winzigen Blick auf den Raum neben mir erhaschen lässt. Der Pater keucht leise, auch er wendet hektisch den Kopf in meine Richtung.

»Was tust du?«, fragt er zischend.

Gar nichts. Irgendetwas anderes passiert hier und ich befürchte, das wird keinem von uns gefallen.

KAPITEL 10

KILIAN

Ich stürze nach draußen, sehe mich kurz zu Pater Grayson um, der ebenfalls aus seinem Raum geflüchtet ist. Unsere Blicke kreuzen sich für einen winzigen Augenblick, dann setzen wir uns beide in Bewegung und rennen in Richtung Hauptraum.

Die Wände wackeln gefährlich, ein Gemälde stürzt krachend zu Boden. Ist das ein Erdbeben? Ausgerechnet jetzt?

In der Kirche sind noch Menschen, die sich angstvoll an den Kirchenbänken klammern. Das Beben wird schlimmer.

»Raus hier!«, rufe ich. Wenn dieses Gemäuer gleich einstürzt, werden sie alle unter ihm begraben.

Noch bevor ich den Gedanken zu Ende bringe, wird das Rütteln stärker und ein großer Brocken löst sich aus der kunstvollen Deckenkonstruktion. Wie in Zeitlupe sehe ich dabei zu, wie er gen Erde auf eine Gruppe Gläubiger zurast.

Ein Fluch auf den Lippen renne ich los, überbrücke die Distanz in Sekundenbruchteilen und hebe die Hand. Fast wäre ich in die alte Dame gekracht, die mich in die Kirche gelassen hat, und sie klammert sich angstvoll in meine Jacke.

Gekonnt fange ich den Brocken auf und werfe ihn auf eine freie Fläche, wo er tausend Einzelteile zerbricht.

»Oh lieber Himmel«, wispert die Frau und starrt zu mir auf. »Du bist ein Engel.«

»Falsche Richtung, Lady«, erwidere ich trocken. »Und jetzt raus hier. Los!«

Ich helfe ihr nach draußen, die anderen lösen sich ebenfalls aus ihrer Starre und beeilen sich, die Kirche zu verlassen. Ich schwanke einen Moment, bis mir bewusst wird, dass das Beben aufgehört hat. Die Erde ist still.

Verwirrt werfe ich einen Blick zurück zur Kirche, die nach wie vor am Einstürzen ist. Nein, das ist kein Erdbeben. Irgendetwas bringt die alten Gemäuer zum Wanken.

»Oh, herrlich«, murmele ich genervt. Scheinbar bin ich nicht der Einzige, der den Pater bis hierhin verfolgt hat. Ich mache auf dem Absatz kehrt und stürme wieder hinein. Der Pater steht noch beim Altar, die Hände auf das Weihbecken gestützt. Bedächtig laufe ich durch die Reihen auf ihn zu.

Ein Lufthauch zieht an meinen Klamotten, als jemand an mir vorbeirennt und dabei meine Schulter streift. Abrupt bleibe ich stehen, fokussiere meine Sinne und erkenne schließlich Emilios Gestalt, die auf halber Strecke zwischen mir und dem Pater anhält. Das Beben verebbt. Automatisch halte ich den Atem an.

Ihn nach all der Zeit, in der ich ihn gesucht und Mordfantasien durchgespielt habe, endlich vor mir zu haben, löst ungeahnt starke Gefühle in mir aus.

Es ist, als würde jemand mit einem Vorschlaghammer mit aller Gewalt auf meinen Brustkorb hämmern.

Mio wirft nur einen abschätzigen Blick über die Schulter zu mir. »Hi«, sagt er lässig. »Wusste nicht, dass du auch hier bist. Hast du dich verletzt?«

Ich balle die Hände zu Fäusten und schlucke angestrengt. Er hat das hier verursacht? Das kann nicht sein. Er muss Unterstützung haben, was bedeutet, dass er nicht allein gekommen ist.

Unwillkürlich taste ich nach dem Dolch in der Innentasche meiner Jacke und umfasse den Griff fest.

»Ich kümmere mich darum«, sagt Emilio in meine Richtung und wendet sich dann endgültig dem Pater zu, der verdächtig blass geworden ist. Vielleicht erinnert er sich an seine letzte Begegnung mit Emilio zurück, die ich auf der Videoaufzeichnung gesehen habe. Die beiden sind jedenfalls genauso verfeindet auseinandergegangen wie wir.

»Was tust du in meiner Kirche?«, fragt der Pater mit fester Stimme. Seine Finger krallen sich um die Schale Weihwasser. »Wer hat dich reingelassen?«

»Ich brauche keine Einladung, wenn ich die Tore einfach aufbreche«, erwidert Emilio ruhig. Deswegen das Erdbeben? Heilige Scheiße, er hat das Leben dieser Gläubigen riskiert, nur um sich Zutritt zu verschaffen?

Warum wundert es mich überhaupt, nachdem er kaltblütig versucht hat, Damien zu töten?

Emilio ist jetzt ganz auf den Pater konzentriert, weswegen ich lautlos den Dolch herausziehe und einen Schritt zur Seite mache.

»Lass gut sein.« Er sieht nicht einmal in meine Richtung, doch ich weiß, dass die Worte an mich gerichtet sind. »Wir klären die Sache später. Eins nach dem anderen.«

»Mir egal, was du mit Grayson zu besprechen hast«, gebe ich bissig zurück. »Schau mir wenigstens in die Augen, du verdammter Feigling.«

»Er hat Landon wehgetan«, behauptet Emilio.

Trocken lache ich auf. »Und *du* hast *meinem* Freund wehgetan«, sage ich bitter.

Emilio wirft nun doch einen weiteren Blick über die Schulter und der Schmerz in seinem Gesicht trifft mich unerwartet scharf. Wie kann er es wagen, Damien ein Messer in den Rücken zu rammen und dann verletzt darüber auszusehen? Dieser dämliche Bastard.

Emilio bewegt sich blitzschnell, als der Pater eine Regung macht. Dieser will offenbar den Moment nutzen, um abzuhauen, doch Mio kommt ihm zuvor. Pater Grayson schleudert ihm die volle Ladung Weihwasser entgegen, ich sehe, wie es auf Emilios Haut aufkommt und dampfend verbrennt, aber er weicht nicht zurück, stößt nicht einmal ein schmerzvolles Zischen aus.

Tropfend und nass drückt er den Pater gegen die nächste Wand, einen Unterarm an seine Kehle gepresst.

»Ich weiß, was du ihm angetan hast«, knurrt er dicht vor ihm. Ich kann die Worte aus der Entfernung nur dank meiner in Alarmbereitschaft versetzten Sinne hören. »Wieso hast du ihn bestraft? Weil er mir geholfen oder einfach nur, weil er falsch geatmet hat?«

»Du hast keine Ahnung von unserer Verbindung, Dämon!«, keucht der Pastor deutlich lauter und windet sich unter dem Griff. Zumindest versucht er es. »Landon ist stets auf der Seite des Herrn, genauso wie ich.«

Irgendwie schafft er es, einen Arm zu befreien, nach seinem schweren Kreuz zu greifen und es Emilio ins Gesicht zu schlagen. Dieser weicht instinktiv vor dem Gottessymbol zurück.

»Im Namen des Herrn, des Sohnes und des Heiligen Geistes«, spricht der Pastor laut, schreit jetzt beinahe. Emilio schlägt nach ihm und das Kreuz segelt quer über den Altar, ich sehe jedoch Blut an seinen Fingern glitzern. Kurz darauf ist seine ganze Hand blutüberströmt.

Oh, Notiz an mich selbst: Fass besser nicht das Kreuz eines Priesters an. Heilige Mutter Gottes.

»Gottverdammt«, murmele ich und schreite ein, als Pater Grayson einen Holzdolch aus seiner Kutte zieht und diesen drohend über Emilios Kopf hebt.

Geschickt springe ich über die Pfütze Weihwasser, schubse Emilio zurück und fange den Dolch mit einer Hand ab. Pater Grayson ist so verwirrt über die Geschwindigkeit, mit der ich mich bewege, dass er ebenfalls zur Seite tritt und taumelt. So habe ich Gelegenheit, ihn zu entwaffnen und den Dolch in die nächste Ecke zu befördern.

»Wenn Lan tatsächlich auf Ihrer Seite ist, warum schicken Sie ihn dann auf eine Selbstmordmission?«, frage ich provozierend.

Pater Grayson verengt die Augen. »Der Herr testet uns alle von Zeit zu Zeit, Sündiger.«

»Oh, so wurde ich noch nie genannt«, spotte ich und mache sicherheitshalber einen Schritt zurück, als er erneut in seine Kutte greift. Was hat er dort alles versteckt? »Klingt heiß. Gefällt mir, Süßer.«

Er zieht eine Bibel heraus, schlägt sie auf und beginnt vorzulesen: *»Ich singe dem Herrn ein Lied, denn er ist hoch und erhaben. Rosse und Wagen warf er ins Meer. Meine Stärke und mein Lied ist der Herr, er ist für mich zum Retter geworden.«*

Die Worte haben eine merkwürdige Wirkung, es fühlt sich an, als würden meine Organe durcheinandergebracht werden. Unwillkürlich stolpere ich zurück, als eine unsichtbare Kraft mich weiter und weiter zurückschiebt. Ich falle fast über Emilio, der seinerseits nach hinten gepresst wird.

»Er ist mein Gott, ihn will ich preisen; den Gott meines Vaters will ich rühmen. Der Herr ist ein Krieger, Jahwe ist sein Name«, predigt der Pater.

Emilio und ich krachen gemeinsam gegen die Kirchenbänke, während der Pater ungerührt eine Hand hebt. Das Weihwasser auf dem Boden verformt sich wie durch Zauberhand zu einer

Masse und schwebt in der Luft. Was ist das denn für ein abgefahrener Avatar-Mist?

»Fluten deckten sie zu, sie sanken in die Tiefe wie Steine. Deine Rechte, Herr, ist herrlich an Stärke; deine Rechte, Herr, zerschmettert den Feind.« Mit diesen letzten Worten schleudert der Pater mit einer Handbewegung das Weihwasser in unsere Richtung. Ich kneife schon die Lider zusammen in Erwartung des Schmerzes, aber Emilio schmeißt sich vor mich und nimmt die ganze Ladung auf sich. Die einzelnen Spritzer, die mich treffen, nehme ich kaum wahr.

Der Sog in meinen Eingeweiden hört auf und als ich blinzelnd die Augen öffne, ist der Pater weg, offenbar durch den Hinterausgang geflüchtet. Zurück bleiben nur Emilio und ich.

Er ist tropfnass, seine schwarzen Haare hängen ihm in die Stirn und sein dunkler Blick ist scharf und wach wie bei einem Raubtier.

»Damit habe ich jetzt nicht gerechnet«, spricht er aus, was ich denke.

Wir unterschätzen viel zu oft, dass Pater Grayson einige Dämonen auf dem Gewissen hat, die älter und stärker waren als wir.

Emilio richtet sich blitzschnell auf und ich setze mich ebenfalls in Bewegung. Oh nein, so einfach kommt er mir nicht davon. Leider sieht er meinen Angriff kommen und wehrt mein Messer ohne Mühe ab. Die Klinge schneidet fest in seinen Handballen, als er sie von seiner Kehle wegdrückt. Ich halte dagegen und starre ihm in die Augen.

»Wieso hast du das getan?«, frage ich flüsternd. Wir wissen beide, dass ich nicht von der Aktion eben spreche.

»Es tut mir leid«, presst Emilio zwischen zusammengebissenen Zähnen hervor. »Ich habe keine Wahl.«

»Was? Natürlich hast du die! Du hast die Wahl, dich nicht wie ein Arschloch zu verhalten.« Ein Zittern geht durch meinen Körper, als er die Klinge endgültig wegdrückt und ich den Kampf verliere. Das Messer rutscht klirrend über den Marmorboden. »Rühr Damien einfach nicht an. Alles andere ist mir scheißegal.«

»Mir aber nicht, Kilian!«, behauptet Emilio.

»Was verdammt ...«

Ruckartig beugt er sich vor und ich weiche zurück, weil ich glaube, dass er mir eine Kopfnuss verpassen wird. Doch er umfasst nur mein Kinn und haucht mir einen unerwarteten Kuss auf die Lippen.

Ich will zurückweichen, ihn schlagen, aber dann fließt seine Energie auf mich über und ich verliere mich in den rauschenden Empfindungen. Ich neige den Kopf und erwidere den Druck, sauge seine Lippe zwischen meine und beiße fester als nötig hinein. Er belohnt mich mit einem heiseren Stöhnen, das geradewegs durch meinen Körper schießt, und ich lasse los, lasse zu, dass meine Energie auch auf ihn überfließt.

Einen Moment lang küssen wir uns nur, Blut rauscht in meinen Ohren. Schließlich ist Emilio derjenige, der sich zuerst löst. »Das habt ihr mir nie beigebracht«, sagt er heiser.

»Hättest du dir auch selbst denken können, oder?« Tatsächlich erinnere ich mich an Momente, in denen Damien und ich damit gehadert haben, Mio diesen Teil der gemeinsamen Jagd näher zu bringen. Es ist nie dazu gekommen. *Bis jetzt.* Wie ironisch, dass ich gerade noch ein Messer in seine Kehle rammen wollte.

»Was läuft da zwischen Lan und Damien?«, fragt Emilio unvermittelt.

Ich frage gar nicht erst, woher er davon weiß. »Was denkst du denn? Damien braucht viel Energie und Landon ist verfügbar.« Und er ist im Moment der Einzige, den ich in Damiens Nähe ertrage. Es wäre ätzend daran zu denken, dass er mit irgendwelchen Kerlen schläft und noch schlimmer, wenn er sich gar keine Energie holt.

»Mphf«, macht Emilio. »Ich weiß nicht, ob mir das gefällt.«

»Tu Damien etwas an und ich mache dasselbe mit Landon«, sage ich salopp. Wir entfernen uns endgültig voneinander, Mio runzelt misstrauisch die Stirn und ich schiele zu meinem Messer.

»Ich hoffe, du kannst mir irgendwann verzeihen, Kian«, sagt er leise. Es klingt wie ein Abschied.

Ich öffne den Mund, aber im nächsten Moment wird er von schwarzem Rauch umhüllt und ist weg.

Mein lauter Fluch hallt an den zerstörten Kirchenmauern wider.

KAPITEL 11

LANDON

»Wirst du meine Wohnung je wieder verlassen?«

Ich blinzele, als Damiens Worte mich aus meiner Konzentration reißen. »Was?«, frage ich, obwohl ich ihn sehr wohl verstanden habe. Der Hausherr lässt sich mir gegenüber an den Esstisch fallen.

»Du bist seit drei Tagen hier, Lan. Allmählich gehst du mir auf die Nerven.«

Ich lache leise. »Tja, das hörte sich gestern Abend anders an.« Langsam mache ich mir Sorgen, weil er trotz der vielen Energie, die er von mir bekommt, immer noch so blass ist, aber ich habe keine Ahnung, wie ich das ansprechen soll.

»Was zahlt Kilian dir, damit du meinen Babysitter spielst?«, fragt er düster.

»Gar nichts. Er hat mich nur gebeten, dir Energie zur Verfügung zu stellen.«

»Du meinst, Sex mit mir zu haben«, konkretisiert Damien trocken. »Weißt du, dass du nur eine mies bezahlte Hure bist?«

»Ja, und? Ist doch ein ehrbarer Beruf.«

»Komm mir nicht mit diesem Scheiß, Lan.«

Oh, da hat aber jemand schlechte Laune. Als ich eine Augenbraue hochziehe, rollt er seufzend mit den Augen. »Es macht mich wahnsinnig, dass ich nichts von ihm höre«, vertraut er mir leise an.

Ah, natürlich. Es geht hier eigentlich um Kilian.

»Dann ruf ihn doch einfach an«, schlage ich vor.

»Er geht nicht ran. Und meine Nachricht von gestern hat er auch ignoriert.«

Ein ungutes Gefühl macht sich in mir breit. Sollte es uns zu denken geben, dass Kilian nicht erreichbar ist? Ich klappe den Laptop zu und beuge mich verschwörerisch über den Tisch. »Meinst du, er ist in Gefahr?«

Damien schnaubt spöttisch. »Klar, Kian ist immer irgendwie in Gefahr.«

»Ich glaube, er verfolgt den Pater. Und dieser ist für eine Woche in einer anderen Kirche zur Unterstützung.«

»Mhm.« Damien erhebt sich und läuft rüber in die Küche. Ich versuche, mich wieder auf meine Hausarbeit zu konzentrieren, aber es gelingt mir nicht. Als Damien hinter mich tritt und beginnt, meinen Hals zu küssen, geht die Konzentration endgültig flöten. Stöhnend lehne ich mich in seine Berührung.

»Hey«, flüstere ich. Er nimmt noch keine Energie, doch ich spüre bereits das elektrisierende Knistern zwischen uns.

»Vermisst du Emilio?«, haucht er mir ins Ohr.

Zögernd nicke ich. »Es ist komisch, ihn nicht mehr in der Uni zu sehen.«

»Was würdest du tun, wenn er jetzt hier auftaucht?«

Meine Mundwinkel verziehen sich zu einem Grinsen. »Ein Dreier kommt mir als Erstes in den Sinn.«

Damien lacht schnaubend und beißt in meinen Nacken, was eine Gänsehaut zur Folge hat. Ich werde gleich richtig hart, wenn er so weitermacht.

»Das meinte ich sicher nicht«, erwidert er.

»Er wird dir nicht wehtun«, versichere ich ihm und strecke einen Arm über den Kopf, um die Finger in seinem Haar zu vergraben. »Ihr müsst einfach darüber sprechen, um die Sache aus der Welt zu räumen.«

»Was, wenn er einen guten Grund hatte?«, wispert Damien weiter, die Lippen noch an meinem Hals.

Ich zögere, weil mir beim besten Willen keiner einfällt. Was könnte Damien getan haben, um den Tod zu verdienen? Nichts. Er ist ein Anführer, der Ruhepol des Rudels, war stets Mios Ansprechpartner und viel wichtiger: sein Freund.

»Vielleicht hatte er keine Wahl.« Damien legt nun eine Hand auf meine Schulter und beginnt, mich sacht zu massieren. »Dann halt ihn nicht auf. Es ist okay, was immer auch passiert.«

Die flammende Lust vergeht schlagartig, als mir die Bedeutung seiner Worte bewusst wird. Ich löse mich aus seinem Griff und wende mich zu ihm um. Sein Blick aus rehbraunen Augen ist ganz ruhig. Als hätte er sein Schicksal bereits akzeptiert.

»Sag sowas nicht«, erwidere ich verärgert. »Natürlich werde ich ihn aufhalten. Ich werde nicht zulassen, dass ihr euch gegenseitig umbringt. Verdammte Idioten.«

Damien schmunzelt, aber es sieht eher traurig als amüsiert aus. »Sollte ein Pfarrerssohn so fluchen?«

»Scheiß drauf. Ich muss ohnehin bald zur Beichte.«

»Du solltest wirklich langsam mein Haus verlassen.«

Der abrupte Themenwechsel bringt mich kurz aus dem Konzept. »Nein«, entscheide ich dann.

»Ich brauche keinen Aufpasser.«

»Aber ich!«, entfährt es mir ungewollt. Als Damien fragend die Augenbraue hochzieht, seufze ich ergeben. »Ich will nicht nach Hause zu Ely oder bei irgendeinem anderen Jäger schlafen. Das fühlt sich falsch an.«

»Du arbeitest immer noch für den Pater.«

»Ja. Dennoch ....«

Schweigen füllt den Raum, weil ich den Satz nicht beenden kann.

»Also schön, Süßer.« Damien wuschelt mir durchs Haar, als würde er einem Hund den Kopf tätscheln, bevor er sich zurück auf seinen Platz am Esstisch setzt. Irgendwie erinnert diese Geste mich an Emilio und lässt die Sehnsucht in mir stärker ziehen. »Wenn du hierbleiben willst, sollten wir uns nützlich machen.«

»Oh.« Damit habe ich am wenigsten gerechnet. Die plötzliche Euphorie, die mich überkommt, schießt kribbelnd durch meine Wirbelsäule. »Also schön. Was ist der Plan?«

»Wir werden jetzt herausfinden, was damals bei unserer ersten Begegnung passiert ist«, erklärt Damien.

»Du meinst, du Nacht, an die sich keiner von uns erinnert? Wie sollen wir das anstellen?«

»Wir gehen auf die Suche.« Damien erhebt sich und klappt in gleicher Bewegung meinen Laptop zu. »Los gehts.«

»Es ist so falsch, hier zu sein«, murmele ich und halte unwillkürlich den Atem an. Es ist, als würde Grants Geist in jedem Winkel dieser Wohnung hausen und nur darauf warten, uns heimzusuchen.

»Wirst du jetzt plötzlich zum Angsthasen?«, fragt Damien spöttisch.

»Weißt du, ich mochte dich mehr, als du still, geheimnisvoll und sexy warst«, gebe ich schnippisch zurück und versetze mir einen Ruck, um endlich hineinzugehen und die Tür hinter mir leise zuzuziehen.

Grant war ein Jäger, wie ich. Wir sind zur selben Uni gegangen, hatten teilweise den gleichen Freundeskreis, doch haben uns nie richtig angefreundet. Genauer gesagt, erinnere ich mich nur an ein flüchtiges Gespräch, das wir miteinander geführt haben. Kilian war es, der ihn grausam aus dem Leben gerissen hat, nachdem er versucht hat, Damien mit einem Messer anzugreifen.

Immer noch verspüre ich gemischte Gefühle, wenn ich an Grant zurückdenke. Er war einer von uns, andererseits kann ich nicht leugnen, dass ich froh bin, dass Damien nicht gestorben ist. Irgendwie sind alle drei Incubi mir zu sehr unter die Haut gekrochen.

»Grant hat auf eigene Faust gehandelt«, spricht Damien seine Gedanken laut aus, während er die Schränke im Flur aufzieht und die Sachen durchsucht. Ich stehe immer noch wie angewurzelt im Eingangsbereich und beobachte ihn. »Und Fakt ist, dass er Tage zuvor Kilian irgendwie ebenfalls ausgeknockt hat.«

Stimmt, an diesem Abend war ich im *Lemons* und habe dabei zugesehen, wie Grant zuerst hemmungslos mit Kilian geflirtet und ihn dann mit ins Lager genommen hat. Kilian war danach wie auf einem Trip und Emilio musste ihn rausziehen und wegbringen.

»Denkst du, Grant hat uns an diesem Abend alle irgendwie betäubt und unter Drogen gesetzt?«, frage ich weiter, hauptsächlich, weil ich diese unheimliche Stille kaum ertrage.

»Ja.« Damien wirft mir über die Schulter einen abschätzigen Blick zu. »Machst du dich jetzt nützlich oder was?«

Also schön. Ich schlucke die unangenehmen Gefühle herunter und laufe durch den Flur in den nächsten Raum, der Wohn- und Schlafzimmer in einem ist. Es sieht alles unberührt aus.

Hat niemand sich in den letzten Wochen um die Räumung gekümmert? Vermutlich wird diese Wohnung, genauso wie meine, vom Pater finanziert und wartet noch auf einen Jäger, der hier einziehen kann. Das würde zumindest Sinn machen.

Auf einem Schreibtisch finde ich Behälter mit Weihwasser und mehrere Kreuzanhänger, in den Schubladen verstauben ordentlich sortierte Dokumente, Zeugnisse, Versicherungsunterlagen. Nichts Aussagekräftiges.

Das unterste Fach hat einen doppelten Boden, den ich aushebele. Ein kleines Taschenmesser und ein Notizbuch liegen darin. Als ich die Seiten durchblättere, fällt eine Visitenkarte heraus.

»Was ist das?«, fragt Damien, der sich nun neben mich kniet und nach der schwarzen Karte angelt.

Guardians steht mit goldenen Lettern auf dunklem Untergrund. Links und rechts sind Engelsflügel in den Karton eingraviert, die ich nur erkenne, als Damien die Karte gegen das Licht hält. Auf der Rückseite ist ein handschriftlich notierter Zahlencode.

548-558-135.

»Schon mal davon gehört?«, hakt er nach.

Ich schüttele den Kopf und nehme ihm die Visitenkarte ab, um sie genauer zu betrachten. Mit den Fingern fahre ich die Konturen nach. Sie sieht abgegriffen aus, als habe Grant sie öfter in den Händen gehalten oder immer wieder herausgezogen. »Wirkt wie eine Geheimgesellschaft.«

Damien nimmt mir das Notizbuch ab und blättert selbst darin herum. Nur die ersten Seiten sind beschrieben mit weiteren wirren Zahlenkombinationen.

Das Gruselige ist, dass mir die Handschrift irgendwie bekannt vorkommt. Aber woher?

»Sind das Datumsangaben?«, rate ich ins Blaue hinein, doch Damien schüttelt abwesend den Kopf.

»Das sieht eher aus wie eine Entschlüsselungstabelle.«

Verwirrt runzele ich die Stirn. »Wofür?«

Plötzlich hebt Damien ruckartig den Kopf. »Der Briefkasten vor der Tür wirkte ziemlich überfüllt, oder? Hol die Post rein.«

»Wieso willst du jetzt …«

»Es sah nach einigen schwarzen Umschlägen aus«, erklärt er ungeduldig. »Vielleicht sind das Informationen, die zu diesem Code passen.«

Verdammt, das ergibt wirklich Sinn. Ohne weitere Fragen erhebe ich mich und jogge nach unten, um den Postkasten zu leeren. Kühler Herbstwind weht mir um die Ohren, als ich mich verschwörerisch zu den Seiten umsehe.

Als Damien vorgeschlagen hat, in Grants Wohnung einzubrechen und nach Hinweisen zu suchen, habe ich nur mitgemacht, weil es besser war, als tatenlos herumzusitzen. Dass wir jetzt tatsächlich einen realen Anhaltspunkt haben könnten, löst kribbelnde Euphorie in mir aus. Bleibt nur noch herauszufinden, was es mit diesen mysteriösen schwarzen Umschlägen auf sich hat, die Grants Name in demselben Goldton wie die Visitenkarte tragen.

Und plötzlich fällt mir ein, warum die Handschrift in dem Notizblock mir so vertraut vorkommt. Sie steht auch in einigen meiner Hefte in Form von Professor Peddles Anmerkungen.

Fuck. Wie viele von unseren Leuten stecken da mit drin?

KAPITEL 12

KILIAN

Menschen zu beobachten ist mein Spezialgebiet. Damals, als ich ein Kind war und die ganze Welt zu einem gefährlichen Ort wurde, habe ich es perfektioniert. Abwarten, Analysieren und Reagieren, bevor es zu spät ist, wurde zu meinem Lebensinhalt.

Ich bin der festen Überzeugung, dass es keinen besseren Stalker als mich gibt. Ich bin nicht gut darin, Leute in meinem Leben zu halten und Freundschaften zu knüpfen, aber solange ich Abstand wahre, ist es ein Leichtes, alles über einen Menschen herauszufinden.

In kurzer Zeit habe ich in Erfahrung gebracht, wo Pater Grayson während seines Aufenthalts in Jacksonville lebt, arbeitet, seine Wäsche macht und wo er heimlich zum Rauchen hingeht.

Es ist fantastisch, seine kleinen schmutzigen Geheimnisse zu enttarnen. Gerne hätte ich ihn damit aufgezogen, aber ich darf meine Deckung nicht fallenlassen.

Gerade nippe ich an meinem schwarzen Kaffee, während ich über die Straße durch ein Fenster in ein Restaurant blicke, in dem er zu Abend isst. Wer ist dieser Typ, mit dem er sich heute trifft? Er ist neu und wirkt nicht unbedingt wie ein Kirchenmitglied.

Das Koffein sitzt schwer und kalt in meinem Magen und erinnert mich daran, wie hungrig ich bin.

Es ist dringend nötig, meine Energiespeicher aufzuladen, aber es war leichter, sich aufs Stalken zu konzentrieren und den Rest für eine Weile auszublenden. Wo soll ich in diesem Kaff auch einen heißen Typen finden, der es mir schnell, schmutzig und unkompliziert besorgt?

Ein flüchtiger Blick auf mein Handy verrät, dass Damien mir schon wieder geschrieben hat. Sein Profilbild leuchtet kurz auf meinem Bildschirm auf und schürt die Sehnsucht und das Verlangen in meinem Magen.

Damien
Sag mir wenigstens, ob du noch lebst, wenn du schon nicht mit mir sprichst.

Ich habe ihn nicht zurückgerufen, mich nur kurz bei Landon vergewissert, dass es ihnen gut geht. Noch bringe ich es nicht über mich, seine Stimme zu hören. Es ist ein natürlicher Instinkt, mich zurückzuziehen, um mir selbst zu beweisen, dass ich ohne ihn überleben kann. *Fucking Lügner.*

»Alles in Ordnung«, tippe ich zurück und als ich wieder aufsehe, ist der Tisch des Paters plötzlich leer.

»Fuck«, fluche ich und rufe meine Bedienung heran, um zu bezahlen und schnell auf die regnerischen Straßen zu treten. Okay, sein Wagen steht noch am Straßenrand, er ist also nicht weggefahren.

Um keine Aufmerksamkeit auf mich zu ziehen, stelle ich mich an die Straßenecke und zünde mir eine Zigarette an, blicke immer wieder zu dem Fenster, doch der Tisch bleibt leer. Wo sind Pater Grayson und seine Begleitung hin?

Mein Körper kribbelt von dem Nikotinstoß, aber das Flattern meiner Nerven rührt von etwas anderem her. Es ist nicht die Tatsache, dass ich den Pater wegen eines unachtsamen Augenblicks verloren habe – das passiert den besten Stalkern –, sondern, weil ein Teil mir in mir glaubt, dass das ein wichtiger Moment ist.

Die ungewöhnliche Auswahl des Restaurants, dieser unbekannte Mann, der wie ein Rumtreiber aussieht, das Abweichen von einer gerade etablierten Routine ... Meine Instinkte schlagen Alarm und sie lassen mich selten im Stich.

Ich muss herausfinden, was da passiert, auch wenn ich damit das Risiko eingehe, aufzufliegen.

Eilig drücke ich die Zigarette in den Aschenbecher und betrete ohne viel Aufsehens das Restaurant. Eine attraktive Bedienung nimmt mich in Empfang, deren süßes Parfum mir in die Nase weht und mich wieder daran erinnert, dass ich nicht nur Nahrung, sondern vor allem Lebensenergie brauche.

Gottverdammt. Es gibt nichts Besseres, Sex und Energiefluss zu vereinen, aber in Momenten wie diesen hasse ich es, ein Incubus zu sein.

Sie führt mich zum einzig noch freien Tisch, der natürlich nicht einmal in der Nähe des Fensterplatzes des Pastors ist. Ungeduldig warte ich, bis mein Kellner kommt, gebe meine Bestellung auf und erhebe mich dann. Die Beschilderung zur Toilette ist mir schon beim Reingehen aufgefallen, doch ich mache extra einen Schlenker und laufe einmal durch das ganze Lokal, kann den Pater aber nicht ausfindig machen.

Schließlich lande ich im Untergeschoss bei den Herrentoiletten und lausche. Kurz kommt mir der Gedanke, dass der Typ sein Liebhaber sein könnte, ein weiteres schmutziges Geheimnis, doch das würde nicht ins Bild passen. Er ist zu gewissenhaft, um sich öffentlich mit einem Mann zu treffen, den er vögeln will.

Neben den Toiletten findet sich eine weitere Tür, die mit »Nur für Personal« beschrieben ist. Einer Intuition folgend drücke ich sie auf und spähe in den langen Flur vor mir. Wohin führt er? Ein Lager oder geheimer Durchgang?

Es gibt nur einen Weg, das herauszufinden. Ich schlüpfe hinein, stolpere gegen die Wand und brauche einen Moment, um die Schwärze vor meinen Augen wegzublinzeln. Vielleicht sollte ich die süße Empfangsdame von vorhin ansprechen. Ihre Energie würde mir fürs Erste genügen, um mich zumindest auf den Beinen halten zu können.

»Hallo.«

Peinlicherweise zucke ich zusammen, als eine weibliche Stimme erklingt. Ich war so in Gedanken fokussiert, dass ich nicht bemerkt habe, dass eine Frau mir gefolgt ist und jetzt unmittelbar neben mir steht. Sie trägt ein schwarzes Shirt, der Name des Restaurants ist mit goldenen Lettern auf ihre Brust gedruckt.

Guardians.

»Geht es dir gut?«, fragt sie und schüttelt ihren fransigen Pony aus der Stirn.

»Ja«, sage ich schnell. »Ich bin nur ein bisschen ...«, *hungrig,* »nervös.«

»Ah, du bist fürs Treffen hier«, rät sie und schenkt mir ein aufmunterndes Lächeln. »Dann komm. Keine Angst. Ich bin übrigens Steph.«

Treffen? *Angst?* Scheiße, was passiert hier? Ich nicke nur folgsam und trotte hinter ihr her, als sie mit strammen Schritten den Flur entlangläuft.

»Hast du deine Einladung parat?«, fragt die Frau über die Schulter.

Oh, Shit, meine Tarnung fällt jeden Moment auf. Ich muss mir etwas überlegen, und zwar *jetzt.*

»Ehrlich gesagt nicht«, gestehe ich. »Aber ich habe gehofft, dennoch mitmachen zu können.«

Steph hält inne und dreht sich ganz zu mir herum, eine Augenbraue hochgezogen. Sie lässt den Blick einmal über meine Gestalt wandern.

»Verstehe.« Irre ich mich oder klingt sie jetzt misstrauisch? »Wer hat dir hiervon erzählt?«

Bevor ich ihr eine Antwort geben kann, wird irgendwo links von uns eine Tür geöffnet und tiefe Stimmen erklingen. Oh, scheiße, das ist ...

Ich habe keine Chance, die Entscheidung zu treffen, abzuhauen, da Pater Grayson in diesem Moment mit seiner Begleitung um die Ecke kommt und zu uns stößt. An dem schockierten Blick des Pfarrers kann ich ablesen, dass er überrascht ist, mich hier zu sehen. Shit, meine sorgsam aufrechterhaltene Tarnung ist soeben in sich zusammengekracht.

Meine Muskeln spannen sich an, als ich mich auf einen Kampf vorbereite. Wenn das alles Jäger sind …

»Wer ist das, Steph?«, fragt der Typ neben Pater Grayson. Er hat eine ungewöhnlich freundliche Stimme, die ich niemals seinem bulligen Äußeren zugeordnet hätte.

»Ich weiß nicht. Er war hier unten in den Gängen«, erwidert Steph immer noch misstrauisch.

»Ein neues Mitglied?«, fragt der Bullige und mustert mich neugierig.

»Ich denke, er hat sich verirrt«, wirft der Pater scharf ein und verengt leicht die Augen, als er mich betrachtet. Soll das etwa eine subtile Warnung sein? Wie süß.

»Tatsächlich interessiere ich mich für eure … Gruppierung«, werfe ich ein.

»Steph, bring Timothy doch zurück zu seinem Tisch«, bittet der Fremde und klopft dem Pater gutmütig auf die Schulter, bevor er ihn bestimmt an mir vorbei Richtung Ausgang schiebt. »Wie heißt du?«, fragt er an mich gerichtet.

»Kilian.«

»Kilian, schön. Ich gebe dir eine Einladung. Komm zu unserem nächsten Treffen, dann wird dir alles klar werden.«

»Perfekt.« Keine Ahnung, worauf ich mich da einlasse, aber ich werde das Gefühl nicht los, dass Pater Graysons Besuch in Jacksonville weniger mit der Kirche und mehr mit diesen mysteriösen *Guardians* zu tun hat.

Das ist eindeutig etwas, dem ich nachgehen muss.

Zwei Tage später bin ich zurück in der Heimat und die deprimierende Leere in mir bringt mich dazu, ein Penthouse zu mieten, um dort eine Party zu feiern. Neben purem Whiskey in bedenklichen Mengen ficke ich ein, zwei oder vielleicht auch vier Jungs, an deren Gesichter ich mich nicht mehr erinnere.

Körperlich geht es mir besser, aber ich verliere allmählich den Verstand.

Ich bringe es immer noch nicht über mich, Damien in die Augen zu sehen, und konzentriere mich lieber auf das mysteriöse Treffen, zu dem ich eingeladen wurde. Es findet nicht weit von Mios alter Wohnung in einer verlassenen Villa statt, die aus denkmalgeschützten Gründen nicht abgerissen werden darf und schon seit Jahren dem Verfall und der Natur überlassen wird. Es wundert mich, dass die *Guardians* aus Jacksonville auch Treffen in unserer Stadt veranstalten, aber diesem

Geheimnis werde ich sicherlich bald auf die Schliche kommen.

Ich mache extra einen Umweg und laufe an Emilios Zuhause vorbei. Wenn ich an unsere letzte Begegnung denke, fühlt sich alles wie in Watte gepackt an. Ist das wirklich passiert? Hat er mich geküsst, als ich ihn umbringen wollte?

»Mir aber nicht, Kilian!«

Seine Worte hallen noch in meinem Kopf wider. Genauso wie Damiens.

»Wenn du der Meinung bist, dass wir kein Rudel mehr sind, musst du mich nicht beschützen.«

Muss ich nicht. Damien geht mich einen Scheiß an. Landon interessiert mich nicht. Warum tue ich das alles überhaupt? Ich sollte meine Sachen packen und *auswandern.*

Mies gelaunt schlüpfe ich unter der Absperrung hindurch, ziehe die Kapuze auf und jogge in Richtung Eingangstür. Es nieselt leicht, ich spüre kalten Regen auf dem Gesicht, aber der ist nicht Grund für die Gänsehaut in meinem Nacken.

Es ist diese Villa, deren Präsenz mich förmlich erschlägt, als ich durch eine kaputte Tür ins Innere husche. Es ist, als würde das Gebäude atmen und mich einnehmen wollen. Wie ein schauriges Gruselhaus.

Misstrauisch ziehe ich die Visitenkarte hervor, die Roger – der bullige Typ vom *Guardians* – mir gemeinsam mit einem Chiffre gegeben hat. Die Einladung kam gestern an und wenn ich den Code richtig geknackt habe, dann müssten wir uns genau hier treffen. Aber wo sind alle?

Bedächtig streife ich durch die leeren Räume, in denen es modrig nach Schimmel riecht, bis ich zu einer Tür ankomme, die nicht ins Bild der heruntergefallenen Baracke passt. Im Gegenteil, sie sieht neu aus, besteht aus glänzendem Stahl und einem schweren Türschloss.

Sieh mal einer an. Ich schätze, dort muss ich runter.

Die Tür lässt sich mit Leichtigkeit aufziehen, sie quietscht leise und offenbart eine Treppe, die nach unten ins Dunkle führt. Meine Augen gewöhnen sich schnell an die Lichtverhältnisse, ich jogge herunter und komme in ein Tunnelsystem, das mich an unwillkürlich die Nacht in der St. Sebastian Church erinnert. Damals konnten wir Emilio nicht retten, und jetzt ...

»Du bist gekommen.« Roger tritt mit offenen Armen und einem breiten Lächeln auf mich zu, als er um die Ecke biegt und mich erblickt. »Kilian. Willkommen.«

»Ja. Hallo.« Ich schüttele seine Hand und betrachte ihn kurz. Der erste Verdacht, dass es sich bei den *Guardians* um irgendeine abgedrehte Sekte handelt, verstärkt sich bei seinem Anblick. Er trägt eine Art Kutte, die seine Gestalt verdeckt. Auf Höhe seiner Brust baumelt ein goldenes Kreuz.

»Komm, gehen wir zu den anderen«, schlägt er vor und setzt sich in Bewegung. Während ich ihm folge, bereue ich langsam, niemandem hiervon erzählt zu haben. Das war definitiv nicht mein klügster Schachzug.

»Erzählst du mir jetzt, was es mit den Guardians auf sich hat?«, hake ich ungeduldig nach.

»Wir wurden von einem sehr mächtigen Mann gegründet, der es sich zur Aufgabe gemacht hat, Menschen zu beschützen. Weißt du, Kilian, nicht jeder ist für die Wahrheit geschaffen.« Roger macht eine Kunstpause, in der nur unsere Schritte in dem Gemäuer widerhallen. »Es sind die Mutigen, die Aufopferungsvollen, die die Unwissenden vor Gefahren bewahren, die sie selbst nicht wahrnehmen.«

»Vor welchen Gefahren?«, hake ich nach.

Roger lacht leise, beinahe sanft. »Ich denke, das weißt du bereits.«

Ich drehe den Kopf und sehe ihm in die Augen. Wir verlangsamen unseren Schritt. »Dämonen«, rate ich und schlucke. »Ihr seid Dämonenjäger?«

»Nein, nicht ganz. Wir sind die Versiegelten, denen es bestimmt ist, neben dem allmächtigen Sohn Gottes zu stehen und über die Erde zu richten.«

Ding, ding, ding, Sekte. Wusste ich es doch.

»Und was ist eure Aufgabe?«, hake ich nach.

»Natürlich die Erde zu säubern. Um unsere vollen Kräfte zu entfalten, müssen wir uns zunächst als würdig erweisen. Wir vernichten einen Unreinen aus der Hölle und erlangen so unser volles Potential.«

Also doch nur Dämonenjäger. Scheiße. Hoffentlich wissen sie nicht, dass ich …

Wir bleiben endgültig stehen, Roger legt mir feierlich eine Hand auf die Schulter und strahlt mich an. »Ich weiß es sehr zu schätzen, dass du dich freiwillig opferst, damit wir durch dich weiterhin die himmlischen Aufgaben des Herrn ausführen können. Dein Tod wird nicht umsonst sein, Dämon. Einer von uns wird durch dich aufsteigen und der Herr wird deiner Seele gnädig sein.«

Oh, scheiße, nein. Das kann er sowas von vergessen. Ruckartig weiche ich zurück und hebe die Hand, um ihm ins Gesicht zu schlagen, doch Roger sieht das voraus. Als habe er nur darauf gewartet, zieht er geschmeidig ein langes Messer aus seiner Robe und versenkt es ziemlich präzise direkt in mein Herz.

KAPITEL 13

LANDON

Es war leicht, die Codes der *Guardians* zu knacken, und wie sich herausstellt, finden unregelmäßige Treffen in unserer Stadt und außerhalb statt. Die *Guardians* haben ein überraschend weitläufiges Gebiet.

Ich komme mir vor wie ein Undercover-Cop, als Damien und ich in einem Auto mit verdunkelten Scheiben vor der alten Villa sitzen und beobachten, wie ein Mensch nach dem anderen durch die brüchige Tür ins Innere verschwindet.

»Okay, lehn dich zurück und entspann dich«, raunt Damien mir zu und drückt mich ins Polster, wobei ich erst merke, wie angespannt ich war.

Er hat gut reden. »Das ist meine erste Undercovermission.«

»Du guckst zu viele Filme, Lan.«

»Tue ich nicht.«

»Ach ja? Wer hat sich dann die ganzen Copfilme in meiner Mediathek reingezogen?«, fragt er provozierend.

Ich grummele. »Ernsthaft? Du trackst meinen Medienkonsum?«

»Du bist schon zu lange in meiner Wohnung.«

Er hat recht. Es ist nur so verdammt gemütlich bei ihm. Und sicher. »Heute Morgen unter der Dusche hast du dich nicht beschwert«, schnaube ich.

»Stimmt, aber ich bin eher der Typ für One-Night-Stands, nicht für Zwei-Wochen-Stands«, grummelt er, greift noch während des Sprechens nach seinem Handy und checkt seine Benachrichtigungen. Mir entgeht nicht, wie Frustration seine Miene verdüstert.

»Kilian geht es sicher gut«, sage ich beschwichtigend.

Damien verdreht genervt die Augen. »Ich weiß. Es ist nur unfair, dass er dir schreibt und auf keine meiner Nachrichten antwortet.«

Ein kleines Lächeln huscht über meine Züge. »Wenn er sich bei mir meldet, dann nur, um zu erfahren, ob du noch lebst und was du tust«, lasse ich ihn wissen.

Damien erwidert nichts darauf, jetzt ist er derjenige, der konzentriert auf den Eingang starrt, um mich nicht ansehen zu müssen. »Was ist eigentlich zwischen euch passiert?«, versuche ich es trotzdem. Immerhin sind wir in einem Auto eingesperrt und irgendwann wird er mir antworten müssen. »Es ist doch offensichtlich, dass ihr beide Gefühle füreinander habt.«

»Sieht so aus, als würden keine Leute mehr dazustoßen«, wechselt Damien abrupt das Thema und schnallt sich ab. »Ich werde reingehen und mich umsehen. Bleib hier und fahr das Auto weg, wenn ich zu lange brauche.«

»Ich komme mit dir«, widerspreche ich und steige ebenfalls aus.

Damien schnaubt genervt, als ich zu ihm trete. »Ich habe keine Lust, auf dich aufzupassen.«

»Oh, Süßer, ich weiß schon, wie man kämpft«, beruhige ich ihn und öffne den Kofferraum, wo ich meine Jägerutensilien untergebracht habe. Einiges davon verstaue ich in den Innentaschen meiner Jacke, das Klappmesser wandert in meine Hosentasche.

»Ich wette, das meiste davon hast du noch nie benutzt«, zieht Damien mich auf.

Er hat recht, normalerweise nehme ich auch nicht so viel mit, bis auf meinen Dolch oder das Messer. Doch heute wissen wir nicht, was auf uns zukommt. Ich will gewappnet sein.

»In der Theorie schon.«

»Das ist meistens ein großer Unterschied zur Praxis«, informiert er mich mit einem Schnauben, gibt es jedoch auf, mich aufzuhalten. Geduldig wartet er, bis ich alles eingepackt habe, bevor wir gemeinsam über die Straße schlendern. Damien hält mir die kaputte Tür der alten Villa auf und wir schlüpfen hindurch, so wie alle Mitglieder der *Guardians* es zuvor getan haben.

Das Innere sieht genau so aus, wie man es von außen erwarten würde. Heruntergekommen und staubig. Fußabdrücke deuten darauf hin, dass hier öfter Treffen stattfinden, sich aber niemand die Mühe macht, aufzuräumen.

»Ich schätze, sie sind unten im Keller«, sagt Damien, als wir durch die Räume streifen und uns beiden die schwere Stahltür auffällt, die ziemlich neu aussieht. Sie ist mit einem großen Drehschloss versehen. Ich trete darauf zu und ziehe, doch sie bewegt sich keinen Millimeter. »Verschlossen.«

»Was tust du jetzt, Dämonenjäger?«, fragt Damien spöttisch und tritt an meine Stelle. Bei ihm sieht es aus wie ein Kinderspiel, die Tür aufzureißen. Das Schloss gibt einfach unter dem Druck nach und offenbart eine Treppe, die in die Tiefe führt. Am Ende ist Licht auszumachen.

Ich bin schon zur Hälfte unten, als mir auffällt, dass Damien mir nicht folgt. Zähneknirschend steht er immer noch am Eingang und presst die Handflächen gegen eine unsichtbare Barriere. Oh, verstehe, er kommt ohne Einladung nicht rein.

Offenbar nutzen die *Guardians* unsere Tricks und Techniken. Einer von ihnen muss ein geweihter Priester sein.

»Komm wieder hoch«, zischt er mir zu. »Wir müssen einen anderen Weg finden.«

»Warte auf mich. Ich sehe mich kurz um und bin schnell zurück.«

»Landon, nein! Komm zurück. Hey!«

Ich achte nicht auf seinen Protest und jogge auch die restlichen Stufen hinunter. Der Flur hat nur eine Biegung, der ich folgen kann, was die Entscheidung leichter macht. Offensichtlich ist dieses Kellersystem erst nachträglich ausgebaut worden und führt zu einem bestimmten Raum.

Mein Nacken kribbelt unangenehm und ein dumpfes Pochen macht sich in meinem Hinterkopf bemerkbar, je näher ich dem Ziel komme. Das ist kein gutes Zeichen. Ich sollte umkehren.

Wie so oft in letzter Zeit ignoriere ich meine Instinkte und mache weiter, auch wenn mein Körper mich mit jeder Zelle anschreit, es nicht zu tun. Mein Schritt verlangsamt sich, als die Luft dünner zu werden scheint.

Ein letztes Mal biege ich nach links und komme vor einer weiteren verschlossenen Tür zum Stehen. Noch während ich mich frage, wie ich ohne Damiens Dämonenkräfte die Tür öffne, schwingt sie von ganz allein auf.

»Willkommen, Landon«, sagt eine freundliche Stimme. Ich blicke in das Gesicht eines bärtigen Mannes, der mich sanftmütig anlächelt. »Wir haben auf dich gewartet.«

Er öffnet die Tür weiter und macht einen Schritt zur Seite. »Nur keine Scheu. Komm herein. Ich bin Roger.«

Das sollte ich wirklich nicht tun, aber die Alternative besteht darin, wie ein verängstigter Junge umzudrehen und wegzurennen. Ich bin so weit gekommen, jetzt muss ich herausfinden, was es mit den *Guardians* auf sich hat.

»Hallo«, ringe ich mir ab. »Woher wusstest du, dass ich komme?«, frage ich argwöhnisch, als ich seiner Aufforderung folge. Ich erschrecke ein bisschen, als ich in viele neugierige Gesichter blicke. Knapp ein Dutzend Menschen hocken in mehreren Reihen auf dem Boden. Genau die Anzahl, die wir hereingehen haben sehen.

»Setz dich zu Steph«, bietet Roger an. Eine Blondine in der letzten Reihe winkt mir auffordernd zu. »Wir haben dich bei Grants Wohnung gesehen. Du hast seinen Briefkasten geleert. Offenbar warst du ihm auf der Spur.«

Scheiße, wenn sie mich beobachtet haben, dann haben sie auch Damien bemerkt. Wissen sie, wer er ist? *Was* er ist?

Mit trockener Kehle dränge ich mich an den anderen Mitgliedern vorbei zu der Blondine, Steph, die ein wenig zur Seite rückt, damit ich mich neben sie hocken kann. Roger schließt geräuschvoll die Tür und verriegelt sie von innen. Der Schlüssel wandert in seine Hosentasche.

Das ungute Gefühl verstärkt sich, aber all das ist mit einem Schlag vergessen, als ich nach vorne sehe und bemerke, wohin die anderen Mitglieder so gebannt starren. Dort steht Roger und neben ihm …

Mein Herz setzt einen Schlag aus.

Kilian.

Seine Hände und Füße sind mit Ketten an die Wand gefesselt, sein Gesicht ist schmerzverzerrt. Sein ganzer Körper ist mit Blessuren und Schnittwunden versehen.

Shit. Was ist mit ihm passiert? Wer zur Hölle hat ihm das angetan?

Wie paralysiert starre ich ihn an, spüre jedes schmerzhafte Klopfen meines Herzens, während die Sekunden zähflüssig an mir vorbeiziehen. Roger zieht einen Taser heraus und rammt ihn Kilian in die Seite, woraufhin dessen Körper unkontrolliert zuckt und sich windet. Schließlich sackt er kraftlos zusammen, fällt auf die Knie, das Haupt gesenkt.

»Wieso hast du dir die Mühe gemacht, uns ausfindig zu machen, Landon?«, fragt Roger lässig. Sein Blick wirkt gar nicht bösartig, als würde er nicht gerade jemanden foltern.

»Ich, ähm«, stottere ich, weil ich von Kilians Anblick so schockiert bin. »Ich bin nur neugierig.«

Kilian hebt leicht den Kopf und sieht über die Distanz hinweg zu mir, aber sein Blick trifft nicht meinen. Wie lange ist er schon hier unten? Bekommt er überhaupt etwas mit?

»Du weißt nicht, was wir tun?«, fragt der Bärtige bedächtig, tritt näher an Kilian heran und greift ungeniert in sein Haar. Dieser ist so geschwächt, dass er es einfach über sich ergehen lässt. Sämtliche meiner Muskeln spannen sich an und der Schock wandelt sich in Wut. Woher zur Hölle nimmt er das Recht, ihn anzufassen?

»Nein«, sage ich steif, den Blick auf die Stelle geheftet, an der er meinen Dämon anfasst.

»Dein Vater hat dich offenbar nicht aufgeklärt.« Es nervt mich, wie freundlich der Typ immer noch klingt. Wie ein Sektenführer.

Oh, scheiße. Mir wird gerade einiges klar. Die *Guardians* sind ... eine verdammte Sekte.

»Hat er nicht«, erwidere ich bedächtig.

»Hast du jemals einen Dämon getötet, Landon?« Er beantwortet seine Frage selbst mit einem beinahe bedauernden Kopfnicken. »Nein. Weil Pater

Grayson all das nur für sich beansprucht. Die göttliche Eingebung.«

Abrupt lässt er Kilian los und dessen Kopf sackt kraftlos nach vorne, nur die Ketten halten ihn davon ab, mit dem Gesicht auf den Betonboden zu krachen. Ich zucke zusammen.

»Was meinst du damit?«, hake ich weiter nach, um Zeit zu schinden. In meinem Kopf rattern verschiedene Szenarien durch, was ich tun kann, um dieser Situation zu entfliehen. Irgendetwas *muss* ich tun.

»Gott wählt seine Versiegelten bedächtig aus und verleiht ihnen Weisheit, Kräfte und unermesslichen Reichtum auf allen Ebenen«, spricht der Sektenführer weiter. »Unser Gründer und größtes Vorbild hat es uns vorgemacht. Wir müssen seinem Weg nur folgen.«

Mir rinnen die Optionen wie Sand durch die Finger. Es gibt eigentlich nur eine Möglichkeit, um so viele Menschen außer Gefecht setzen und gleichzeitig Kilian befreien.

»Und wer wird, ich meine …«, fange ich stotternd an und schlucke angestrengt. »Wer wird diesen Dämon töten?«

»Oh, diese Ehre gebührt mir«, verkündet Roger feierlich und ein Applaus schellt durch die Reihen, der mir kalt den Rücken herunterläuft.

Kilian hebt das Kinn, neigt den Kopf ein wenig und begegnet meinem Blick über die Distanz hinweg. Erleichterung macht sich in mir breit, als ich etwas darin erkenne, das die Panik in mir verstummen lässt.

Ich bin nicht allein. Er ist ebenfalls da. Die Guardians mögen Kilian gefoltert und geschwächt haben, aber er ist immer noch ein Dämon. Einer, der diese Opferung niemals über sich ergehen lassen würde.

Sein schwaches Nicken gibt mir den Startschuss, den ich brauche.

Ich greife in die Innentasche meiner Jacke und hole die Tränengasgranate hervor. Damien hat leider recht damit, dass ich sie noch nie verwendet habe, aber das Adrenalin und die Trockenübungen helfen mir, den richtigen Mechanismus auszulösen. Mit Wucht schleudere ich sie auf den Boden, ziehe gleichzeitig das Shirt über Mund und Nase und stürme los, als Geschrei um mich herum losbricht.

Ich sehe nichts, höre nur, wie Kilian sich losreißt und seine Ketten sprengt. Blindlings stürze ich zur Tür, das Tränengas brennt inzwischen auch in meiner Kehle und meinen Augen, meine Finger tasten die glatte Oberfläche der Tür entlang, ich erwische die Klinke, zerre daran und ... nichts. Die Tür ist von innen verschlossen.

Fuck!

Jemand packt meine Schulter, ich wehre mich, bis ich feste Muskeln an meinem Rücken spüre. Kilian.

»Weg da«, raunt er mir ins Ohr und zerrt mich im genau richtigen Moment zur Seite, bevor die Tür mit einem lauten Krachen aus den Angeln gerissen wird und an die gegenüberliegende Wand donnert. Sie erfasst eines der Mitglieder, ein schmerzerfüllter Schrei klingt in meinen Ohren.

Damien steht wie ein Halbgott im Türrahmen, ich kann ihn nicht sehen – Tränengas war wirklich eine furchtbare Idee – aber Kilians erleichtertes Seufzen verrät mir alles, was ich wissen muss.

Der Dämon schiebt mich mit einem Ruck aus dem Raum und ich beginne zu rennen, während meine Sicht sich nur allmählich klärt. Die Luft in meinen Lungen stockt, ich stolpere gegen die Wand und halte dann unwillkürlich inne.

Wieso fühlt es sich so an, als hätte ich das bereits erlebt?

»Landon!«, höre ich Kilian rufen. »Komm schon, Beeilung.« Er packt meinen Unterarm, aber ich schüttele seinen Griff ab.

»Warte. Ich habe ein Déjà-vu«, keuche ich, stütze mich an der Wand ab und blinzele. »Ich war schon mal hier.«

Nicht allein. Mit Mio. Er hat meinen Namen auf dieselbe Weise gerufen wie Kilian eben. Meinen Arm auf dieselbe Weise gepackt. Ich erinnere mich daran, wie unwiderstehlich attraktiv ich ihn in diesem Moment gefunden habe.

Das war unsere erste Nacht. Die, an die sich keiner mehr erinnert. Aber ich tue es. Jetzt gerade.

»Lan, ich schwöre, ich lasse dich hier, wenn du dich nicht sofort bewegst!«, knurrt Kilian und zerrt erneut an mir.

Ich blinzele und kann endlich wieder richtig sehen. Damien macht einen Satz vor und stellt sich beschützend vor uns, als drei der Guardians den Flur entlang auf uns zustürmen.

»Dami, was hast du ...« Kilian kann die Frage nicht beenden, als Damien beide Hände hebt und eine Feuerwalze wie eine Welle auf die Guardians zufliegt. »Whoa. Was war das denn?«

Damien wirft uns über die Schulter einen abschätzigen Blick zu. »Ich bin schon länger Dämon als du, Kian.«

Es ist amüsant zu sehen, wie Kilians Mund erstaunt offenbleibt, während er Damien weiter anschmachtet. Gott, es ist so offensichtlich, dass sie aufeinander stehen. Ich würde sie gerne darauf hinweisen, aber ich muss versuchen, wieder in die Erinnerung zu kommen. Sie war gerade noch so präsent.

»Hey, tu mal so, als wärst du Emilio«, fordere ich Kilian auf.

Er reißt sich von Damiens Anblick los und mustert mich mit skeptisch erhobener Augenbraue. »Ähm ... oh, ich bin ein gequälter Künstler mit Selbstkomplexen und verträumten Augen?«

Gott. »Fuck, küss mich einfach!« Ich packe seine Jacke und zerre ihn zu mir, unsere Münder krachen aufeinander und ich schließe die Lider.

Ja, das. Emilio hat mich geküsst, stürmisch und leidenschaftlich, in genau diesem Flur. Er hat mich hart gegen die Wand gedrückt, seine Hände sind unter meine Klamotten geschlüpft, alles war hitzig und wie im Rausch …

Kilian reißt sich von mir los und ich keuche blinzelnd. Was haben wir hier getan? Ich muss nur ein bisschen mehr in meinen Erinnerungen kramen. Noch ein bisschen.

»Ernsthaft, weg hier!« Kilian zerrt mich hinter sich her, Damien drängt uns schneller weiter. Wir erreichen die Treppe und ich reiße mich zusammen, als wir nach oben stürmen.

Mein Adrenalinpegel ist so hoch, dass ich wie auf Autopilot über den zusammengesunkenen Mann springe, der an der Stahltür lehnt. Erst, als ich einen Blick zurückwerfe, erkenne ich ihn. Mein Herz sinkt eine Etage tiefer.

»Sam?!« Ich stolpere zurück und sinke zu ihm auf den Boden. Er ist blass, seine Lippen zu einem festen Strich verzogen und er hält sich den Bauch, Blut sickert zwischen seinen Fingern hervor. »Shit, was ist passiert?«

Sam hustet und schielt an mir vorbei zu den beiden Dämonen, die ebenfalls angehalten haben und zu uns herunterstarren. Seine Lippen bewegen sich, er spuckt Blut, das ihm zähflüssig übers Kinn tropft.

»Ich musste mir Eintritt verschaffen«, erklärt Damien ungeduldig. »Dafür musste ich ihn zwingen, mich hereinzulassen.«

»Die Guardians werden sich um ihn kümmern«, drängt Kilian mich. »Komm schon, Lan!«

»Nein, Fuck. Wir müssen ihm helfen, wir ...«
Noch während ich spreche, greife ich unter seinen
Arm und will ihn mitziehen. Unsere Gesichter
schweben unmittelbar voreinander und ich
verstehe endlich, was er zu sagen versucht.

»Verräter.«

Ich stocke und im nächsten Moment spüre ich
einen stechenden Schmerz in meinen Eingeweiden.
Meine Augen weiten sich schockiert.

Sam, mein Kommilitone und langjähriger
Freund, hat mir gerade ein Messer in den Bauch
gerammt.

KAPITEL 14

KILIAN

»Wohin zur Hölle fährst du?«, knurre ich Damien an, der rasant durch die Straßen fährt. Wir passieren haarscharf eine Kurve und ich werde gegen die Tür gedrückt.

Damien wirft mir im Rückspiegel einen genervten Blick zu. »Wir müssen Lan ins Krankenhaus bringen.«

Das können wir nicht. Ich sehe hinab zu dem blonden Haarschopf, der halb gegen mich lehnt. Seine Schultern zittern, während seine Hände weiter gegen die blutende Wunde pressen. Das fühlt sich an wie ein Déjà-vu. Warum werden nur alle Männer in meinem Leben erstochen?

»Kein Krankenhaus«, weise ich an. »Bring ihn zum Haus meines Vaters. Ich flicke ihn zusammen.«

Landon stößt ein ersticktes Lachen aus, Damien schnaubt empört. »Er ist nicht so zäh wie ich. Er wird deine Behandlung nicht überleben, Dr. Carlson.«

»Wir hätten ihn bei den Guardians lassen sollen«, brumme ich. Zugegeben, meine medizinischen Kenntnisse habe ich alle aus dem Internet und ich weiß nicht, ob ich einen zerbrechlichen Menschen tatsächlich gut genug versorgen kann.

»Einer von ihnen hat ihn erstochen!«, wirft Damien ein. »Ich fahre ihn ins Krankenhaus. Keine Widerworte. Emilio bringt uns um, wenn wir in seiner Abwesenheit sein Lieblingsspielzeug kaputtmachen.«

Ich rolle mit den Augen und neige den Kopf zur Seite, um in Lans blasses Gesicht zu gucken. Er hat die Zähne schmerzerfüllt zusammengepresst und erwidert meinen Blick.

»Fahrt mich zum Pater«, bittet er.

»Was, soll er dich mit Gottes Segen heilen? Dann versuche ich es doch lieber selbst«, erwidere ich ironisch.

»Nein, ernsthaft. Er hat ein Krankenteam parat. Bringt mich zu ihm.«

»Ihr solltet gehen«, sagt der Pater steif.

»Damit Sie ihn heimlich umbringen können?«, frage ich herausfordernd, ohne den Blick von seiner Tätigkeit zu nehmen. Offenbar besteht das angebliche *Krankenteam* nur aus dem Pater selbst, einem Infusionsbeutel und einer Nadel.

Der Pater schnaubt und schüttelt leicht den Kopf, bevor er erneut ansetzt. Auf Lans Stirn steht der Schweiß, er hat die Augen geschlossen und konzentriert sich darauf, still zu liegen. Damien währenddessen tigert unruhig hinter ihm hin und her, er wirkt genauso angespannt, wie ich mich fühle.

Es ist kalt hier unten im Keller des Kirchengebäudes, aber vor allem spüre ich die schmerzhafte Präsenz der Kirche an sich, die den Dämon in mir aufschreien lässt.

»Was haben Sie mit den Guardians zu tun?«, durchbricht Damien die unheilvolle Stille. Ich reiße mich von Landons Anblick los und sehe stattdessen zu Damien. Er begegnet dem Pater zum ersten Mal von Angesicht zu Angesicht, oder? Unruhe mischt sich in meinen Gemütszustand. Das war so nicht geplant. Ich hätte Damien bereits die Wahrheit erzählen sollen, aber ich habe es nicht übers Herz gebracht.

Wie sollte ich ihm auch sagen, dass sein leiblicher Vater, der ihn abgegeben hat als er ein Baby war, ein Dämonenjäger ist, der es sich zur Aufgabe gemacht hat, unsere ganze Rasse auszulöschen?

Aber, Gott, diese Ähnlichkeit zwischen ihnen ...

Der Pater blickt nur kurz auf, verharrt bei Damiens Anblick wie paralysiert. Dann schüttelt er barsch den Kopf, wischt sich den Schweiß von der Stirn und konzentriert sich wieder auf die Tätigkeit.

»Die Guardians sind eine Untergruppierung, die sich selbstständig gebildet hat. Ihr Hauptsitz liegt in Jacksonville, inzwischen haben sie jedoch auch viele unserer Leute abgeworben. Ich unterstütze weder sie noch ihre Machenschaften.«

»Wieso haben Sie sich dann mit Roger getroffen?«

»Weil ich sie zur Vernunft bringen wollte«, antwortet er knapp. »Aber das geht euch gar nichts an. Ihr habt genug getan. Landon ist euretwegen verletzt.«

»Na ja, wir haben ihn nicht erstochen«, sagt Damien ironisch. »Das war sein Kumpel Sam.«

»Grant war auch Teil von ihnen«, murmelt Landon abwesend. »Und Peddle ...«

»Ruhig, mein Sohn«, weist Pater Grayson ihn überraschend sanft an. Er zögert kurz, sieht dann zu Damien und über die Schulter zu mir. »Haltet ihn fest. Das könnte jetzt wehtun.«

»Ich mach schon«, sagt Damien und winkt ab, als ich vortrete. Er legt die Hände an Lans Schulter und schließt die Augen. Ein seltsames Gefühl von Eifersucht überkommt mich, als ich begreife, dass er seine Energie auf Landon überträgt. Ich habe es nie bei Menschen angewendet. Damien und Emilio waren die Einzigen, die meine Energie bekommen haben.

Schweigend sehe ich dabei zu, wie der Pater die finalen Nähte setzt, die Landon ohne zu Zucken über sich ergehen lässt. Er stöhnt nur schmerzerfüllt und seufzt erleichtert, als der Pater fertig ist.

»Danke«, murmelt Pater Grayson in Damiens Richtung und wischt sich die blutigen Hände an einem Handtuch ab. »Ich besorge Schmerzmittel.«

Mit einem schwerfälligen Seufzen erhebt er sich aus der knienden Position und lockert seine Muskeln, während er zur Tür steuert. Ich lausche darauf, wie er die knarzenden Treppenstufen nimmt, bevor ich mich an Landons Seite an das provisorische Bett setze. Er tastet blind nach meiner Hand und verschränkt unsere Finger.

»Danke«, sagt er kraftlos.

»Es war Damien, der dir seine Energie gegeben hat«, erinnere ich ihn. »Sorry Süßer, aber ich hätte das niemals getan.«

Ein winziges Lächeln erscheint auf seinen Zügen. »Ich liebe dich trotzdem.«

Das wiederum lässt mich lachen. »Was hat der Pater dir eingeflößt? Ziemlich heftiges Zeug, hm?«

»Und Damien liebt dich auch«, brabbelt Landon weiter. Mein Lachen vergeht und meine Muskeln versteifen sich.

»Du weißt nicht, wovon du redest. Bleib still und schone deine Kräfte, Kleiner.«

»Ich meine es ernst. Ihr seid besessen voneinander.« Lan öffnet ein Auge und schielt zu mir. »Warum seid ihr nicht einfach zusammen?«

»Halt die Klappe, Lan.«

Weil ich kein Feigling sein möchte, sehe ich hinauf zu Damien, dessen Miene ungewohnt düster und wütend ist.

»Du siehst beschissen aus«, wirft er mir vor. »Wie lange haben die Guardians dich gefangen gehalten?«

Ich zucke mit einer Schulter. »Zwei Tage. Vielleicht drei.«

»Drei Tage?!« Er wendet sich ab und schlägt wütend gegen die nächste Betonwand. »Kilian, hast du eine Ahnung ... Fuck, *fick dich* und deine Alleingänge!«

Schuldbewusst ziehe ich die Schultern ein und senke den Kopf. Landon hat inzwischen beide

Augen geöffnet und mustert mich. »Er ist nur so wütend, weil er sich Sorgen gemacht hat«, lässt er mich wissen.

»Um mich muss man sich keine Sorgen machen«, erwidere ich, schaffe es aber nicht, Damien wieder anzusehen. »Wieso wart ihr überhaupt dort? Wie seid ihr auf die Guardians gestoßen?«

»Wir hätten zusammenarbeiten sollen«, sagt Damien, immer noch aufgebracht. »Dann wäre die ganze Scheiße nicht passiert!«

»Landon wird wieder, okay?!«, gebe ich genervt zurück. »Reg dich ab. Er ist nicht meinetwegen verletzt worden.«

»Aber *dir* geht es nicht gut! Du wurdest tagelang gefoltert, Kilian!«

»Halb so ...«

»Fick dich!«, schneidet er mir das Wort ab. »Du darfst mich also beschützen, Landon auf mich ansetzen und irgendeine Rachefehde durchziehen, die ich niemals gewollt habe – aber ich darf *nichts* davon? Ich darf mir keine Sorgen machen, darf nicht wissen, was du machst oder wo zur Hölle du dich rumtreibst?«

Ich öffne den Mund, habe jedoch nichts zu sagen. Damien verstummt ebenfalls, als Schritte auf der Treppe erklingen. Der Pater kommt zurück und mischt wortlos etwas in Landons Infusionsbeutel.

»Er muss schlafen und sich ausruhen«, erklärt er gefasst. »Und hoffen, dass keine Infektion entsteht.«

»Er kann nicht hierbleiben«, beschließt Damien. »Sobald die Infusion durchgelaufen ist, nehme ich ihn mit in mein Apartment.«

»Landon muss nach Hause. Unsere Leute kümmern sich um ihn.«

Mir ist es egal, ich will nur hier raus, mir irgendwo Energie holen und klarkommen. Nur eine Sache will ich noch wissen.

»Wieso haben Sie eigentlich versucht, mich vor den Guardians zu beschützen?«, frage ich an den Pater gerichtet. Er weicht meinem Blick aus.

»Ich habe nichts dergleichen getan. Aber ich bin nicht mit ihren Methoden einverstanden.«

»Wieso nicht? Die Guardians foltern und töten, genauso wie Sie es tun.«

Sein Kopfschütteln wirkt beinahe resigniert. »Die Guardians tun das nur, weil sie auf ihren eigenen Vorteil bedacht sind. Ich handle im Namen des Herrn.«

»Klar, wenn Sie sich dadurch besser fühlen«, sage ich schnaubend und erhebe mich. »Machs gut, Lan.«

Landon erwidert meine Verabschiedung murmelnd und ich setze mich in Bewegung, bleibe auf Höhe des Paters aber nochmal stehen. Er zuckt merklich zurück, dabei habe ich gar nicht vor, ihn zu verletzten. Stattdessen sehe ich ihm fest in die Augen.

»Sprechen Sie ruhig mit Ihrem Sohn, solange es nicht zu spät ist«, sage ich. Er wendet demonstrativ den Kopf ab und ich verlasse die Kirche, ohne zurückzusehen.

Damiens Audi steht eine Straße weiter, ich will einsteigen und realisiere, dass ich keine Schlüssel habe. Frustriert seufze ich, zünde mir stattdessen eine Zigarette an und lehne mich gegen die Fahrerseite. Die Augen geschlossen inhaliere ich ein paar tiefe, befreiende Züge. Der Nikotinentzug war nur eine Kleinigkeit, ich bin dennoch froh, wieder rauchen zu können. Das Adrenalin verlässt allmählich meinen Körper und macht bleierner Müdigkeit Platz.

»Soll ich dich nach Hause bringen?«

Damiens Worte lassen mich zusammenzucken, ich öffne blinzelnd die Augen und nicke. »Bitte, ja. Einen Moment noch.«

Er tritt einen Schritt näher und nimmt mir die Zigarette aus den Fingern. Zu meiner Überraschung raucht er selbst ein paar Züge, bevor er sie auf dem Boden ausdrückt.

»Komm her«, sagt er mit rauer Stimme. Mein Herz macht einen Satz und donnert dann schmerzhaft laut in meinem Brustkorb.

»Was hast du ...«

»Das weißt du«, unterbricht er mich und kommt mir noch näher. Sein Blick gleitet zu meinen Lippen.

»Du brauchst deine Energie selbst.«

»Nein«, widerspricht er, umfasst mein Kinn mit einer Hand und neigt meinen Kopf, bevor er mich küsst. Er ist mir jetzt so nah, dass er meinen wilden Herzschlag sicherlich spüren muss, Blut rauscht in meinen Ohren. In mir wirbeln so viele Gefühle umher, dass die Energie, die auf mich überfließt, kaum wahrnehmbar ist. Kribbeln, Adrenalin, Lust. Zu viel auf einmal. Gott, ich kollabiere gleich.

Ich kralle mich in seine Jacke, ziehe ihn näher und komme endlich seiner Zunge entgegen. Warm und heiß. Das beste Gefühl der Welt. Damien kaut liebevoll auf meiner Unterlippe, sanft, nicht stürmisch wie sonst. Seine Finger fahren meine Wange entlang, streichen durch mein Haar, er verschränkt sie in meinem Nacken und hält mich fest, küsst mich intensiver, sein Körper gegen meinen gepresst.

Ich stöhne hilflos, als ich seinen Ständer an meinem spüre. Es beflügelt mich, dass ich diese Wirkung auf ihn habe. Und er hat dieselbe auf mich.

Damien drückt mich fester gegen den Wagen, er lässt von meinem Mund ab und küsst stattdessen meinen Hals, ich kriege noch eine Ladung Energie von ihm.

»Stopp«, keuche ich, auch wenn jeder Teil von mir protestiert. »Das reicht. Danke.«

Damien hört auf, mich zu küssen, verharrt noch einige Sekunden an mich gepresst, bevor er mich endgültig loslässt.

»Gern geschehen«, murmelt er. Zögerlich gleiten seine Hände von meinem Nacken. Es fällt mir schwerer denn je, seine Jacke loszulassen und mich abzuwenden.

Ich räuspere mich. »Gib mir die Schlüssel, ich fahre.«

»Eine Sache noch, Kian.« Er umfasst meine Wangen und zwingt mich, ihm ins Gesicht zu sehen. »Ich weiß, dass du nicht über deinen Schatten springen wirst, deswegen sage ich es: Was du gesagt hast, ist Bullshit. Wir sind ein Rudel und das wird sich nie ändern. Und wenn du das nächste Mal gefangen genommen und gefoltert wirst, will ich das wissen.«

Trocken schlucke ich und senke den Blick. »Okay. Verstanden.«

Er hat recht. Wir haben beide auf eigene Faust gehandelt und sind doch am selben Ort gelandet. Es wird allerhöchste Zeit, dass wir uns auf den neusten Stand bringen.

KAPITEL 15

EMILIO

Ich balanciere auf einem schmalen Grat. Nicht nur metaphorisch gesehen.

Wind rauscht in meinen Ohren, trotz der geräuschunterdrückenden Kopfhörer, die ich unter der Kapuze trage. Die Musik wird ohnehin von dem Rauschen meines Blutes verdrängt.

Ich sollte nicht hier sein. Es ist falsch und gefährlich, aber ich vermisse sie *so sehr*.

Schon komisch. In der meisten Zeit meines dämonischen Lebens wollte ich nicht mehr mit meinem Rudel zu tun haben als unbedingt nötig. Keine privaten Informationen, kein Smalltalk, keine gemeinsamen Erinnerungen, die man an einem anderen Abend rauskramt und lacht.

Nein, ich habe ihre Anwesenheit toleriert, von Damien gelernt und versucht, mich von Kilian nicht auf die Palme bringen zu lassen, aber ich habe mich niemals danach gesehnt, Zeit mit ihnen zu verbringen.

Bis jetzt. Bis ich sie unter keinen Umständen sehen darf.

Hier bin ich also, balanciere auf dem Gerüst einer verlassenen Baustelle und bin auf der Suche nach einer illegalen Party, die angeblich gleich stattfinden soll. Vielleicht ist mein Rudel ebenfalls anwesend. Ich kann es nicht mit Sicherheit sagen, es ist nur ein Gefühl. Partys dieser Art sind Kilians

Ding, nicht wahr? Er wird sich das nicht entgehen lassen.

Geschmeidig ziehe ich mich durch die kleine Luke eine Etage höher und umrunde das halbfertige Haus. Ich wanke leicht, zusammen mit dem Gerüst, als eine Windböe aufkommt. Es ist, als wollte selbst die Natur mich davon abhalten, weiterzugehen.

Ich höre nicht auf die Warnsignale, steige noch höher und spähe in ein großes, fabrikneues Fenster. Ja, hier bin ich richtig. Eine Traube Menschen hat sich versammelt, es werden Drogen gereicht und Shots gekippt. Ich harre in der Dunkelheit der Nacht aus, bis sie sich in einen anderen Raum verziehen, bevor ich mit Wucht den Ellenbogen gegen das Glas donnere und mir so Zutritt verschaffe.

Ich entferne meine Kopfhörer und werde sofort eingenommen von der dröhnenden Musik aus dem Nebenraum. Der Rohbau dieses Gebäudes sollte ein großes Kaufhaus werden, aber auf halber Strecke sind den Investoren die Gelder ausgegangen oder sonst etwas ist passiert, sodass es schon seit Monaten unberührt dasteht. Seit einiger Zeit finden jede Woche Partys auf den verschiedenen Stockwerken statt.

In dieser Etage sind die Böden bereits komplett verlegt, nur die Wände sind noch kahl und leblos. Bis auf das frische Graffiti, das irgendjemand quer über den Flur gesprüht hat. *Welcome to hell.*

Wenn sie nur wüssten. Als jemand, der zu Lucifers neuem, liebsten Spielball geworden ist, kann ich eindeutig sagen, dass eine illegale Drogen- und Sexparty nicht die richtige Definition von *Hölle* sind.

Als ich den Hauptraum betrete und die Rockmusik mir in voller Bandbreite entgegenschlägt, halte ich einen Moment inne und lasse die Atmosphäre auf mich wirken. Es riecht nach süßem Rauch von E-Zigaretten und dem beißenden Geruch von Gras; Gelächter und Gespräche dringen an mein Ohr.

Ich neige den Kopf, schließe die Augen und fokussiere meine Sinne. Als ich die Lider aufschlage, findet mein Blick zielgerichtet mein Rudel.

Damien und Kilian haben mich noch nicht bemerkt, sie stehen neben einem hübschen Kerl, der ihnen aufgeregt etwas erzählt. Damien lächelt ihn gerade kokett an und zupft an dem Kragen seines Hemdes, was den Kleinen so aus dem Konzept bringt, dass er den Faden verliert und nur verlegen lacht.

Meine Mundwinkel verziehen sich amüsiert. Das haben sie drauf. Mir ist es damals auch immer viel leichter gefallen, jemanden anzubaggern, wenn ich dabei nicht allein war. Kilian oder Damien an meiner Seite zu haben erscheint mir jetzt wie ein ferner Wunschtraum. Wieso weiß man die besten Sachen erst zu schätzen, wenn sie einem entgleiten?

Mein Lächeln vergeht und ich schlucke die Bitterkeit herunter, bevor ich mich unter die Leute mische.

»Wer hat dich denn reingelassen?«, höre ich Kilians Stimme in meinem Rücken. Ertappt beiße ich die Zähne zusammen und werfe einen Blick über die Schulter.

Die Leichtigkeit ist aus seinem Gesicht gewichen und hat Platz gemacht für mörderische Entschlossenheit. Zugegeben, er schüchtert mich immer noch ein wenig ein, aber davon lasse ich mir nichts anmerken, als ich zu ihm herumfahre.

»Es ist nicht so schwer, auf die Gästeliste zu kommen«, erwidere ich. Man muss nur ein bisschen lebensmüde sein, 48 Stockwerke eines Baustellengerüstes hochklettern und durch ein Fenster einsteigen. Kein Problem. Wundert mich, dass er nicht dasselbe getan hat, wo ich mir doch alles daran bei Kilian abgeschaut habe.

»Wie hast du uns gefunden?«, fragt Kilian unbeeindruckt weiter.

»Nenn es Intuition.« Ich zucke mit einer Schulter. »Ich kenne mein Rudel.«

»Wir sind nicht dein Rudel«, wirft er sogleich ein und macht bedächtig einen Schritt zurück. »Unterhalten wir uns draußen darüber.«

Ein spöttisches Lächeln erscheint auf meinen Zügen, ich hebe die Augenbraue. »Seit wann bist du denn so *vernünftig*?«

Das hätte ich nicht sagen sollen. Schon im nächsten Moment bereue ich, Kilian gereizt zu haben. Er ist zumindest nicht mehr vernünftig, als er mir einen heftigen Stoß versetzt. Dabei setzt er unerwartet so viel dämonische Energie ein, dass ich quer durch den Raum schlittere und gegen ein bodentiefes Fenster krache, das daraufhin in tausend Einzelteile zerbricht. Erschrockene Schreie mischen sich in die laute Musik.

Ich falle nicht in die Tiefe, sondern lande auf dem Gerüst, mein Rücken stößt gegen die Metallstangen, die gefährlich wanken. Keuchend richte ich mich wieder auf und blicke über die Distanz hinweg zu Kilian, der in diesem Moment eine Knarre zieht. Das Geschrei wird lauter und die Leute stoben auseinander. Ich lächele. Mein Blickfeld vibriert und wackelt, ich schmecke Rauch und Feuer, das immer mehr meine Lungen füllt. Es ist wie Ertrinken, ein bisschen sanfter, aber gleichermaßen allumfassend.

Ich habe die Distanz zwischen uns überbrückt, bevor sein Finger am Abzug zuckt. Mit Leichtigkeit entwaffne ich ihn und halte seinen Arm hinter dem Rücken fest.

»Ziemlich unfair, weißt du?«, raune ich ihm zu. »Bei unserer letzten Begegnung hast du mich geküsst und jetzt willst du mir ins Gesicht schießen.«

Kilian hört auf, sich gegen meinen Griff zu wehren. Ich weiß, dass er nur seine Kräfte für den nächsten Schlag sammelt, aber ich genieße den kurzen Moment widerstandsloser Nähe trotzdem ein bisschen zu sehr. In letzter Zeit gab es zu viele kalte, einsame Nächte.

»Ich bin immer für eine Überraschung gut«, gibt er spöttisch zurück, seine Muskeln spannen sich unter mir an. »Fass Damien einfach nicht an, dann muss ich dich nicht erschießen.«

»Ich versuche mein Bestes. Ich lasse dich jetzt los, okay?«

Langsam löse ich den Griff um sein Handgelenk und trete zurück. Wie erwartet fährt er sofort herum und schlägt mir ins Gesicht. Zumindest versucht er es, aber ich weiche rechtzeitig aus.

»Das reicht.« Damiens autoritäre Stimme jagt mir eine Gänsehaut über den Rücken. Ganz der Anführer. »Hört auf. Ihr habt die Party gesprengt.«

Tatsächlich haben sich die Leute verzogen, ich höre hektische Schritte auf der Treppe und Hilferufe. Vermutlich kommen gleich die zwei bulligen Typen der provisorischen Security hoch, die schon vorne am Eingang standen und nur die Leute auf der Gästeliste reingelassen haben.

Ich weiche noch ein paar Schritte zurück und drehe mich so, dass ich sowohl Damien als auch Kilian ansehen kann. Letzterer zückt jetzt seinen Dolch.

Das Mal auf meinem Arm beginnt unangenehm zu brennen, dennoch lächele ich. »Fühlt sich an wie ein Familientreffen.«

»Warum lauerst du uns auf?«, fragt Kilian grollend.

»Ich will wissen, was ihr mit Landon gemacht habt.« *Und ich hatte Sehnsucht.* »Er ist seit ein paar Tagen untergetaucht.«

»Geht dich einen Scheiß an«, spuckt Kilian mir entgegen, doch Damien hebt beschwichtigend die Hand und setzt zu einer Erklärung an.

»Er wurde verletzt, aber ihm geht es gut. Wir hatten ihn zuletzt beim Pater abgeliefert.«

Ich verenge die Augen. »Ernsthaft?« Das gefällt mir ganz und gar nicht. »Er ist dort nicht sicher. Ihr müsst ihn da rausholen.« Eine kalte Gänsehaut kriecht meinen Nacken entlang, wenn ich mir vorstelle, dass Pater Grayson ihn wieder für angebliche Sünden und Vergehen bestraft.

Kilian lacht humorlos auf. »Meinst du, du kannst uns irgendwelche Befehle erteilen? Kümmer dich selbst darum, wir sind nicht Landons Babysitter.«

»Ziemlich schwach, ihn jetzt im Stich zu lassen, nachdem er dir tagelang seine Lebensenergie zur freien Verfügung gestellt hat.« Das ist an Damien gerichtet, der nicht einmal mit der Wimper zuckt, nur den Kopf neigt und mich abwartend mustert. Ich seufze tief. »*Bitte*, okay? Ich würde es selbst tun, aber ich bin beschäftigt.«

Das Brennen wird intensiver, breitet sich auf meinem ganzen Körper aus und mir wird deutlicher bewusst, dass ich noch Kilians Waffe fest umklammert halte. Blinzelnd blicke ich auf die Knarre, meine Finger zucken.

Zu spät.

»Sag uns, was passiert ist«, verlangt Kilian. Mein Blick schnellt zu ihm und ich verwerfe den Gedanken, zu verschwinden. Zum ersten Mal sehe ich hinter seine harte, abweisende Schale und da ist so viel Schmerz, dass ich keine Luft bekomme.

»Es ist kompliziert.«

»Wer hat dich aus der Kirche rausgeholt?«, will Damien konkreter wissen. Ich schaffe es nicht, ihm nochmal in die Augen zu sehen, senke stattdessen den Kopf. »War es Lucifer?«

Verdammt. Ich weiß nicht, wie viel ich ihnen sagen kann, ohne sie in Gefahr zu bringen.

»Es spielt keine Rolle mehr.« Weil ich eine Lösung finden werde. Es muss einfach eine geben. Tief durchatmend mache ich einen Schritt zurück und bin bereit, in Dunkelheit einzutauchen, als ein Rütteln in meinem Blickfeld mich ablenkt. Der Boden wankt gefährlich und ich bin kurz davor, das Gleichgewicht zu verlieren.

Ich weiß, was das bedeutet, und wappne mich für den ersten Schlag, als ich ihn schon hart im Magen spüre. Die Wucht von Gideons Fausthieb katapultiert mich gegen die nächste Wand, ich reiße einen Tisch mit Getränken mit mir, Glassplitter und Alkohol verteilen sich quer über den Boden.

»Du machst dich in letzter Zeit rar, Emilio Diaz«, dröhnt Gideons Stimme zu mir herüber. Ächzend komme ich auf die Füße und weiche gerade noch rechtzeitig aus. Seine Faust donnert in Beton und hinterlässt ein tiefes Loch.

»Tut mir leid, Süßer, ich habe keine Zeit für ein Kaffeekränzchen«, sage ich keuchend und taumele weiter zurück. »Frag mich in zwei Wochen nochmal.«

Ich schüttelte mir Glas aus den Haaren und bin bereit, dieses Mal endgültig zu verschwinden, als mir Gideons fieses Grinsen auffällt. Er bleibt an Ort und Stelle stehen und versucht nicht einmal, mich einzufangen.

»Geh ruhig«, sagt er gutmütig. »Ich beschäftige mich solange mit deinem Rudel.«

Meine Muskeln versteifen sich augenblicklich und ich höre auf, die Dunkelheit zu rufen. Die Schatten um mich herum verziehen sich, als ich zu Damien und Kilian schiele, die mich beide wortlos anstarren.

Du bist zu schwach, Emilio. Lass sie einfach hinter dir. Geh. Du hast sie ohnehin nicht verdient.

Die Stimme in meinem Kopf beginnt verdächtig nach Lucifer zu klingen. Wie widerlich.

»Was willst du von mir, Gideon?«, frage ich gereizt.

»Er will wissen, was du mit Valerie Masters angestellt hast«, hilft Kilian mir auf die Sprünge.

Überrascht hebe ich eine Augenbraue. »Die Jägerin?«

»Sie ist keine Jägerin!«, wirft Gideon sogleich ein und schüttelt dann den Kopf. »Wo ist sie?«

Oh mein Gott. Valerie ist keine Jägerin. Sie ist ein Maulwurf. Und ein verdammt guter. Verwirrt lache ich auf und fahre mir mit einer Hand durchs Haar. Mir wird gerade so einiges bewusst.

»Das solltest du Lucifer fragen«, raune ich und setze mich vorsichtig in Bewegung, mache bedächtig ein paar Schritte, um mich zwischen Gideon und mein Rudel zu stellen. »Aber du redest in letzter Zeit nicht so oft mit ihm, habe ich recht?«

Gideon beißt die Zähne so fest zusammen, dass ich selbst aus der Entfernung sein Kiefermahlen hören kann. »Du hast keine Ahnung, wovon du sprichst.«

»Was hast du getan, um ihn so zu verärgern, dass er sogar zulässt, dass man dein ganzes Rudel abschlachtet?«, frage ich weiter, mache noch ein paar lässige Schritte, den Kopf geneigt.

»Halt verdammt nochmal die Fresse.«

»Etwa seine liebste Spionin gefickt?«

Das ist der Tropfen, der das Fass zum Überlaufen bringt. Gideon schlägt schnell und leise zu, nicht mehr mit voller Wucht wie zuvor, dafür listig. Er immaterialisert sich und taucht unmittelbar vor meiner Nase auf, um mich ein zweites Mal innerhalb von zehn Minuten aus dem Fenster zu schubsen.

Gerade als ich mich auf dem wackeligen Geländer gefangen habe, erscheint er vor mir. Ich ducke mich weg, tänzele zurück und lasse mich durch die Luke ein Stockwerk tiefer fallen. Mit Wucht laufe ich in Gideons breite Brust, der sich wieder direkt vor mir materialisiert.

Fuck, er macht mich langsam wütend.

Gideon packt mich am Kragen und drückt mich mit dem Gesicht voran über die Brüstung in Richtung Tiefe. Sämtliches Blut schießt mir in den Kopf, meine Fußspitzen verlieren immer mehr Halt. Mein Herz schlägt mit einem Mal so laut, dass ich nur noch denken kann, wie weh der Aufprall gleich tun wird.

KAPITEL 16

EMILIO

Ich falle nicht. Gideons Griff verschwindet, jemand packt meine Jacke und zerrt mich zurück auf den Boden. Es ist Kilian.

»Hi«, sage ich keuchend und stolpere gegen ihn. Wir lehnen uns beide mit dem Rücken an die Glasfassade und sehen uns an.

»Wenn dich jemand umbringt, dann bin ich das«, knurrt er.

Klar. Ich schiele ins Innere zu Damien und Gideon, die gerade dabei sind, das Fundament des ganzen Gebäudes auseinanderzunehmen.

»Wir sollten ihm helfen«, entscheide ich.

Kilian stößt geräuschvoll die Luft aus. »Ja. Gib mir einen Moment, um die Aussicht zu genießen, *mijo.*«

Ein freudiger Stromstoß durchfährt mich bei der Erwähnung des Kosenamens. So hat er mich lange nicht mehr genannt.

»So bist du gestorben, nicht wahr?«, frage ich flüsternd.

»Ich bin gesprungen«, bestätigt er nüchtern. »Die beste Entscheidung meines Lebens.«

»Tut das nicht saumäßig weh?«

Darauf bekomme ich keine Antwort mehr, da Kilian zurück ins Innere huscht. Sogleich folge ich ihm und bemerke im selben Moment, dass wir Besuch kriegen. Die Securitys von unten haben es endlich zu uns geschafft, sie sind mit Knarren und Schlagstöcken bewaffnet. Kilian und ich tauschen einen Blick.

»Ich mach das. Hilf du Damien«, weist er mich an und sprintet bereits los. »Aber wehe du verletzt ihn!«

Mit einem kleinen Grinsen fahre ich herum und stürme tiefer in den Raum. Diese Etage ist unberührt und komplett leer, bis auf Schutt und Putz, den die kämpfenden Incubi aufgewirbelt haben. Im hinteren Teil ertönen Schüsse, als ich einem Wurfmesser seitens Gideon ausweiche. Wie in Zeitlupe sehe ich es an meinem Gesicht vorbeisausen, greife rechtzeitig nach dem Griff und fange es leichthin auf. Mit Wucht schleudere ich es zurück und treffe Gideon in die Schulter. Er weicht zischend nach hinten.

»Sieh an.« Damien stolpert rückwärts in meine Richtung. »Kian hat dich nicht in die Tiefe geworfen.«

»Natürlich nicht. Er ist besessen von mir.«

Seine Mundwinkel zucken. »Wie fühlt sich das nur an?«

»Okay, *das* habe ich gehört.« Kilian tritt in diesem Moment zu uns, Blut klebt in seinem Gesicht und an seinen Klamotten, er ist mit einem Schlagstock bewaffnet, sein Ausdruck grimmig und entschlossen. »Was machen wir jetzt mit ihm?«

Ich reiße den Blick von ihm los und sehe zu Gideon, der das Messer in seiner Schulter umklammert hält und uns angewidert mustert.

»Ich habe Valerie nicht mehr gesehen, seit ich bei den Jägern ausgebrochen bin, okay?«, erkläre ich versöhnlich und hebe entwaffnend die Hände. »Ich kann dir nicht helfen, sie zu finden.«

»Lügner«, knurrt er.

Rauch und Schatten verschlingen seine Gestalt und ich sehe mich hektisch um, um herauszufinden, wo er gleich wieder auftaucht. Diese Nummer kann er nicht ewig durchziehen, denn die Fortbewegung auf diese Weise kostet enorm viel Kraft. Wir müssen ihm nur noch einen letzten, heftigen Schlag verpassen, um ihn zu Fall zu bringen.

Obwohl ich darauf vorbereitet bin, erschrecke ich, als Gideon unmittelbar vor mir auftaucht. Er schlägt mir das Messer in die Schulter, dieselbe Stelle, an der ich ihn getroffen habe. Es tut höllisch weh und brennt unangenehm, was bedeutet, dass er irgendwie an ein geweihtes Messer gekommen ist. Offenbar hat er die Jäger bestohlen.

Zischend stolpere ich zurück, umfasse den Griff und ziehe es heraus. Im selben Moment löst Gideons Gestalt sich auf, nur um sich in meinem Rücken zur manifestieren. Er fasst nach meinem Handgelenk, mit dem ich das Messer umklammert halte. Ich erwarte, dass er mich zwingt, es mir zurück in die Wunde zu stecken, aber ich liege falsch.

Gideon hat nicht vor, mich damit zu verletzen. Er richtet die Klinge in meiner Hand auf Damien. Der Widerstand in mir schmilzt wie Eis in der

Sonne, das Mal auf meinem Unterarm beginnt wie verrückt zu brennen und zu pochen.

»Lass los«, säuselt er mir ins Ohr. »Du weißt, dass du es willst. Tu es einfach.«

»Nein«, presse ich zwischen zusammengebissenen Zähnen hervor, schaffe es aber nicht, mich zu bewegen. Stattdessen folge ich Gideons Weisung, näher an Damien heranzutreten, der uns skeptisch mustert. Ein bisschen ungläubig, als verstehe er nicht, warum ich das tue. Als glaube er nicht, dass ich das *wirklich* tue. Wie damals. *Fuck.*

»Scheiße, nein!« Kilian schreitet ein und wirft sich gegen Damien. Er befördert ihn gerade noch rechtzeitig aus meiner Reichweite, die Klinge des Messers prallt unter Gideons Führung mit voller Wucht in die Betonwand und zerbirst dort dank des Drucks in Einzelteile.

»Nutzloser Bastard!«, knurrt Gideon und schleudert mich an die Wand. Ich lasse es zu, pralle hart dagegen und realisiere, wie die Erschütterung durch meine Knochen fährt. Ich lege die Hände flach auf den Beton und atme gegen den Schmerz. Nicht der des Aufpralls, sondern der von Lucifers Brandmal, das sich wie Feuer in jedem Winkel meines Körpers ausbreitet. Pochend, heiß und beständig.

Langsam drehe ich mich herum und starre Gideon entgegen, der mich mit einer Mischung aus Abneigung und Unverständnis mustert. In diesem

Moment wünschte ich mir, dass er es endlich zu Ende bringt und mich von diesen Qualen erlöst.

»Du fechtest die falschen Kämpfe aus, Kleiner«, sagt er nüchtern und zieht ein weiteres Messer aus seiner Jacke. Ich versuche nicht einmal, auszuweichen.

Aber er durchbohrt mich nicht. Eine Feuerfontäne trifft ihn seitlich und lässt ihn zischend zurückweichen. Mein Blick schießt zu Damien, der mit einem Handwedeln einen Ball formt, der zielgerichtet über Gideons Kopf schwebt und dort in einem Feuerregen explodiert.

Gideons schmerzerfüllter Schrei hallt an den kahlen Wänden wider, bevor er zu einem Echo verklingt, als er sich in Rauch auflöst – dieses Mal auf Dauer.

Keuchend presse ich die Fäuste gegen die Wand und kämpfe den Dämon in mir herunter. »Verschwindet von hier«, sage ich in Damiens Richtung, ohne ihn wirklich anzusehen. Das würde alles nur schlimmer machen.

»Sprich mit uns, Emilio«, bittet er mit sanfter Stimme. Diesen Tonfall habe ich schon lange nicht mehr bei ihm gehört. So hat er am Anfang mit mir gesprochen, als ich verwirrt und verängstigt war. So wie jetzt.

»Gehen wir einfach«, grätscht Kilian dazwischen. Ich gebe dem Drang nach, drehe den Kopf und betrachte die beiden. Damien, der mit hoffnungsvollem Blick und offenen Armen vor mir steht und Kilian, der sich wie ein düsterer, bedrohlicher Schatten hinter ihm aufgebaut hat.

Gott, sie sind so schön zusammen. Wie eine perfekte Symbiose. Wie Farben auf einer Leinwand, die miteinander verschmelzen und ein Kunstwerk kreieren.

»Wir sind als Rudel besser als allein«, spricht Damien weiter. »Bitte, Mio.«

»Lucifer hat mich aus der Kirche geholt. Er hat mich vor den Jägern gerettet und sich auch um die Vertuschung von Grants Mord gekümmert.« Die Worte fühlen sich herb in meinem Mund an. Das Brennen auf meinem Arm wird wieder stärker. »Aber seine Hilfe hatte einen Preis.«

»Du bist ein Deal mit dem Teufel eingegangen«, rät Damien. Er wirkt nicht überrascht, als hätte er es bereits geahnt. »Was solltest du im Gegenzug für ihn tun?«

»Töte, was du am meisten liebst«, spreche ich die Worte aus, die vor wenigen Wochen meine ganze Welt auf den Kopf gestellt haben. »Und es gibt nur drei Menschen auf diesem Planeten, die ich wirklich liebe. Es blieb nicht viel ... Auswahl.«

»Aber wieso ausgerechnet Damien?«, fragt Kilian barsch.

»Weil ich Landon nicht umbringen konnte«, sage ich bitter und sehe ihm in die stürmischen Augen. »Und dich auch nicht.«

Etwas in seinem Blick verändert sich, Argwohn wird abgelöst von Unglauben und schließlich verschließt er seine Gefühle und zurück bleibt eine kühle Maske.

»Es tut mir leid«, bringe ich noch über die Lippen.

Denn eins musste ich auf schmerzhafte Weise lernen: Geschäfte mit dem Teufel sind nicht nur gefährlich, sondern unumstößlich. Früher oder später werde ich jemanden umbringen müssen, den ich liebe.

Aber nicht heute. Nicht jetzt. Stattdessen entscheide ich mich wieder einmal dafür, das Unausweichliche hinauszuzögern und zu verschwinden.

KAPITEL 17

LANDON

»Bist du hier etwa eingesperrt?«

Die vertraute Stimme reißt mich aus einem tiefen Schlaf, sodass ich einen viel zu langen Moment brauche, um zu realisieren, dass ich nicht mehr träume. Der Albtraum zieht vorüber, ich wische mir über den Mund und begreife, dass dort kein Blut ist.

Alles ist gut. Ich bin in Sicherheit. Ich sterbe nicht.

Stöhnend hebe ich einen Arm und reibe mir übers Gesicht. Die Schnittwunde macht sich sofort bemerkbar und ich muss gegen den Schmerz atmen. Der ist besonders in den frühen Morgenstunden intensiv. Den Rest des Tages gewöhne ich mich allmählich daran. Ein bisschen ist es sogar tröstlich. Eine Erinnerung, dass ich tatsächlich mit den Dämonen auf einer Mission war und das alles nicht meiner Fantasie entsprungen ist.

Heute früh brauche ich nicht den Schmerz, um mich zu vergewissern. Heute reicht ein sehr echter Damien in meinem Bett.

»Wie bist du hier reingekommen?«, frage ich rau und blinzele. Allmählich gewöhnen sich meine Augen an die schummrige Dunkelheit.

Damien sitzt am oberen Ende meiner Matratze, ich lege den Kopf weiter in den Nacken und schiele zu ihm auf. Schwarze Haarsträhnen fallen ihm in die Stirn, als er sich tief über mich beugt. Er lächelt, bevor er mir einen sanften Kuss aufdrückt.

»Hi. Lange nicht mehr gesehen.«

Ich brauche noch einen weiteren Moment, um mich zu sammeln, dann richte ich mich keuchend auf. »Hallo zurück.«

Er ist vermutlich durch das Fenster eingestiegen. Es steht sperrangelweit offen und lässt frischen Wind hereinwehen.

Damien blinzelt und sein Lächeln verblasst. »Soll ich dir beim Ausbruch helfen oder bist du freiwillig hier?«

»Das ist die Wohnung des Paters«, erzähle ich, was ihn nicht sonderlich zu überraschen scheint. Klar, er weiß immerhin, wo er eingebrochen ist. »Er hat mich hergebracht, nachdem er mich zusammengeflickt hat.«

Zugegeben, mir entgeht nicht, wie immer jemand da ist, der mich beobachtet und nach mir sieht, aber in den letzten Tagen habe ich mich hauptsächlich damit beschäftigt, nicht zu sterben.

»Dein Kinderzimmer?« Damien schaut sich demonstrativ um, lässt den Blick über die alten Möbel und das Mobile schweifen, das in einem Windstoß leicht hin und her schwankt.

Erneut reibe ich mir übers Gesicht und drehe mich vollends zu ihm. Mein Herz macht einen Satz, als ich realisiere, wie nah wir uns plötzlich sind. Valerie hat mir einmal gesagt, dass die Aufmerksamkeit und Nähe eines Incubus wie eine Droge ist, und allmählich verstehe ich es. Es fühlt sich an, als wäre ich viel zu lange auf Entzug gewesen.

Unbewusst lehne ich mich weiter in seine Richtung und atme seinen vertrauten Geruch ein. Darunter mischt sich etwas rußiger Rauch, als wäre er zuletzt durch Feuer gelaufen. Es ist aphrodisierend.

»Ja«, antworte ich verspätet und räuspere mich. »Er hat nichts hieran verändert, seit ich eingezogen bin. Das Babybett und die Wickelkommode standen schon da, auch wenn ich sie nie gebraucht habe. Er hat sich immer geweigert, es auszuräumen.«

Auf meine Frage, für wen dieses Zimmer eigentlich gedacht war, habe ich nie eine Antwort bekommen.

»Verstehe.«

»Wieso bist du ausgerechnet jetzt hier?«, hake ich nach.

»Emilio hat mich gebeten, nach dir zu sehen.«

Die Erwähnung seines Namens lässt Damiens lockende Wirkung sofort in sengende Sehnsucht umwandeln.

»Ich will mit ihm sprechen«, sage ich heiser. »Kannst du mich zu ihm bringen?«

»Vielleicht. Aber wir müssen gleich los.«

Ich zögere nicht, steige aus dem Bett und torkele zu dem Kleiderschrank, den ich provisorisch eingerichtet habe. Die Wirkung der Schmerzmittel von gestern Abend hat nachgelassen, die Wunde pocht unangenehm und lässt mich jede Berührung spüren.

»Hey.« Damien bewegt sich lautlos hinter mich und greift nach meinen Schultern, um mich herumzudrehen. »Was gleich passiert, darf niemals jemand erfahren, okay?« Mit großen Augen sehe ich zu ihm auf. Meine Kehle ist mit einem Mal trocken. »Nicht Mio, nicht Kian und erst recht keiner deiner Jägerfreunde.«

»Ähm. Okay«, stimme ich unsicher zu.

»Gut.« Damien beugt sich ein Stück vor, umfasst mein Kinn und neigt meinen Kopf. Meine Lider fallen wie von allein zu, als er mich küsst. Genießerisch seufze ich auf, warte auf den vertrauten Zug an meiner Energie, doch das passiert nicht. Stattdessen fühle ich, wie er mir etwas gibt.

Zuerst ist da nur ein Kribbeln, dann angenehme Hitze und pure Macht. Sie brodelt und pulsiert in meinen Knochen. Als Damien sich von mir löst, stöhne ich protestierend und halte ihn fest.

»Nein«, wispert er. »Das reicht.«

Blinzelnd öffne ich die Augen. »Was in Gottes Namen war das?«, frage ich rau und realisiere im selben Moment, dass die Schmerzen weg sind. Verwirrt lasse ich Damien los und reibe über den Verband, übe ein wenig Druck aus, doch nichts passiert.

»Wir sprechen nicht darüber«, sagt Damien steif.

Ich halte in meiner Bewegung inne und mustere ihn. Er wirkt angespannt und nervös, als hätten wir gerade etwas Verbotenes getan.

Vielleicht haben wir das.

»In Ordnung.«

»Gehen wir, sonst verpassen wir Emilio.«

Damien bringt mich zum Strand. Das erinnert mich unweigerlich an den Abend, als ich hier auf Kilian gewartet habe, aber Mio ertränkt sich nicht selbst in den Fluten, sondern sitzt einsam im Sand, die Knie umschlungen.

»Woher wusstest du, dass er hier ist?«, frage ich, ohne den Blick von der Gestalt zu nehmen, die sich im Sonnenaufgang immer deutlicher abzeichnet.

»Instinkt.« Damiens Stimme klingt seltsam rau. »Jeder Dämon kehrt von Zeit zu Zeit an den Ort zurück, an dem er gestorben ist. Deswegen klettert Kilian gerne auf Hochhäuser und ich ...«

»Und du?«, hake ich nach und sehe ihn an, als er nicht weiterspricht. »Du opferst dich immer noch für alle anderen«, wispere ich. Wie er dieses Mädchen gerettet und dabei selbst draufgegangen ist.

Damien wirkt nicht überrascht darüber, dass ich es weiß. Vermutlich kann er sich denken, dass die Jäger Nachforschungen angestellt haben.

Auffordernd nickt er mir zu. »Geh zu ihm, bevor er abhaut. Ich warte hier auf dich.«

Trocken schlucke ich und schnalle mich ab. Ich will nichts sehnlicher, als ihn zu sehen und mit ihm sprechen, doch jetzt fühlen sich meine Beine plötzlich schwer an. Warum sind meine Hände so schwitzig?

Emilio hört mich sicherlich kommen, aber er dreht sich nicht zu mir um.

»Hallo«, sagt er mit rauer Stimme, als ich mich neben ihn in den Sand fallen lasse. »Du lebst.«

»Lange nicht mehr gesehen«, murmele ich und betrachte sein Profil. Er hat die Kapuze aufgezogen, dennoch erkenne ich die Schatten unter seinen Augen. Schmerz flammt in meiner Brust auf. »Hier bist du gestorben, nicht wahr?«

»Das weißt du doch bereits.«

»Ja, aber ich will es von dir hören«, bitte ich ihn.

Emilio zögert kurz, bevor er anfängt: »Es war eine dumme Mutprobe. Ich hatte zu der Zeit Kontakt mit einer Menge zwielichtiger Typen von der Blackwood und sie haben mich dauernd zu irgendeinem Scheiß überredet. Meine Eltern sind schon verzweifelt deswegen.«

»Du bist von der Klippe gesprungen«, schlussfolgere ich und betrachte die steilen Hügel, die geradewegs in den Strand führen.

»Ja. Die Strömung war zu stark an diesem Tag und ich habe es nicht an die Oberfläche geschafft.«

Ein kalter Schauer fährt mir über den Rücken. Ertrinken ist ein grausamer Tod. Genauso, wie von einem Hochhaus zu fallen oder von fremden Typen totgeprügelt zu werden. Keiner der Dämonen hatte es leicht.

»Manchmal tut es gut, herzukommen«, flüstert Emilio heiser. »Manchmal wünschte ich mir, dass es damals hier geendet hätte.«

Mein Herz zieht sich schmerzhaft zusammen. »Ich nicht«, gestehe ich ihm. »Ich bin froh, dass du noch hier bist.«

Es kommt Bewegung in ihn, er streckt die Beine aus und wendet sich ein wenig von mir ab. »Sag das nicht.«

»Ich habe dich vermisst.«

»Das auch nicht.«

Ich presse die Lippen zusammen und lasse den Blick zum Meer gleiten. Stürmische Wellen brechen an der Klippe.

»Wie hast du mich gefunden?«, will er nach einer kurzen Schweigeminute wissen.

»Damien hat mich hergebracht.«

Mio seufzt schwer und aus dem Augenwinkel bemerke ich, wie er einen Blick zurück zum Parkplatz wirft. Vermutlich hat sich das Auto noch nicht wegbewegt.

»Er sollte nicht hier sein.« Er macht Anstalten, sich zu erheben. »Und du auch nicht.«

»Ich erinnere mich wieder an diesen Abend«, sage ich schnell, bevor er abhauen kann. Das wirkt, er hält inne und neigt interessiert den Kopf. »Grant, Sam und einige andere Jäger sind Teil einer sektenähnlichen Gemeinschaft. Sie nennen sich *Guardians* und haben es sich zur Aufgabe gemacht, Dämonen zu töten.«

»Okay, und was haben sie damit zu tun?«

»Sie haben eine Droge entwickelt, die nicht nur bei Menschen wirkt, sondern auch bei den Incubi, die Energie von diesem Menschen stehlen.«

»Dann standest du unter Drogen und durch die Berührungen wurden wir ebenfalls in ein Delirium versetzt?«, hakt Emilio skeptisch nach.

»Nicht unbedingt, es war eher wie ein Alkoholrausch mit anschließendem Blackout.« Ich lecke mir die Lippen und senke den Blick. »Wir wurden von deinem Rudel getrennt, Grant und ein paar andere haben uns zum Sitz der Guardians gebracht. Der Keller einer alten Villa. Wir sind gemeinsam durch die Gänge geirrt.«

Verwirrt schüttelt er den Kopf. »Und dann?«

»Wir sind entkommen, dabei hast du dir deine Verletzung zugezogen. Danach sind wir zu dir gegangen, aber ich bin nicht mit rauf gekommen.«

»Okay.« Mio stemmt die Hände in den Sand. »Wie ich gehört habe, kümmern Damien und Killian sich um die Guardians. Wieso erzählst du mir das ausgerechnet jetzt?«

»Da ist noch eine Sache«, sage ich zögerlich und ziehe die Unterlippe zwischen die Zähne. »Dein Rudel ist nicht ehrlich zu dir, aber ich weiß nicht, ob du das hören willst.«

Etwas verändert sich in seinem Gesichtsausdruck. Ich kann es nicht genau benennen, nur, dass die Schatten sich verdüstern und mehr von der animalischen Dunkelheit Platz in seinen Augen findet.

»Ich habe einen Pakt mit dem Teufel geschlossen«, sagt er unvermittelt. »Ich soll einen von euch töten.«

Ich zucke leicht zurück. »Einen von uns Jägern?«

»Nein. Einen aus meinem Rudel. Damien, Kilian oder dich.«

Ein seltsames Gefühl durchströmt mich bei der Vorstellung, dass er mich zu seinem Rudel zählt. Ausgerechnet *mich*. Und dann wird mir der andere Teil seiner Offenbarung bewusst und ein kalter Schauer erfasst mich.

»Deswegen hast du Damien mit dem Messer angegriffen«, schlussfolgere ich.

»Ja.« Er seufzt tief und lässt den Kopf in den Nacken fallen. Die aufgehende Sonne beleuchtet sein schönes Gesicht, das jetzt von Schmerz und Schuldgefühlen belastet ist. »Es ist derselbe Pakt wie damals, als ich zum Dämon wurde. Töte, was du am meisten liebst. Damals gab es nur meine Schwester. Ich habe mich wie ein Egoist und ein Monster gefühlt, weil ich mein eigenes Leben über ihres gestellt habe. Aber in dieser Nacht, als ich dasselbe bei Damien tun musste ... ich hatte gar keinen freien Willen, Lan. Ich war nicht ich selbst, da waren nur Wut und Mordlust in mir.«

»Emilio«, murmele ich betroffen und strecke zögerlich eine Hand aus, um sie auf seine Schulter zu legen. Er neigt den Kopf und legt die Wange auf meinen Handrücken. Seine Wärme geht sofort auf mich über und fließt heiß durch meinen ganzen Körper.

»Ich kann es besser kontrollieren, aber es ist immer noch schwer. Ihr solltet nicht in meiner Nähe sein. Lucifer wird früher oder später seinen Sold einfordern.«

»Weiß dein Rudel davon?«

»Seit gestern, ja.« Seufzend öffnet er die Augen und schüttelt meine Hand ab, als müsste er sich selbst dazu zwingen, den Körperkontakt zu unterbrechen, bevor es zu weit geht. »Deswegen will ich nicht wissen, was sie mir verheimlichen. Es kann nicht schlimmer sein als das, was ich tun muss.«

Hart schlucke ich. »Verstehe.«

Emilio richtet sich erneut halb auf, zögert und blickt auf mich. Dann beugt er sich zu mir herunter, hebt mein Kinn und küsst mich. Das kommt so schnell und unerwartet, dass ich einen Moment wie versteinert bin.

Als seine Hände über meine Seiten fahren und er mich tiefer in den Sand drückt, kommt auch Bewegung in mich, ich vergrabe die Finger in seinem Haar und dränge mich ihm verzweifelt entgegen. Unsere Zungen verschmelzen miteinander, ich spüre seinen Herzschlag, seinen vertrauten Geschmack, seine Hingabe. Alles andere wird für kurze Zeit unwichtig.

»Pass auf sie auf, ja?«, raunt er mir zu, als wir uns voneinander lösen.

Dann verschwinden seine warmen Berührungen und zurück bleibt nur bittere Kälte.

KAPITEL 18

KILIAN

»Ich habe kein gutes Gefühl dabei«, sagt Damien zum wiederholten Male, folgt mir trotzdem tiefer in den Club hinein. »Sollen wir Gideon wirklich weiter reizen?«

»Er hat kein Rudel mehr hinter sich. Wir sind ihm jetzt überlegen«, meine ich lässiger als ich mich fühle. Nicht Gideon ist heute unser Ziel und ich bezweifele, dass er überhaupt da ist. Dennoch wird er es früher oder später herausfinden und garantiert nicht gut finden, dass wir seinen Club infiltrieren.

Elektrische Bässe umfangen uns, Lichter flackern über unseren Köpfen und freudiges Gelächter dringt an mein Ohr. Ein Stückchen Leichtigkeit, die ich aufsauge wie ein Schwamm.

»Willst du was trinken?«, fragt Damien versöhnlich dicht an meinem Ohr. Unbewusst lehne ich mich in seine Richtung, bis ich seinen Atem in meinem Nacken spüre.

»Hol uns was und komm dann zur VIP-Lounge«, bitte ich ihn und schiebe mich durch die tanzende Menge.

Wie bei meinem letzten Besuch wird der abgetrennte Bereich von zwei breitschultrigen Bodyguards bewacht. Sie werfen mir skeptische Blicke zu.

»Ich bin hier für Michael«, lasse ich sie wissen.

»Nie gehört. Verzieh dich.«

Dämonische Energie fließt schneller durch meinen Blutkreislauf, ich spanne die Muskeln an und bin bereit, mir Zutritt zu verschaffen.

»Schon gut. Lasst ihn rein«, ertönt eine bekannte Stimme und die Männer schieben sich sofort zur Seite, um mich passieren zu lassen. Tief durchatmend dränge ich den Dämon zurück, lächele gönnerhaft und klopfe einem der Bodyguards beim Vorbeigehen auf die Schulter.

»Danke, Süßer.«

Er grummelt unwillig, lässt mich aber ansonsten wortlos durch.

Clover sitzt breitbeinig auf einer der Sitzbänke, ein hübscher, blutjunger Kerl neben ihm, der leidenschaftlich seinen Hals küsst. Selbst aus Entfernung kann ich sehen, wie viel Lebensenergie fließt. Ich spüre beinahe das kribbelnde Knistern.

»Schon wieder hier?«, fragt der Dämon unbeeindruckt und gibt dem Typ zu verstehen, dass er aufhören soll. Er weicht zurück und reibt sich benommen übers Gesicht.

Locker lasse ich mich auf die Sitzbank sinken und greife nach dem Whiskey, um mir einen Drink einzuschenken. »Ist Gideon gar nicht da?«, frage ich betont gleichgültig. »Wundert mich, wieso.«

»Keine Ahnung, was ihr mit ihm gemacht habt«, schnaubt er. »Aber seid euch gewiss, dass er das doppelt und dreifach zurückgibt.«

»Klar, doch er ist allein und du wirst ihm sicher nicht zur Hilfe eilen.« Ich nehme einen Schluck und sehe zu ihm. »Oder?«

Argwöhnisch mustert Clover mich. »Das letzte Mal hast du mich stehen lassen und jetzt willst du meine Hilfe?« Er beugt sich vor, um seinem Liebhaber ebenfalls einen Drink zu reichen. Der Kleine klammert sich an das Glas und blinzelt hektisch. Vermutlich versteht er nicht, warum er sich plötzlich so benommen und schwach fühlt.

»Du bist zu feige, um dich gegen Gideon zu stellen«, sage ich provozierend. »Ich brauche nur ein paar Infos.«

»Und scheinbar bist du heute nicht allein gekommen. Herrlich.«

Damien betritt gerade den VIP-Bereich, im Gegensatz zu mir wird er ohne Zögern durchgelassen. Natürlich. Wer könnte auch seinem Lächeln widerstehen?

»Alles okay?«, fragt Damien misstrauisch und setzt sich auf einen Hocker mir gegenüber. Über den kleinen Tisch schiebt er mir einen Cocktail rüber.

»Sicher, macht es euch in meinem Club gemütlich«, erwidert Clover ironisch. »Genau die Gäste, die ich gebraucht habe.« Er wendet sich seinem Lover zu und streicht über dessen Wange. »Geh und such nach deinen Freunden. Bring sie her, wenn du willst.«

Er nickt benommen, erhebt sich und torkelt davon.

»Wie lange bist du ein Dämon? Etwa fünfzehn Jahre?«, frage ich an Clover gewandt. »Du hast sicher schon einige Deals mit Lucifer geschlossen.«

Er runzelt misstrauisch die Stirn. »Natürlich, wie wir alle. Bis auf Mr. Tugendhaft da drüben.« Mit einem Kopfnicken deutet er zu Damien.

»Weil es absolut dämlich ist«, wehrt dieser sich und seufzt, als ihm bewusst wird, dass wir nicht gekommen sind, um eine Grundsatzdiskussion zu führen. »Wie auch immer. Es muss doch irgendein Schlupfloch geben, nicht wahr?«

Clover stutzt, bevor er trocken auflacht. »Oh, sieh mal an. Das ach so tolle, moralisch überlegene Rudel hat es sich mit dem Teufel verscherzt.«

»Ja, du hast recht«, sage ich wahrheitsgemäß. »Und dann auch noch unser Welpe. Wie peinlich. Ich habe ihm wohl nichts beigebracht.«

»Was hat Emilio getan?«, will Clover, jetzt weniger sarkastisch, wissen.

»Er soll Landon umbringen.«

Damien wirft mir über den Tisch einen verwirrten Blick zu. Vermutlich fragt er sich, warum das Clover interessieren sollte und wieso ich lüge. Emilio hat eindeutig klar gemacht, dass er Lan nicht opfern wird. Dieser egoistische Bastard hat ausgerechnet Damien dafür ausgewählt.

Aber meine Worte wirken bei Clover, er versteift sich augenblicklich und hört sogar kurzzeitig auf zu atmen. »Landon Grayson?«

»Ja. Der heiße Dämonenjäger, der sich gerne von Incubi fi...«

»Hör auf!«, unterbricht Clover mich knurrend und ich grinse wissend. Er schüttelt barsch den Kopf und wendet den Blick von uns ab. Angespannte Stille dehnt sich zwischen uns aus.

»Ihr könnt Lucifer nicht austricksen«, sagt Clover schließlich. »Aber er ist derjenige, der den Pakt steuert und kontrolliert.«

»Was willst du uns damit sagen?«

»Na ja, bietet ihm eine Alternative an. Etwas, das er wirklich will – dann wird er Emilios Bedingung umschreiben und ihr könnt Landons Tod abwenden. Das ist die einzige Möglichkeit.« Er macht eine nachdenkliche Pause und sieht uns abwechselnd ernst an. »Ihr könnt dem Teufel nicht entkommen. Also verhandelt mit ihm.«

»Clover ist Michael Heller.«

Die Erkenntnis kommt Damien, als wir wenig später in dem Mustang durch die Nacht fahren. Frischer Wind weht durch die Fenster und zerzaust sein schwarzes Haar auf die beste Weise. Ich muss mich zwingen, den Blick abzuwenden und mich auf die Straße zu konzentrieren.

»Korrekt.«

»Fuck. Weiß Landon davon?«

»Noch nicht.«

»Wie konnte ihm das entgehen? Ist er ihm nie aufgefallen?«

Ich zucke mit den Schultern. »Keine Ahnung. Er war ein Kind, als er von seinem Vater getrennt wurde. Vielleicht erinnert er sich nicht.«

»Aber Clover erinnert sich. Er weiß, wer Landon ist. Wie kann er einfach …« Damien bricht ab und schnauft frustriert. »So ein Wichser.«

Jetzt gebe ich dem Drang doch nach, den Kopf zu drehen und ihn zu betrachten. Ich drossele das Tempo ein wenig. »Soll ich dich nach Hause bringen?«

Damien erwidert meinen Blick. »Nimmst du mich mit zu dir?«

Ich zögere und sehe zurück auf die Straße. »Nein.«

»Wie lange warst du nicht mehr im Haus deines Vaters?«

Ich schweige.

»Seit er gestorben ist, nicht wahr?«, beantwortet er seine Frage selbst. »Das habe ich mir gedacht.«

»Ich war da«, widerspreche ich. Zumindest, um regelmäßig Klamotten zu holen. Schlafen tue ich hier und da. Manchmal überhaupt nicht.

»Komm schon. Ich begleite dich«, schlägt Damien vor.

Ich will protestieren, den Wagen umwenden oder am besten gegen einen verdammten Baum fahren, doch ich umschließe nur das Lenkrad fester und steuere das Strandhaus meines Vaters an. Da ist ein schwacher, bedürftiger Teil in mir, der dankbar ist für Damis Angebot. Der weiß, dass ich es allein nie schaffen würde.

Wenige Minuten später parke ich den Mustang in der Tiefgarage und wir betreten zusammen das Haus. Es riecht abgestanden und staubig. Am liebsten will ich direkt wieder umdrehen und abhauen. Damien legt eine Hand auf meine Schulter und drückt sie fest.

»Es ist okay«, flüstert er. »Es darf schwer sein.«

Es ist nicht schwer, sondern *unmöglich*. Wenn ich auf den Friedhof gehe, wenn ich dieses Haus weiter ohne ihn bewohne, dann wird es real. Dann ist er wirklich tot und ich muss mich an ein Leben ohne meinen Vater gewöhnen.

Damien lässt meine Schulter los und verschränkt stattdessen seine Finger mit meinen. Sanft zieht er mich mit ins Innere.

Alles ist unverändert, auf dem Tisch steht noch die dreckige Kaffeetasse von seinem letzten Morgen, bevor er erschossen wurde. Im Flur hängen dieselben Bilder, im Wohnzimmer sind seine Unterlagen verstreut. Es war sicherlich verboten, dass er Akten mit nach Hause genommen hat, aber ich habe nicht vor, sie dem FBI zu übergeben. Sie können mich mal. Sie haben nichts getan, um seinen Tod aufzuklären. Zumindest nicht annähernd genug.

»Woran hat er zuletzt gearbeitet?«, hakt Damien nach, als er wahllos einen Zettel aufhebt und ihn betrachtet.

»Der Merendez-Clan. Er hat einen Großteil von ihnen hinter Gitter gebracht.«

»Ah. Deshalb hast du sie umgebracht.«

»Das war ich nicht«, lüge ich.

Damien rollt mit den Augen. »Klar. Also haben sie ihn aus Rache erschossen?«

Ich zögere, laufe zu der großen Fensterfront und sehe hinaus aufs dunkle, stürmische Meer. Damien tritt hinter mich, ich spüre seine Präsenz überdeutlich in meinem Rücken. Es fühlt sich warm und geborgen an, obwohl ich das nicht verdient habe.

»Ich weiß es nicht. Zumindest haben sie es bestritten, als ich sie … nett danach gefragt habe.«

»Hmh, sicherlich«, murrt Damien.

»Margot hat mir etwas erzählt.« Ich verschränke die Arme vor der Brust und schließe die Augen. »Mein Vater hat kurz vor seinem Tod einen alten Fall wieder aufgemacht.«

»Weißt du, welchen?«

»Den Tod meiner Mutter.«

Bedrücktes Schweigen.

»Wieso sollte er das tun?«, fragt er zögerlich.

»Vielleicht wollte er ihren Mörder einsperren. Nach all den Jahren.«

»Kilian.« Damien legt eine Hand beruhigend in meinen Nacken und massiert ihn sanft. »Das würde er nicht tun.«

»Er hat sie geliebt, Damien«, flüstere ich heiser. »Sehr. Und ich habe sie ihm genommen. Ich glaube, das hat er mir nie richtig verziehen. Ich glaube, er hat mich … nicht gehasst, aber verachtet. Jeden Tag ein kleines bisschen mehr.«

»Hey. Sieh mich an.«

Als ich mich nicht rühre, schlingt er beide Arme von hinten um mich und drückt mich fest an sich. »Kilian, das ist nicht wahr.« Seine Lippen sind ganz dicht an meinem Ohr. »Er hat dich unglaublich geliebt. Wie kannst du nur daran zweifeln? Er hätte alles für dich getan, Kian. So wie ich.«

Aber Damien hat mich letztendlich verlassen, er hat gemerkt, dass seine Gefühle für mich niemals echt gewesen waren, und mein Vater hat mich nur aus einem Pflichtbewusstsein heraus akzeptiert. Ich habe seine große Liebe getötet – und ihn dazu verdammt, mit ihrem Mörder zurückzubleiben.

»Hör auf«, murmelt Damien. »Tu das nicht. Ich merke, wie du in düsteren Gedanken ertrinkst.«

Einmal, als ich noch dachte, dass wir für immer zusammenbleiben werden, habe ich ihm erzählt, dass sich meine Gedanken manchmal wie ein kalter Ozean anfühlen. Man ertrinkt nicht in ihm. Man erfriert, bis man erst alles und dann nichts mehr fühlt.

Zögerlich hebe ich die Finger und lege sie auf seine Hände, die er über meinem Herzen verschränkt hat.

»Das ist so unfair«, sage ich erstickt. »Ich bin gestorben und hätte tot bleiben sollen. Stattdessen habe ich sie umgebracht und jetzt ist mein Dad tot. Das sollte nicht so laufen.«

»Es ist nicht deine Schuld, Kilian.«

Wie kann es das nicht sein? Versteht er nicht, was für ein furchtbarer Mensch ich bin? Menschen wie ich haben keine zweite Chance verdient. Sie sollten tief vergraben und aus allen Erinnerungen verbannt werden.

»Lass uns schlafen gehen«, schlägt Damien unvermittelt vor und lässt mich los. Er greift nach meinem Handgelenk und zieht mich mit. »Bitte, Kian. Hör auf nachzudenken. Folg mir einfach.«

Ich tue es, liege wenig später in meinem kalten Bett, eingehüllt in seiner warmen Umarmung. Auch das habe ich nicht verdient, aber ich kann mich nicht dagegen wehren. Nicht heute.

Ich habe gewusst, dass in dieses Haus zurückzukehren schwer sein würde. Vielleicht sollte ich es einfach niederbrennen und alle Erinnerungen mit der Asche begraben.

Ich fühle mich besser, als ich am nächsten Morgen aufwache. Wieder mehr wie ich selbst. Zumindest zehn Minuten lang, bis ich verschlafen durch das Haus tapse und realisiere, dass Damien gegangen ist.

»Dami?«, rufe ich trotzdem fragend in die Stille.

»Hey. Ich bin hier.«

Die Erleichterung, die mich beim Klang seiner Stimme durchfährt, lässt meine Knie ganz weich werden. *Gott sei Dank.*

Ich laufe hinüber ins Wohnzimmer, wo ich ihn auf der Couch vorfinde. Aus einem Impuls heraus will ich ihm einen Kuss geben, aber ich unterdrücke das. So etwas machen wir nicht mehr.

»Was tust du da?«, frage ich stattdessen misstrauisch. Lose Blätter und Aktenhefter sind um ihn verteilt. Hat er sich etwa in die Fallakten meines Vaters vertieft? Ich halte auf halber Strecke zu ihm inne.

Damien blickt auf und blinzelt mich an. »Ich habe gelesen, woran dein Vater zuletzt gearbeitet hat.«

Bitte nicht. »Das hättest du nicht tun sollen«, sage ich erstickt.

»Er hat nicht nach dem Mörder deiner Mutter gesucht«, Damien beugt sich über den Couchtisch und kramt zwischen den Blättern, »sondern nach einem alten Freund von ihr.«

Nein, nein, nein.

»Johnson Melrose.«

Allein diesen Namen aus seinem Mund zu hören, löst einen unangenehmen Schauer der Angst in mir aus, dann Unwillen und Ärger und schließlich wieder kalte, unbändige Angst.

Fuck.

»Er ist unser Senator«, sage ich tonlos und balle die Hände zu Fäusten. Damien erhebt sich bedächtig von der Couch und kommt auf mich zu. Vorsichtig, pirschend. »Und er war ein enger Vertrauter meiner Mutter.«

Damien neigt den Kopf, ein Schatten huscht über sein Gesicht. »Dein Vater wollte ihn hinter Gitter bringen, nicht dich«, sagt er düster. Ich schließe die Augen und reibe mir über die Brust, in der zu viele Emotionen auf einmal aufkommen. Scheiße. *Nein. Bitte. Nicht.*

Als ich die Lider das nächste Mal aufschlage, steht Damien unvermittelt vor mir, umfasst mein

Gesicht mit beiden Händen und zwingt mich, ihm
in die Augen zu sehen. »Was hat er dir angetan,
Kian?«

KAPITEL 19

EMILIO

Manchmal frage ich mich, ob nicht in jedem von uns ein Mörder steckt.

Sind wir, losgelöst von moralischen Zwangsjacken und fern jeglicher Konsequenzen, nicht alle ein wenig brutal, animalisch und blutrünstig? Das Schwierigste ist immer der erste Schritt. Danach geht alles ganz leicht.

Ich sinniere oft darüber, wenn ich irgendwelche Menschen für Lucifer umbringe. Vielleicht haben sie es verdient, wahrscheinlich aber nicht. Und mir wird es mit jedem Mord egaler, solange ich mir nur ein bisschen mehr Zeit erkaufen kann.

Ächzend hieve ich den leblosen Körper von mir und klopfe den Staub von meinen Klamotten. Die Luft fühlt sich bitter in meinen Lungen an. Verpestet. Ich hasse diesen Teil der Stadt, aber er ist der beste Ort, um Dinge wie diese zu tun.

»Das war lang.«

Ein Fluch verlässt meine Lippen, als ich die vertraute Stimme hinter mir höre. Ich drehe mich nicht herum.

»Geh weg, Damien.« In diesem Zustand sollte er mir wirklich nicht begegnen. Das Mal an meinem Unterarm pocht schon jetzt unangenehm.

»Es gibt präzisere Wege, jemanden umzubringen, weißt du. Erwürgen ist so furchtbar persönlich.« Seine Schritte hallen wie ein Echo in der Gasse, als er auf mich zukommt. Ich schließe gequält die Augen.

»Du solltest nicht in meiner Nähe sein.«

»Vermutlich nicht, aber ich habe etwas zu erledigen und nachdem du offenbar deinen Mörder-Alter-Ego gefunden hast, kannst du mir dabei helfen.«

Das macht mich neugierig genug, um mich trotz aller Vorbehalte zu ihm umzudrehen. »Wen willst du umbringen?«

Er wirft mir etwas zu und erst als ich es auffange, erkenne ich den Notizblock. Es stehen eine Reihe von Namen darauf, aber einer sticht mir gleich ins Auge. Ungläubig blicke ich wieder auf.

»Wieso willst du unseren Senator killen? Bist du wahnsinnig?«

»Er hat Kilian wehgetan.«

»Was? Wann?«

Damien verschränkt die Arme vor der Brust. Im schummrigen Mondlicht wirkt er ernst und düster. Selbstbewusst wie der Anführer, als den ich ihn kennengelernt habe. »Spielt keine Rolle. Bist du dabei oder nicht?«

»Hey, wenn wir das tun, brauche ich mehr Informationen.« Es ist eine Sache, Menschen in Lucifers Namen zu killen. Er kümmert sich um die Beseitigung und den Rest. Aber wie sollen wir so ein großes Ding vertuschen?

»Melrose war ein Freund von Kilians Mutter«, beginnt Damien zögerlich. Er blickt zu Boden. »Er hat ihn missbraucht, als er noch ein Kind war.«

Alles in mir erstarrt zu Eis. »Fuck. Und seine Mom?«

»Sie hat ihn hingebracht und ihn verkauft für Macht und Einfluss.« Ich sehe, wie schwer es ihn fällt, die Worte auszusprechen und auch in meinem Hals bildet sich ein Kloß. Damiens Stimme wird heiser. »Das ging jahrelang, bis Kilian etwa siebzehn war.«

Hilflos schließe ich die Augen und fahre mir durchs Haar. »Deswegen hat er sich vom Hochhaus gestürzt? Und dann seine Mutter umgebracht. Fuck. Jetzt ergibt alles Sinn.«

»Ich wusste es selbst bis gestern nicht«, murmelt Damien. »Kilians Vater hat gegen Melrose ermittelt und als Dank dafür haben seine Leute ihn erschossen.«

Scheiße, nein. Dieser Bastard hat Kilian nicht nur seine Kindheit und sein ganzes Leben genommen, sondern auch seinen Vater. Was für eine kranke Welt.

Entschlossen blinzele ich und sehe auf Namen in dem Notizblock. »Hast du einen Plan?«

»Natürlich. Ist nur ein bisschen riskant.«

Ich schnaube amüsiert. »Klar, immerhin wollen wir einen der einflussreichsten Männer des Landes und vier seiner engsten Vertrauten unter die Erde befördern.«

»Ein Kinderspiel.«

»Nur du und ich also, ja? Klingt ziemlich romantisch«, scherze ich.

Damien schnalzt mit der Zunge. »Freu dich nicht zu früh. Wir brauchen auch Landons Hilfe.«

»Mhm«, mache ich. Seit diesem letzten, verzweifelten Kuss am Strand habe ich ihn nicht mehr gesehen, aber so gut wie jede Sekunde an ihn gedacht. Die Vorstellung, bald wieder bei ihm zu sein, löst ungeahnte Glücksgefühle in mir aus. »Dann suchen wir nach Landon, schätze ich.«

Die Luft schmeckt anders in meinen Lungen, als ich zum Hintereingang der Kirche schlendere. Liegt vielleicht daran, dass ich zu viel Zeit in der Gosse verbracht habe, wo es nach Tod und verlorenen Träumen riecht. Hier sprüht alles vor Hoffnung, Glaube und Liebe.

Einen Moment schließe ich die Augen, dränge den Dämon zurück und genieße die Sonnenstrahlen auf meiner Haut, die nicht unbedingt wärmend, dafür umso heller sind.

Es war nicht schwer, Landon zu finden. Kompliziert war nur, ihn allein anzutreffen, ohne dass der Pater oder einer seiner Jägerfreunde um ihn herumschwirren. Heute Nachmittag habe ich dem Glück ein wenig nachgeholfen.

Der Weg ins Innere ist mir versperrt, sodass ich Lan eine Nachricht schreibe. Kurz darauf taucht er am Hinterausgang auf, die Augenbrauen misstrauisch zusammengezogen. Mein Herz macht einen freudigen Satz, als ich ihn erblicke.

Seine Haare sind ein wenig zerzaust, was den Wunsch in mir weckt, die Finger darin zu vergraben und ihn um den Verstand zu küssen.

»Hi«, sage ich unschuldig.

»Was tust du hier?«, will er wissen. »Du solltest gehen.«

»Besprechen wir das drin.«

Er zögert. »Das ist keine gute Idee.«

»Bitte. Es ist wichtig.«

Lan gibt sich geschlagen und macht einen Schritt zur Seite. »Komm rein«, spricht er die Einladung aus. Dankbar lächelnd spaziere ich ins Innere, nur um von Kälte umfangen zu werden. Das ungute, drängende Gefühl kehrt zurück. Kirchen sind einfach keine guten Orte für Dämonen.

Schweigend läuft Landon zu den Beichtstühlen, wo Eimer und Putzlappen herumstehen. Offenbar habe ich ihn beim Aufräumen gestört.

»Ist das eine Bestrafung oder nur ein neues Hobby?«

»Weswegen genau bist du hier?«, fragt er mich argwöhnisch, ohne auf meinen Sarkasmus einzugehen.

»Ich hatte Sehnsucht nach dir.« Er schnaubt abfällig. »Und ich brauche deine Hilfe.«

»Klar, natürlich«, erwidert er mit einem Augenrollen. »Aber das ist kein guter Ort. Der Pater ...«

»Wird eine Weile beschäftigt sein«, lasse ich ihn wissen.

Lan verengt die Augen. »Nein, er ist nur kurz weg, um Essen zu holen.«

»Vertrau mir einfach.« Es war nicht schwer, herauszufinden, dass er jeden Abend beim gleichen Chinesen bestellt. Noch leichter war, den Inhaber zu bestechen, damit der Pastor heute auf sein Essen warten muss. Wir haben eine gute Stunde Ruhe, wenn alles nach Plan läuft.

»Okay.« Lan verschränkt abwehrend die Arme, aber sein Blick wird milder. »Womit kann ich dir helfen?«

»Wir haben uns noch gar nicht richtig begrüßt«, murmele ich und trete näher an ihn heran. Lan legt mir eine Hand auf die Brust und dreht demonstrativ den Kopf weg.

»Nein.«

Ich fahre mit den Fingern über die schwarzen Perlen seines Armbandes. Lan versteift sich, nimmt die Hand von meiner Brust und will es abstreifen, aber ich packe sein Handgelenk, beuge mich vor und küsse ihn.

Lan stößt ein überraschtes Keuchen aus. Keine Lebensenergie, nur Wärme und Knistern. Ich versinke in diesem Gefühl.

»Was tust du?«, fragt er rau.

»Ich will dich spüren, Lan«, flüstere ich dicht gegen seine Lippen, neige den Kopf und vertiefe den Kuss, sauge an seiner Unterlippe und beiße sanft hinein. Das bringt ihn dazu, sich an mich zu schmiegen und die Finger in meinem Haar zu vergraben. Ich kann mir ein kleines Lächeln nicht verkneifen.

»Brauchst du gar keine Energie?«, will er zwischen zwei Küssen wissen.

Sacht schüttele ich den Kopf, woraufhin er schnauft. »Klar, du hast sicher hundert andere Kerle gefickt.«

»Sie waren nur Mittel zum Zweck«, sage ich. Ich erinnere mich weder an ihre Namen noch an ihre Gesichter. »Du hingegen …«

»Was?«, hakt er nach und drückt mich zurück, als ich ihn erneut küssen will.

Ich will ihm sagen, dass er wunderschön ist und ich mich nach ihm verzehre, wann immer ich nicht bei ihm bin, aber im Endeffekt ist das unwichtig. »Du bist der einzige Grund, warum ich an meiner Menschlichkeit festhalte«, flüstere ich.

Lan zögert, vergräbt die Finger dann fester in meinem Haar und zieht mich zu sich. Ich dränge ihn nach hinten, tiefer in den Beichtstuhl hinein, meine Hände fahren fiebrig über seinen Rücken, kratzen über die Lagen Klamotten. Lan stößt gegen die Sitzbank und ich dirigiere ihn darauf, gehe vor ihm auf die Knie und blicke keuchend in seine Augen.

Blau wie der Himmel an guten, sonnigen Tagen. Genau darin habe ich mich verliebt.

»Wir können nicht in einer Kirche rummachen«, keucht Lan, hält mich aber nicht auf, als ich seine Jeans öffne, beißt sich nur schuldbewusst auf die Lippe.

Ich lächele verrucht. »Wieso? Wir sind in einem Beichtstuhl. Hier werden einem alle Sünden vergeben.«

Lans Lachen klingt ein wenig verzweifelt, als ich über die Unterwäsche seinen Ständer reibe. Stöhnend wirft er den Kopf zurück und hebt die Hüften drängend gegen meine Finger.

»Nur, wenn man es wahrhaftig bereut.«

»Dann gebe ich dir was zu bereuen, Baby«, hauche ich, befreie seine Härte und beuge mich herunter, um die Zunge über seine Spitze kreisen zu lassen. Lan beißt sich in die Hand, um nicht laut zu werden, während sein Geschmack auf meiner Zunge zergeht.

»Das ist nicht fair«, keucht er und stößt tiefer in meinen Mund. »Ich habe mich noch gar nicht für das letzte Mal revanchiert.«

Verrucht lächele ich zu ihm auf. »Willst du, dass ich aufhöre, damit du meinen Schwanz in den Mund nehmen kannst?«

»Hör jetzt verdammt nochmal nicht auf«, murrt er und greift in mein Haar, um meinen Kopf zurück nach unten zu drücken.

Oh, fuck, ich habe nicht gewusst, dass ich auf diese Seite an ihm stehe. Das ist interessant. Ich folge seiner Anweisung und lasse ihn tief in meine Kehle gleiten, er stößt fester zu und befördert mich damit in einen Zustand aus Hingabe und Ekstase, selbst ohne seine Energie zu stehlen.

Es ist schnell und schmutzig, ich helfe mit der Hand nach und bringe ihn zum Kommen, bis ich ihn ganz schmecke und schlucke. Landons Herz schlägt immer noch wild und sein Atem geht schwer, als ich mir über den Mund wische und zu ihm aufblinzele.

»Und?«, frage ich mit rauer Stimme. »Soll ich dir jetzt die Beichte abnehmen?«

Ein schiefes Lächeln erscheint auf seinem Gesicht. »Dafür musst du ein geweihter Priester sein, fürchte ich.«

Lan räuspert sich und schließt die Hose wieder, dann greift er in mein Haar und richtet es ein wenig, schiebt das Armband zurück unter den Ärmel des Pullovers. Mein Blick bleibt daran kleben.

»Du hast mir nie verraten, was es damit auf sich hat.«

»Weil ich es nicht weiß. Es war ein Geschenk meines leiblichen Vaters.« Stimmt, das hatte er schon mal erwähnt. »Es war in den Sachen, die der Pater mir an meinem 16. Geburtstag gegeben hat. Ein paar Familienfotos, die Eheringe meiner Eltern und dieses Armband mit dem Hinweis, dass es mich beschützen wird.« Seine Stimme wird leiser. »Wir wissen bis heute nicht, wie es funktioniert.«

»Meinst du, es ist etwas Himmlisches?«

Lan runzelt die Stirn. »Was?«

Ich zucke mit einer Schulter. »Keine Ahnung, wir Dämonen kommunizieren mit dem Teufel. Wie ist das bei euch Dämonenjägern? Kriegt ihr eure Anweisungen direkt vom Big Boss oder spricht er über seine Engel?«

»So funktioniert das nicht. Es baut eher auf Glaube und Vertrauen auf«, erklärt Landon und sieht nach wie vor skeptisch auf sein Armband. »Aber vielleicht hast du Recht. Immerhin wirkt es gegen Dämonen, jedoch nur bei mir.«

Das ist ein Rätsel für ein anderes Mal. Im Moment haben wir größere Probleme als Lans Zauberperlen.

»Ich bin nicht nur gekommen, um dich zu verführen«, wechsele ich räuspernd das Thema. »Auch wenn das meine Lieblingsbeschäftigung ist.«

Er rollt mit den Augen, nickt mir aber auffordernd zu.

»Du übernimmst in letzter Zeit ziemlich viel Aufgaben innerhalb der Kirche, nicht wahr?«

Er hebt eine Augenbraue. »Ja. Ich weiß nicht, ob es nur eine Bestrafung ist oder der Pater mich beschäftigt halten will, damit ich nichts Dummes tue.«

Ich lächele. »Hat ja super funktioniert.«

»Du hast ihn doch nicht umgebracht, oder?«, fragt er mich mit sarkastischem Unterton, aber gleich darauf bildet sich eine Furche in seiner Stirn. »Hast du?«

»Nein, noch nicht.« Ich werde endgültig ernst. »Du musst deine neue Position ausnutzen, um jemanden herzulocken. Wir erledigen den Rest.«

Lan schüttelt bereits den Kopf, bevor ich ausgeredet habe. »Ausgeschlossen. Ich werde euch nicht bei einem Mord helfen, Mio.«

»Es geht um Kilian.«

Jetzt zögert er und beißt sich auf die Unterlippe.

»Er hat ihn missbraucht, als er noch ein kleiner Junge war«, berichte ich. »Und er hat ihm erneut wehgetan, indem er seinen Vater ermorden ließ. Das können wir diesem Bastard nicht durchgehen lassen.«

Ein Sturm tritt in seine Augen, er atmet tief durch und sein Blick verliert sich ins Leere. Er scheint zu überlegen.

»Es geht um Johnson Melrose«, teile ich ihm mit, bevor er eine endgültige Entscheidung fällen kann. Lan stöhnt frustriert auf.

»Ernsthaft?«

Ich zucke mit einer Schulter. »Es ist Damiens Plan, wenn dich das beruhigt.«

»Ja, das tut es tatsächlich.«

Das würde mich kränken, würde ich nicht selbst so sehr auf Damiens Kompetenz als Anführer vertrauen.

»Also gut«, schnauft Landon. »Weih mich ein. Was haben wir vor?«

Auf meinen Zügen erscheint ein kleines Lächeln. Wir stehen im Moment alle auf verschiedenen Seiten des Spielfeldes – ich habe immer noch den Pakt mit Lucifer, der besagt, dass ich Damien umbringen muss, Lan ist ein Jäger und damit unser größter Gegenspieler – und doch tun wir uns jetzt zusammen.

Für einen großen Coup. Für Kilian. Und nichts hat sich je besser angefühlt, als mein Rudel vereint zu spüren.

KAPITEL 20

LANDON

An manchen Tagen frage ich mich, warum Gott uns so viel durchgehen lässt. Er hat uns in ein Paradies gebracht und wir haben es zerstört, verpestet, durchtränkt mit Schwärze und dem puren Bösen.

Und dann denke ich daran, dass wir alle nach Gottes Ebenbild erschaffen wurden. Selbst Lucifer. Wessen schuld ist es also? Ist es das Leben, das uns auf die grausamste Weise verdirbt, oder sind wir es, die das Leben zerstören?

Wenn ich in Melroses scheißfreundliches Antlitz blicke, diese perfekte, attraktive Fassade, will ich am liebsten kotzen. Ich habe Emilio gesagt, dass ich das abkönne, dass er mir die Details erzählen soll, aber ich schaffe es nicht.

Dieser Mann hat einen kleinen Jungen jahrelang gequält und missbraucht, bis er keinen anderen Ausweg gesehen hat, als auf das höchste Gebäude der Stadt zu steigen und sich in die Tiefe fallen zu lassen. Nicht, weil er wirklich sterben wollte, sondern weil er für einen kostbaren Moment frei wie ein Vogel sein konnte.

»Hallo, Mr. Grayson«, grüßt er mich freundlich und schüttelt meine Hand. »Wie schön, Sie persönlich kennenzulernen.«

Ich zwinge mich zu einem Lächeln, das sich bitter anfühlt. In den letzten fünf Tagen habe ich nichts anderes getan, als mit seiner

Pressesprecherin zu telefonieren, ihr E-Mails zu schreiben und ununterbrochen auf ihre Mailbox zu quatschen. Ich habe die Mitleidskarte ausgespielt, habe von Grants schrecklichem Tod berichtet und wie sehr das die christliche Gemeinde mitgenommen hat. Er als konservativer Politiker würde sicherlich bei unserer nächsten Messe vorbeischauen, um uns zu unterstützen, nicht wahr? Die Presse würde da sein. Alle werden für Grant und seine Familie beten, nachdem sein Mörder immer noch frei herumläuft.

Es hat gewirkt. Damien sei Dank, der täglich bei mir war und mir die Grundlagen der Manipulation beigebracht hat, die er damals unter Gideons Fittiche perfektionieren musste. Sie alle kommen uns jetzt zugute. Johnson Melrose steht live und in Farbe vor mir.

»Die Freude ist meinerseits«, sage ich überschwänglich und schenke den Bodyguards einen flüchtigen Blick. »Natürlich musste ich herkommen, um sie persönlich abzuholen. Wir alle sind schon ganz aufgeregt.«

Melrose schenkt mir ein schmallippiges Lächeln und nickt knapp. Offenbar hat er nicht vor, mehr Worte als nötig mit mir zu wechseln, solange die Presse noch nicht da ist. Mir soll es recht sein, wenn der Rest funktioniert.

Ich dirigiere ihn und seine Leute betont höflich zu den SUVs, die für uns bereitstehen. Ich selbst steige mit Melrose und zwei seiner Bodyguards in einen Wagen, der andere folgt uns.

Der Pater war erfreut darüber, dass ich mich so für die Gemeinde ins Zeug lege. Er wartet gerade nervös in unserer Kirche auf Melroses Auftritt, um seine Messe zu beginnen. Die Presse wird tatsächlich anwesend sein. Aber wir werden dort niemals auftauchen.

»Ist das die richtige Kirche?«, fragt Melrose, als wir an der St. Sebastian Church ankommen. Ein Hauch Skepsis schwingt in seiner Stimme mit, den ich mit einem breiten Lächeln entgegentrete.

»Ja, sie steht schon seit über hundert Jahren. Wir sind stolz darauf, dass wir die äußere Fassade so gut wie erhalten konnten.«

Er nickt und unserer Fahrer hält uns die Tür auf. Der zweite Wagen fährt vor und seine restlichen Bodyguards steigen aus. Sie formieren sich pflichtbewusst hinter ihm.

»Folgen Sie mir«, bitte ich und starre auf die einst prunkvollen Türen, die sich vor mir aufbauen. Wie makaber, wenn man bedenkt, dass ich zuletzt hier war, als Mio gefangen gehalten wurde. Jetzt ist alles anders.

Melrose wird skeptisch, als wir die alten Gemäuer betreten und uns nur unheilvolle Stille entgegenschlägt. Niemand ist da – bis auf Emilio und Damien, die wie zwei Racheengel vorne am Altar stehen.

»Was soll das we…«

Er kann den Satz nicht beenden. Emilio bewegt sich rasend schnell, ich spüre nur einen Windhauch in meinen Haaren und als Nächstes sind zwei von Melroses Leibwächtern tot. Der dritte zieht gerade seine Waffe, als Emilio hinter ihn tritt, die Knarre umfasst und ihn mit einem gezielten Kopfschuss tötet. Der letzte hebt die Hände und stolpert verzweifelt zurück. Ich sehe nicht hin, als auch er erschossen wird.

»Was wollt ihr?!«, ruft Melrose panisch und entfernt sich von Mio und mir, die Arme erhoben, blanke Panik in den Augen. »Geld? Ich kann bezahlen!«

Damien tritt bedächtig hinter ihn. »Ein Leben für ein Leben«, haucht er ihm zu. »Mein Freund schickt mich. Ein gemeinsamer Bekannter. Erinnerst du dich an Kilian Carlson?«

Der Politiker wird leichenblass bei der Erwähnung seines Namens. Er weiß, dass damit sein Schicksal besiegelt ist. Wir wissen das alle.

Mio tritt zwei Schritte auf mich zu und ich zucke unwillkürlich zurück, bis ich in sein Gesicht blicke. Von der Kälte und Brutalität, die er in den letzten zwei Minuten gezeigt hat, ist nichts mehr übrig. Sanftheit liegt in seinen Augen, als er meine Wange umfasst und sich herabbeugt.

»Geh jetzt«, weist er mich an. »Wir sehen uns später.«

Ich schließe die Lider, strecke mich und küsse ihn, gebe ihm so viel von meiner Energie, wie ich kann. Seine Worte ergeben plötzlich so viel mehr Sinn.

Du bist der einzige Grund, warum ich an meiner Menschlichkeit festhalte.

Es wäre so leicht, sie zu vergessen, nicht wahr? Seine dämonische Seite ist stark und präsent. Aber er ist immer noch Emilio. Für mich. Für uns.

Ich sage nicht, was mir im Moment auf den Lippen brennt, schlucke die drei Worte herunter und verlasse die Kirche unter Melroses verzweifelten Hilfeschreien. Niemand wird ihn hören – und ich werde ihm sicherlich nicht zur Hilfe kommen.

Ein schweres Gefühl liegt in meinem Magen, als ich mich von der St. Sebastian Church entferne. Die Fahrer, zwei von Kilians Mafiakumpels, die ihm noch einen Gefallen schulden, sind bereits weg. Ich werde ein Stück laufen und mir dann ein Taxi rufen. Zumindest ist das der Plan.

Als ich einen Lufthauch spüre, glaube ich zuerst, dass Emilio mir gefolgt ist. Erwartungsvoll drehe ich mich herum und stolpere erschrocken zurück, als ich in ein attraktives Gesicht eines Fremden blicke.

Etwas an ihm lässt mein Herz schmerzhaft fest und laut wummern, jede Zelle meines Körpers nimmt Gefahr wahr und meine Muskeln gefrieren zu Eis. *Lauf,* schreit mein Instinkt kristallklar, aber ich kann mich nicht von der Stelle bewegen. Ich kann nicht einmal mehr richtig atmen.

»Hallo, Landon.« Der Mann lächelt, neigt den Kopf und mustert mich von oben bis unten. »Wir sind uns noch nicht persönlich begegnet. Es ist mir eine Freude.«

»Wer bist du?«, frage ich, meine Stimme merkwürdig krächzend.

»Ich schätze, du weißt, wer ich bin.«

»L-Lucifer?« Gott, warum fange ich jetzt an zu stottern? »Wieso ... wieso siehst du aus wie Tom Ellis?«

Er lacht. Der Teufel höchstpersönlich steht vor mir und lacht mir amüsiert ins Gesicht.

»Ich komme in verschiedenen Erscheinungen; es liegt ganz bei dir, wie du mich wahrnimmst.«

Angestrengt schlucke ich und versuche erneut, mich zu rühren. Fehlanzeige.

»Du hilfst meinen Dämonen, einen Massenmord zu begehen«, spricht er unbeirrt weiter, als ich ihn nur anstarre. »Dein Stil gefällt mir.«

»Das dient einem höheren Sinn«, verteidige ich mein Handeln.

»Natürlich, das tun die meisten Sünden. Das hat Gott nie verstanden, weißt du? Was für eine Verschwendung unserer Talente. Aber seiner Ansicht nach darf nur er über gut und böse richten, als seien wir nichts als Marionetten. Findest du das genauso unfair wie ich?«

»Nein«, presse ich hervor. Die anfängliche Angst kehrt mit voller Wucht zurück, als der Schock allmählich nachlässt.

Lucifer neigt den Kopf, seine Gestalt flackert einen Moment merkwürdig. »Nein? Deine Taten sprechen eine andere Sprache als dein Mund, mein Lieber.« Wieder lacht er auf diese melodische Weise. »Ihr tut es für Kilian, ich verstehe. Das ist nobel. Er ist euer Freund. Euer Liebhaber. Herrlich dramatisch. Ich liebe es.«

Er verschränkt die Arme hinter dem Rücken, macht zwei Schritte nach links und zwei Schritte nach rechts. »Ich frage mich allerdings, wer hinter euch herräumen wird. Wie wollt ihr das vertuschen? Sicherlich könnt ihr Hilfe gebrauchen.«

Ich schaffe es nicht, abzulehnen, kann nur atmen und mich nicht rühren.

»Was ist der Plan?«, will er wissen.

»Ein erweiterter Suizid«, erkläre ich. Ich kann die Worte nicht daran hindern, meinen Mund zu verlassen. »In diesem Moment finden Polizisten kinderpornografisches Material in Melroses Wohnung. Dutzende Videos, auf denen er teilweise selbst zu sehen ist. Sie finden einen Abschiedsbrief auf seinem Computer. Er ist in diese Kirche gefahren, hat seine engsten Vertrauten umgebracht und sich dann erhängt.«

»Ah, klug. Klingt nach einem Damien-Plan. Mein schlauer Junge«, säuselt Lucifer. »Es ist wie mit Kindern, weißt du? Auf manche ist man besonders stolz. Wie dein Vater deine kleine Schwester abgöttisch liebte und dich lediglich tolerierte.«

Es fühlt sich an wie ein heftiger Tiefschlag in die Eingeweide, ich blinzele und schaffe es endlich, zurückzuweichen.

»Es wird dennoch Ermittlungen geben«, fährt Lucifer unbeirrt fort. »Wenn ein mächtiger Mann wie Melrose fällt, fallen viele Leute mit ihm und das wird nicht gut für denjenigen ausgehen, der ihn zuletzt gesehen hat, mein Lieber. Das bist du. Aber keine Sorge. Ich kann euch helfen. Niemand wird sich mehr um Johnson Melrose scheren. Alles, was ich dafür will, ist ein klitzekleiner Gefallen.«

»Nein!« Barsch schüttele ich den Kopf, weiche noch weiter zurück und stolpere beinahe über meine eigenen Füße. Lucifers Ausdruck verändert sich, die charmante Freundlichkeit verfliegt und ein Schatten huscht über sein Gesicht.

»Nein?«, wiederholt er ungläubig, eine Augenbraue erhoben. Sein darauffolgendes Lachen klingt kalt und gleichgültig. »Nein?!«

Komischerweise hilft sein Ausbruch mir, die Panik herunterzudrücken und mir bewusst zu machen, dass auch er nur ein Dämon ist. Der erste und stärkste, sicherlich, aber nicht mehr als das.

Ich fasse nach dem Kreuzanhänger, der unter meinem Pullover auf meiner Haut ruht, und umschließe ihn fest. Lucifers Augen blitzen auf, er bleckt die Zähne zu einem Knurren und setzt sich in Bewegung. In Erwartung eines Schlages halte ich den Atem an und schließe die Lider, aber alles, was ich spüre, ist Wärme und Sicherheit.

Emilio ist vor mir aufgetaucht und hat Lucifers Faust abgefangen.

»Fass ihn nicht an«, befiehlt er mit tonloser, kalter Stimme.

Erleichtert atme ich aus und taumele zurück. Über seine Schulter sehe ich zum Eingang der

Kirche, über dessen Schwelle Damien tritt. Seine Miene wirkt verbissen.

Die Schatten auf Lucifers Gesicht verziehen sich wieder, er lacht melodisch. »Wir unterhalten uns nur, Emilio. Kein Grund zur Sorge.« Er wirft einen achtlosen Blick hinter sich. »Bitte, Damien, komm auch zu uns. Wart ihr erfolgreich?«

»Das waren wir«, sagt Mio argwöhnisch und verschränkt die Arme vor der Brust. Mir entgeht nicht, wie angespannt seine Rückenmuskeln sind. »Wir brauchen deine Hilfe hierbei nicht. *Danke.*« Das letzte Wort presst er nur mühsam hervor.

Den Teufel beeindruckt das nicht, er macht einen Schritt zur Seite, damit er mich wieder ansehen kann, den Kopf erneut schiefgelegt. »Dann helfe ich euch nicht«, entscheidet er. »Aber es ist so ein schöner Moment, um endlich deine Entscheidung zu verkünden, findest du nicht auch, Emilio?«

Ich halte den Atem an. Nein, bitte. Das darf nicht ausgerechnet jetzt passieren.

»Ich denke nicht«, sagt Mio, seine Stimme klingt so atemlos, wie ich mich fühle. Als wäre nicht genug Sauerstoff für alle von uns vorhanden.

»Damien oder Landon«, fährt Lucifer fort. »Oder wählst du doch Kilian, nachdem du ihn so ehrenvoll gerächt hast?«

Mio ballt die Hände zu Fäusten. »Ich will nicht«, flüstert er heiser.

»Oh, aber du musst. Versuchst du dein Glück nochmal bei Damien oder trifft es dieses Mal deinen Lieblingsmenschen?«

Wir müssen hier weg, doch wie flieht man vor dem Teufel? Ist das überhaupt möglich? Das Kreuz unter meinen Fingern wird ganz heiß.

»Es ist schon okay.« Damiens Stimme klingt zu uns herüber, er macht bedächtig einen Schritt vor den anderen. »Bring es zu Ende, Mio.«

»Ah, wir haben einen Freiwilligen«, kommentiert Lucifer, als wäre das eine abgedrehte Talkshow. Er macht einen Schritt zur Seite, um das Ganze aus Entfernung zu betrachten. »Na los, Emilio. Das war eine Einladung.«

»Bitte«, presst Mio hervor, die Fäuste so fest geballt, dass seine Knöchel weiß hervortreten. Er hält den Kopf gesenkt, als würde es ihm körperliche Qualen bereiten, Damien anzusehen.

»Mio ...«, flüstere ich und hebe vorsichtig eine Hand.

»Fass mich nicht an«, knurrt er, bevor ich sie auf seiner Schulter ablegen kann. »Verschwinde, Lan. Jetzt.«

Ich kann nicht. Nicht, weil Lucifer mich mit seinem starren Blick festhält, sondern weil ich ihn unmöglich allein lassen kann. Nicht in diesem Zustand, nicht, wenn er kämpft und dabei ist, haushoch zu verlieren.

»Es gibt kein Entkommen«, hallt Lucifers Stimme über uns hinweg. Wind kommt auf und zieht an meinen Klamotten. Wie unter Zwang macht Emilio zwei Schritte nach vorne, fällt auf die Knie und gräbt die Fänger in den lehmigen Boden. Er keucht angestrengt. Fuck. Es sieht aus, als würde er von innen heraus verglühen.

»Hör auf!«, bittet Damien und tritt auf uns zu.

»Ich tue nichts«, behauptet der Teufel und hebt entwaffnend die Hände. »Er muss nur loslassen.«

Mio hustet und spuckt Blut, als er zurück auf die Füße kommt. Mit dem Handrücken wischt er sich über den Mund. »Damien, bitte«, knurrt er. »Geh. Ich kann nicht ...«

»Es ist okay«, behauptet dieser.

Alles fühlt sich an wie in Watte gepackt, als wäre das nicht wirklich real. Alles andere verschwimmt in Anbetracht der verzweifelten Szene, die sich mir bietet.

»Hier. Ich helfe dir.« Lucifer wirft Emilio ein Messer zu, welches dieser leichthin auffängt. Er macht einen Schritt auf Damien zu. Noch einen.

Ich setze mich ebenfalls in Bewegung, stoße jedoch gegen eine harte Mauer aus Muskeln, als Lucifer im nächsten Wimpernschlag vor mir auftaucht und auf mich herabblickt.

»Du kannst nichts tun, Dämonenjäger«, säuselt er. Mein Mund öffnet sich zu einem Protest, als meine Aufmerksamkeit von etwas abgelenkt wird. Ein Schatten erscheint auf dem Dach der Kirche, genau zwischen den alten, moosbedeckten Engelsstatuen. Seine Regenjacke weht im Wind.

Lucifer bemerkt es ebenfalls, er dreht den Kopf und gemeinsam beobachten wir, wie Kilian mit einem großen Satz vom Dach springt.

Er landet wie eine Katze geschmeidig zwischen Damien und Emilio, gerade noch rechtzeitig, um Letzterem das Messer aus der Hand zu schlagen. Mio wehrt sich nicht dagegen, lässt es zu und nimmt es hin, dass Kilian ihm ins Gesicht schlägt. So fest, dass er zurücktaumelt und zu Boden fällt.

»Emilio«, entfährt es mir, ich umrunde Lucifer und stürme auf ihn zu. Ich knie mich zu Mio und umfasse besorgt seine Wangen. Blut schimmert auf seinen Lippen, als er zu mir aufblickt. Die Sanftheit von vorhin ist noch da, tief verborgen unter Schwärze, aber ich kann sie ausmachen.

»Oh, Kilian«, höre ich den Teufel amüsiert sagen. »Du hast mir gefehlt.«

»Lass die Spielchen, Lucifer«, sagt er nüchtern. »Du bist hier, um einen Deal zu schließen. Tun wir es, damit du mein Rudel in Ruhe lassen kannst.«

»Nicht mit dir, Kilian. Mit *ihm*.«

Obwohl ich ihm den Rücken zugewandt habe, kann ich schwören, dass er gerade eine Geste in meine Richtung gemacht hat. Trocken schlucke ich und sehe hilfesuchend zu Kilian auf. Dessen Miene ist ganz ernst, sein Kiefer mahlt, der Blick stählern.

»Er ist nur ein nutzloser Mensch«, sagt er an den Teufel gewandt. »Er wird dir nicht helfen können. Ich hingegen schon.«

Lucifer schnalzt unbeeindruckt mit der Zunge.

»Wir haben zu oft Deals miteinander geschlossen. Das wird allmählich langweilig.«

Für einen Atemzug lang schließe ich die Augen und atme durch, dann lasse ich Emilio los und richte mich auf, wobei ich mich gleichzeitig zu Lucifer umdrehe. Mio springt jetzt ebenfalls auf die Beine und will nach meiner Schulter greifen, aber ich halte ihn davon ab.

»Was möchtest du?«, frage ich den Teufel.

Er lächelt zufrieden. »Nein. Es geht zunächst darum, was ich für dich tun kann, mein Lieber.« Die Verspieltheit ist zurückgekehrt. Das jagt mir einen kalten Schauer über den Rücken.

»Lös Emilios Pakt auf«, ruft Kilian an meiner Stelle.

Der Teufel schnalzt mit der Zunge. »So läuft das nicht. Ich kann euch höchstens ein bisschen Zeit verschaffen, wenn ich damit beschäftigt bin, einen anderen Pakt zu erfüllen.«

Großartig.

»Tu das nicht«, flüstert Mio hinter mir.

Aber ich muss. Für ihn. Für das Rudel. Tief atme ich durch. »Fein. Hilf mir, Johnson Melroses Tod und den seiner Vertrauten zu vertuschen«, sage ich.

Lucifer nickt, kommt auf mich zu und umfasst mein Handgelenk. Ich habe erwartet, dass es komisch und falsch sein würde, von dem Teufel berührt zu werden, doch das ist es nicht. Es fühlt sich normal an. Menschlich.

»Gerne«, murmelt er, krempelt den linken Ärmel meiner Jacke hoch und zeichnet mit der

Fingerspitze ein verschnörkeltes Muster. Es kribbelt und brennt ein wenig, fühlt sich aber nicht unangenehm an. Der Schmerz bleibt aus.

Lucifers Augen leuchten rot auf und die Fassade von Tom Ellis wird ersetzt von Feuer und Rauch. »Im Gegenzug«, sagt er, seine Stimme klingt jetzt in meinen Gedanken wider, »wirst du …«

Seine Worte rauschen wie Wind durch meinen Kopf, als seine Berührung bereits verblasst und seine Gestalt verschwimmt.

»Glückwunsch«, hören wir alle noch seine Stimme widerhallen. »Ihr habt euch ein paar Tage Zeit verschafft.«

Erst, als seine erdrückende Präsenz endgültig verschwindet, begreife ich, was er mir zuvor gesagt hat. Was für einen Pakt wir miteinander eingegangen sind.

Im Gegenzug wirst du Valerie Masters für mich umbringen.

KAPITEL 21

KILIAN

Ich frage mich, warum ich hiervor Angst hatte. Es ist nichts Besonderes. Es ist nur ein bisschen Erde, in der ein provisorisches Holzkreuz steckt, auf dem zufällig der Name meines Vaters eingraviert ist.

Enttäuschung und Erleichterung fluten gleichermaßen meinen Organismus. Er ist nicht hier, seine Seele schwirrt nicht umher und er sieht nicht auf mich herab. Dieser Ort verbindet mich nicht mit ihm, es ist nur eine sinnlose Gedenkstätte.

Ich beuge mich herunter, schiebe ein paar Pflanzen zur Seite und zücke mein Feuerzeug, um die Kerze anzuzünden. Die Flamme flackert im Wind. Ich richte mich wieder auf.

»Also«, murmele ich und will mich umdrehen, bleibe dann doch stehen. Plötzlich brennen mir so viele Worte auf der Zunge, aber zu wem soll ich sie sagen? Zu der feuchten Erde, dem leblosen Stück Holz? Noch ein Windstoß kommt auf, die Kerze erlischt nicht. Wie hypnotisch starre ich darauf.

»Du hättest nicht für mich sterben sollen«, wispere ich. »Aber danke, dass du es getan hast.«

Ich schließe die Augen und ignoriere die dämlichen Tränen. Gott, ich habe nicht mehr geheult, seit ich zum Dämon wurde. Das fühlt sich falsch an.

»Danke, Dad.« Fahrig wische ich mir übers Gesicht und knie mich hin, öffne die Lider und richte die Kerze neu, um meine Hände irgendwie zu beschäftigen. Sie brennt immer noch.

Mein Leben lang habe ich gedacht, Dad hat Mom mehr geliebt als alles andere, mehr als mich. Aber er ist bei mir geblieben, als ich sie getötet habe. Er hat mir zurück auf die Beine geholfen, hat sämtliche meiner Eskapaden vertuscht und ist gestorben, als er die Taten meiner Mutter aufklären wollte. Jetzt begreife ich es. Jetzt verstehe ich, dass er mich wahrhaftig geliebt hat. Und, Gott, es ist so beängstigend, sich das einzugestehen. Dabei hat er es mir gesagt, damals, kurz nach meiner Veränderung.

Die Vorstellung, meinen Sohn zu verlieren, macht mir mehr Angst als alles andere, Kilian.

Ich habe es nicht gesehen. Dafür ich tue es jetzt. Damals, als ich auf diesem Hochhaus stand und gesprungen bin, habe ich mich gefühlt wie der einsamste Mensch auf dem Planeten. Doch das war ich nie. Mein Dad war immer bei mir. Ich hätte es nur erkennen müssen.

Ist es nicht makaber, dass wir glauben, was wir denken, selbst wenn es echte Beweise für das Gegenteil gibt?

Vielleicht sind Gott und der Teufel deshalb so stark. Weil der Glaube an sie ihnen Macht verleiht, mit jedem Menschen ein kleines bisschen mehr.

Ich verlasse den Friedhof mit gemischten Gefühlen. Da ist keine Angst mehr, nur Resignation und Traurigkeit. Unendliche, tiefe Traurigkeit.

»Kian.«

Gott, nein. Ich kann mich nicht mit ihm auseinandersetzen. Genervt schließe ich die Augen und atme tief durch. Vielleicht ist er weg, wenn ich die Lider wieder öffne.

Nope, er steht jetzt unmittelbar vor mir, samt verletztem Welpenblick. Großartig.

»Was willst du?«, frage ich barsch.

»Du antwortest nicht auf meine Nachrichten. Ich mache mir Sorgen.«

»Nun, hier bin ich. Ich lebe. Kein Grund zur Panik«, erwidere ich und umrunde ihn, um zu meinem Wagen zu kommen. Damien trottet hinter mir her.

»Kilian.« Er fasst nach meiner Schulter. »Ich werde mich nicht entschuldigen.«

»Okay?! Danke für diese Information«, gebe ich gereizt zurück, entreiße mich seinem Griff und öffne die Fahrertür des Mustangs. Ich setze mich hinein, aber Damien hält die Tür fest und beugt sich halb zu mir herunter. Und ich mache den großen Fehler, ihn genauer zu betrachten.

Er hat dunkle Ringe unter den Augen, die darauf hindeuten, dass er in den letzten zwei Tagen keine Energie zu sich genommen hat. Seine Wangen sind gerötet, als sei er den Weg hierher gerannt, und seine Lippen wundgebissen. Unwillkürlich strecke ich die Hand aus, umfasse sein Kinn und fahre mit dem Daumen über seine Unterlippe. Er stößt ein leises Seufzen aus, das augenblicklich in meinen Magen schießt.

»Du denkst, ich bin sauer auf dich?«, frage ich heiser. Er nickt leicht. »Nun, da hast du recht. Ich bin verdammt nochmal angepisst.«

»Es ist mein gutes Recht als dein Freund, Menschen umzubringen, die dir wehgetan haben«, behauptet er. Das klingt verdächtig nach etwas, das ich mal zu ihm gesagt habe, weswegen ich dieses schlagkräftige Argument nicht widerlegen kann.

»Deswegen bin ich nicht sauer«, erkläre ich und lasse ihn los, um den Motor zur starten und mit beiden Händen das Lenkrad zu umfassen. Mein Blick gleitet stoisch durch die Windschutzscheibe, ich beiße die Zähne zusammen. »Ich bin sauer wegen dem, was du zu Emilio gesagt hast. Du hast einfach aufgegeben und hättest ihn dich umbringen lassen.«

»Ich ... ich habe doch nur ...«

»Steig ein und erklär es mir oder lass es«, verlange ich. Damien weicht zurück und schließt die Fahrertür. Ich warte fünf Sekunden. Zehn. Dann lege ich einen Gang ein und fahre rückwärts aus der Parklücke heraus. Mein Herz pocht dumpf und schmerzhaft. Ich zwinge mich, nicht zurückzublicken.

Gerade als ich den Friedhofsparkplatz verlassen will, holt er den Wagen ein. Wortlos öffnet er die Beifahrertür und lässt sich auf den Sitz fallen. Er wirft mir einen ungewohnt unsicheren Blick zu. Erleichterung durchfährt mich.

»Bringst du mich zu meinem Lieblingsort?«, fragt er heiser.

»Ja.« Natürlich. *Immer.*

Ein Zug rauscht an uns vorbei und der aufkommende Wind zerrt so heftig an meinen Klamotten, dass mein Herz einen erwartungsvollen Satz macht. Ich halte inne und warte, bis er uns passiert hat.

Genau hier, unter der graffitibeschmierten Brücke unmittelbar auf dem Zugbett, haben Damien und ich beschlossen, Gideons Rudel den Rücken zuzukehren. Ich verstehe bis heute nicht, was Damien an diesem Ort findet, aber auch jetzt wird er merklich ruhiger, sobald das Rauschen des Zuges in weite Ferne tritt.

Er kickt einen Stein zur Seite und hockt sich auf die Schienen. Ich überprüfe kurz, dass kein anderer Zug in Sichtweite ist, bevor ich mich schräg gegenüber von ihm hinsetze, die Unterarme auf den Knien abgestützt. Es ist kalt und windig, die frische Luft fühlt sich belebend in meinen Lungen an.

»Also?«, frage ich ungeduldig, als Stille sich zwischen uns ausdehnt.

»Es ist meine Schuld.« Damiens Stimme klingt ungewohnt tonlos. Ich sehe in das Gesicht, in das ich mich einst verliebt habe.

»Was genau?«

»Alles. Ich habe einen Fehler begangen, habe Lucifers Befehle ignoriert, ihn verärgert und nur deswegen bestraft er jetzt unser Rudel.« Fahrig wischt er sich übers Gesicht und starrt an mir vorbei ins Leere.

Verwirrt runzele ich die Stirn. »Was zur Hölle hast du getan?«

»Das spielt keine Rolle. Er hat Emilio nur wegen mir diesen Fluch auferlegt. Irgendjemand muss sterben und ich will nicht, dass es Mio, dich oder Landon trifft. Weil es nicht eure Schuld ist.«

»Aber deine?!«, frage ich verärgert. »Bullshit! Du hast nie mit Lucifer zu tun, wieso sollte er sauer auf dich sein?«

»Das kann ich nicht sagen.«

»Dann fick dich doch.« Ich stehe auf und will diesen gottverdammten Ort verlassen, aber ich kann nicht, als Damien zu mir aufsieht. Seine dunklen Augen sind so voller Emotionen, dass ich nicht einmal mehr atmen kann.

»Bitte geh nicht«, wispert er.

Also gehe ich nicht. Ich lasse mich wieder auf die Schienen sinken, dieses Mal unmittelbar neben ihn. Unsere Schultern berühren sich.

»Weißt du noch, als wir beschlossen haben, zusammen zu sein?«, fragt er unvermittelt. »So richtig, meine ich.«

Mein Lächeln fühlt sich schmerzhaft an, weil die Erinnerung daran bittersüß ist. »Ja. Ich erinnere mich, wie du mich auf Knien angefleht hast, dein Freund zu sein.«

Damien lacht leise auf. So war das nicht unbedingt ... nun ja, zumindest hat er gekniet.

Er dreht den Kopf und sieht mich an, ich spüre seinen Blick auf meiner Haut brennen, blinzele selbst aber auf die dunklen Steine unter uns.

»In dieser Nacht, als ich fast gestorben wäre, hast du mich gefragt, was damals schiefgelaufen ist.«

Unwillkürlich straffe ich die Schultern. »Ja, und du hast mir gesagt, dass du nicht dasselbe für mich empfindest wie ich für dich. Das war lustig. Müssen wir das nochmal wiederholen?« Ich lasse meine Stimme absichtlich sarkastisch klingen, um den Schmerz nicht an mich heranzulassen.

»Es war nicht wahr.«

Jetzt schießt mein Kopf doch zu Damien und bevor ich es verhindern kann, schlägt mein dummes, hoffnungsvolles Herz schneller. »Was?«

»Lucifer fand unsere Beziehung und die Art, wie wir Energie tauschen, nicht gut. Er hat gesagt, ich muss es unterbinden oder er würde uns beide töten. Also habe ich es beendet. Aber in letzter Zeit sind wir uns wieder näher gekommen und irgendwie hat er es herausgefunden und bestraft uns jetzt dafür. Uns alle.«

Es ist komisch, wie flüchtig das Leben ist, bis etwas Großes passiert. Bis es einen trifft wie ein Schlag und die Realität auf einen einzigen Moment zusammenschrumpft.

Ich starre Damien an und frage mich, ob das wirklich real ist.

»Es war nicht wahr?«, wiederhole ich tonlos. Meine Stimme wird beinahe vom Wind verschluckt, doch er versteht mich trotzdem, beißt sich auf die Unterlippe und nickt knapp.

»Als du gesagt hast, dass du keine Gefühle mehr für mich hast ...«, konkretisiere ich, muss es aus seinem Mund hören, bevor ich es glauben kann.

»Natürlich war es eine Lüge.« Damien fährt sich übers Gesicht und schüttelt leicht den Kopf. »Ich hatte so eine Panik, ich wusste, dass ich das zwischen uns sofort unterbinden muss, aber es war zu spät. Ich habe alles ruiniert.«

Ich glaube es immer noch nicht, doch mein Körper ist schneller als mein Verstand und reagiert. Ich wende mich ihm zu, umfasse sein Gesicht, als er sich von mir abwenden will, und küsse ihn.

»Kilian. Stopp«, murmelt er und drückt mich halbherzig weg, aber ich lasse es nicht zu. Er wird mich nicht mehr los. Nicht nach diesem Geständnis, das alles war, was ich wollte. *Jemals.*

Ich greife nach seinen Handgelenken und drücke mich gleichzeitig mit meinem vollen Körpergewicht gegen ihn, während ich nicht aufhöre, ihn zu küssen. Bittend streiche ich mit der Zunge über seine Unterlippe, bis er seufzend nachgibt und den Kuss erwidert. Er lässt zu, dass ich ihn rücklings auf die kalten Schienen drücke. Ich setze mich auf seine Hüften, pinne seine Hände neben seinen Kopf und tauche ein in die intensiven Gefühle, die mich umspülen wie das stürmische Meer.

»Bitte, hör auf, wir können nicht ...«, wispert Damien, als ich von ihm ablasse. Sein Protest geht in einem Stöhnen unter, als ich fest in seinen Hals beiße. Versöhnlich lecke ich über die Stelle, küsse ihn dort, sauge sacht an seiner Haut.

»Wir können das nicht tun«, sagt er erneut, als ich jedoch eine seiner Hände loslasse, vergräbt er die Finger nur in meinem Haar. Es fühlt sich an wie ein Sieg, seinen Widerstand bröckeln zu sehen.

»Fick mich«, raune ich gegen seine Haut.

»Nein.« Damien zögert. »Nicht hier.«

»Doch. Bitte.«

»Ich werde dir wehtun.«

»Es ist mir egal.« Ich will ihn nicht nur, ich *brauche* den körperlichen Schmerz, will, dass er sich in meine Haut brennt und ich nicht vergesse, dass das zwischen uns wirklich passiert ist.

Damiens Griff in meinem Haar wird fester, er hebt den Kopf und begegnet meinem Blick. »Mir aber nicht.«

Ruckartig beuge ich mich vor, unsere Münder krachen gegeneinander und ich lasse meine Energie auf ihn überfließen. Sein erleichtertes, zufriedenes Seufzen schießt tief in meinen Magen. Es fühlt sich an, als würde ich in einer Achterbahn sitzen, die mich geradewegs in den Himmel befördert. Höher und höher.

»Das reicht.« Damien umfasst mein Kinn und schiebt mich weg. »Außerdem kommt da ein Zug.«

»Na und?«

Sein Lachen klingt befreit und echt. Das habe ich schon viel zu lange nicht mehr gehört. »Verschwinden wir von hier.«

»Zu dir oder zu mir?«, frage ich anzüglich.

Er gibt mir darauf keine Antwort, übernimmt die Oberhand und befördert uns von den Schienen, bevor der Zug uns mitreißen kann. Letztendlich landen wir in seinem Apartment, ich drücke ihn hart gegen die nächste Wand, während ich dabei bin, mich umständlich aus der Jacke zu schälen. Damien kommt mir zur Hilfe, zerrt an meinem Pullover und zieht ihn mir über den Kopf.

Keuchend schiebe ich die Hände unter seine Klamotten, streichele über seine warme Haut, während meine Lippen Energie zu ihm hinüberschicken und einen Knutschfleck hinterlassen, der jedem zeigt, dass er gottverdammt nochmal zu mir gehört.

»Lass das«, knurrt Damien spielerisch und kratzt angenehm fest über meinen Rücken.

»Mh-hm«, mache ich abwehrend und versiegele mein Zeichen mit der Zunge. »Du gehörst mir.«

»Habe ich schon immer«, keucht er und drängt mich rückwärts laufend in den nächsten Raum. Wir landen auf der Couch, er über mir. Einen atemlosen Moment schweben unsere Gesichter übereinander und ich sehe in seine wunderschönen Augen. Mein Magen macht ganz komische Sachen.

»Dann vergiss das verdammt nochmal nicht mehr«, raune ich und streiche mit dem Daumen über seine Wange. Er schmiegt sich in meine Berührung. »Sonst werde ich dich daran erinnern.«

»Klingt wie eine Drohung.«

»Gut. Ist es.«

Ein Lächeln umspielt seine Mundwinkel, als er die Hände lasziv von meinem Bauch über meine Brust gleiten lässt, wobei er das Shirt weiter anhebt. Er zieht es mir nicht ganz aus, nur halb über meinem Kopf, damit ich meine Hände nicht mehr bewegen kann. Meine Glieder zittern, als er die Lippen auf meine Haut senkt und mit der Zunge über die Muskeln und Narben fährt.

Er ist der Einzige, bei dem ich es zulasse, so submissiv und ausgeliefert zu sein. Er ist der Einzige, dem ich vertraue. Trotz allem.

Seine hitzigen Berührungen schicken Energiestöße durch meinen Kreislauf. Es fühlt sich bittersüß an, als wäre ich auf Drogen. Nur besser und intensiver.

»Dami«, stöhne ich und winde mich, als er mit einer Hand über meinen Ständer reibt. Ich komme auf der Stelle, wenn er so weitermacht. Allein die Art, wie dominant und bestimmend er mich anfasst, löst Dinge in mir aus, die ich viel zu lange schon nicht gefühlt habe.

Damien erlöst mich, indem er mir das Shirt endgültig auszieht und ein Stück nach unten rutscht, damit ich mich besser bewegen kann.

»Okay, kein Energieaustausch mehr«, befiehlt er rau und platziert einen sanften Kuss auf meinen Bauch.

Keiner von uns hält sich daran. Ich übernehme wieder die Oberhand, stelle mich zurück auf die Füße und ziehe ihn mit in sein Schlafzimmer, ohne meine Hände und Lippen von ihm zu lassen. Es ist wie im Rausch, als würde ich wieder auf dem Dach eines Hochhauses balancieren.

Irgendwann sind wir beide nackt, Energie fließt und entsteht durch die hitzige Leidenschaft, wie Funkenregen bei einem Brand. Ich reibe mich an ihm, seine vom Gleitgel feuchten Finger sind an meinem Hintern und bereiten mich vor. Ich bin nicht annähernd geduldig genug dafür, weswegen der Schmerz dominiert, als er sich endlich in mir versenkt, aber das ist es eindeutig wert. Er wird schnell abgelöst von anderen, intensiven Gefühlen, allen voran einer verschlingenden Wärme. Als würde Feuer zwischen uns entstehen.

Damien greift nach meinen Händen und verschränkt unsere Finger, seine Bewegungen sind langsam und behutsam. Bis sie es nicht mehr sind.

Und letztendlich falle ich von diesem Hochhaus und es ist das Beste, was ich jemals erlebt habe.

KAPITEL 22

EMILIO

Das ganze Apartment riecht nach Rudel und Sex. Ich halte einen Moment inne und lasse den Geruch auf mich wirken. Er drückt all die richtigen Knöpfe in mir, ich spüre Kribbeln und Vorfreude aufsteigen, obwohl ich nicht derjenige bin, der flachgelegt wurde.

»Sie sollten mal ein Fenster aufmachen«, murmelt Landon neben mir, dem das offenbar auch nicht entgegen ist.

Mit einem unpassenden Lächeln wende ich mich ihm zu und zucke mit einer Schulter. »Irgendwie süß, oder?«

»Eindeutig überfällig«, stimmt er mir zu.

»Herrlich. Genau euch wollte ich sehen«, tönt Kilians sarkastische Stimme zu uns herüber und lässt mich ertappt zusammenzucken. Er schlendert aus der Küche in Richtung Wohnzimmer und schiebt demonstrativ eines der großen Fenster halb auf.

»Danke«, meint Landon arglos, streift seine Straßenschuhe ab und betritt das Apartment, als würde er sich hier wie zuhause fühlen.

Richtig. Er hat in den letzten Wochen ziemlich viel *Zeit* bei Damien verbracht. Ich schlucke die unangebrachte Eifersucht herunter und folge ihm zur Couch. Es ist nicht mal das. Ich bin nicht sauer oder neidisch auf Damien, nur *sehnsüchtig*.

Lan hätte lieber in meinem Bett auf mich warten sollen. In all den einsamen Nächten, die ich mich mit Lucifer und seinen Spezialaufgaben auseinandersetzen musste, habe ich ihn besonders vermisst. Sie alle.

»Wo ist Damien?«, fragt Lan an Kilian gewandt.

»Unter der Dusche«, antworte ich an dessen Stelle. Das Rauschen des Wassers ist mir gleich aufgefallen.

Kilian bereitet wortlos Kaffee zu. Dass er Lan und mir ebenfalls eine Tasse macht, lässt mich darauf schließen, dass er außerordentlich gute Laune hat. Auch wenn das noch niemand seinem Gesicht gesagt hat.

»Nette Nacht gehabt?«, frage ich mit hochgezogener Augenbraue. Kilian zeigt mir den Mittelfinger, als er sich in den Sessel hockt. »Komm schon, gar keine Details? Enttäuschend.«

»Was willst du hören, *mijo*?« Er mustert mich über den Rand seiner Kaffeetasse hinweg. »Probier doch selbst aus, wie es ist, mit einem Dämon zu schlafen. Oder frag Landon. Er kann dir einen ausführlichen Bericht über Damiens Fähigkeiten geben.«

»Wow.« Gespielt betroffen lege ich mir eine Hand auf die Brust. »Eine Anmache und ein Dolch ins Herz in einem Atemzug. Womit habe ich das verdient?«

»Also«, klingt Landon sich in das Gespräch ein und stützt das Kinn auf die Faust. »Damien hat mich nie gefickt. Wie ist das so?«

»Woher willst du wissen, in welcher Stellung wir Sex hatten?«, fragt Kilian argwöhnisch.

Lans Grinsen ist verspielt und so unglaublich sexy, dass ich ihn am liebsten auf der Stelle an mich ziehen und küssen will. Stattdessen balle ich die Hände zu Fäusten, um mich zu besinnen. »Ach, bitte. Du strahlst heute *Bottom*-Energie aus. Und ich bin sicher, wenn Damien gleich herauskommt ...«

Er lässt den Satz offen und ich recke neugierig den Kopf, als die Tür aufgeht und Damien mit freiem Oberkörper, nassen Haaren und einem Handtuch über den Schultern aus dem Badezimmer schlendert. Über den Engelsflügeln auf seiner Brust perlt noch Wasser.

»Hey«, grüßt er uns mit einem Nicken, schnappt sich die dampfende Kaffeetasse vom Küchentresen und kommt dann ins Wohnzimmer. Beim Vorbeilaufen streicht er Kilian beiläufig über den Nacken, bevor er sich breitbeinig auf den anderen Sessel hockt. Okay. Eindeutig *Top*-Energie.

Mit einem vielsagenden Grinsen sehe ich zu Kilian und bekomme daraufhin noch einmal die Rückseite seines Mittelfingers zu Gesicht.

»Was tut ihr hier?«, will Damien ruhig wissen. Ganz der besonnene Anführer.

»Also, ich will keinen von euch umbringen«, stelle ich zuerst klar und hebe entwaffnend die Hände. »Der Druck des Brandmals ist im Moment kaum vorhanden. Ich schätze, Lucifer hat uns tatsächlich Zeit verschafft.«

Damien tauscht einen Blick mit Kilian, der daraufhin knapp den Kopf schüttelt, als wolle er ihn vom Sprechen abhalten. Ein ungutes Gefühl zieht in meinem Magen. Unwillkürlich muss ich an Landons Worte vom Strand zurückdenken.

Das ist sinnlos. Ich möchte nicht wissen, was mein Rudel mir verschweigen sollte. *Es spielt keine Rolle.*

Ich räuspere mich und greife nach einer der Tassen, die Kilian vor uns auf dem Couchtisch abgestellt hat. »Wir sollten besprechen, wie es weitergeht. Lan hat eine Aufgabe zu erfüllen und wir können ihn damit nicht allein lassen.«

»Das haben wir nicht vor«, erklärt Damien und sieht jetzt direkt Landon an. »Hast du schon mal einen Menschen umgebracht?«

»Ähm, nein, und das habe ich auch nicht vor.«

Ich unterdrücke ein Seufzen. Damit habe ich gerechnet.

»Valerie ist kein Mensch, zumindest nicht nur. Es gibt einen Grund, warum Lucifer ihren Tod möchte. Sie hat für ihn spioniert und irgendetwas ist schiefgelaufen.«

»Wie ist sie überhaupt zu den Jägern gestoßen?«, fragt Kilian misstrauisch.

Landon lehnt sich tiefer ins Sofa und lässt nachdenklich den Blick schweifen, als müsste er sich selbst zurückerinnern. »Keine Ahnung, sie war einfach da. Das war kurz nach unserem Aufeinandertreffen. Der Pater hat sie vorgestellt und vertraut ihr seitdem bedingungslos. Er macht ein großes Geheimnis daraus, wer sie wirklich ist und wo er sie gefunden hat.«

»Valerie hat eindeutig Charme«, meine ich. »Sie wird ihn um den kleinen Finger gewickelt haben. Wundert mich nicht.«

»So ist das nicht. Der Pater ist gewissenhaft und abgehärtet, was ... weibliche Reize angeht.«

Unwillkürlich schießt mein Blick zu Kilian, als ich mich daran zurückerinnere, wie er eine Hand unter die Robe des Paters geschoben hat und dieser ganz und gar nicht abgeneigt zu sein schien. Kilian hebt spöttisch einen Mundwinkel und schüttelt leicht den Kopf. Nun, er hat Recht. Jetzt ist nicht die richtige Zeit, um über die Sexualität des Paters zu diskutieren.

»Okay, sie ist also mysteriös und undurchsichtig«, fasse ich stattdessen zusammen. »Ein guter Grund, um ...«

»Das ist kein guter Grund, um sie zu töten«, fällt Lan mir ins Wort und wirft mir einen mahnenden Blick zu. »Ich werde es nicht tun.«

»Dir bleibt keine Wahl, Kleiner«, sagt Kilian. »Du hast einen Pakt mit dem Teufel geschlossen.«

»Was wird er tun, wenn ich ihn nicht einhalte?«

Kollektives Schweigen schlägt ihm entgegen. Ich kratze nervös an dem Brandmal an meinem Arm.

»Das ist keine Option«, erklärt Kilian schließlich, sichtlich um Ruhe in seiner Stimme bemüht. »Der Druck und das Brennen werden dich irgendwann verrückt machen. Frag Emilio. Er hätte Damien fast umgebracht. *Zweimal.*«

»Übrigens, sorry deswegen«, werfe ich schuldbewusst ein. Damien lacht leise, wird von Kilian jedoch sofort zurechtgewiesen.

»Das ist nicht lustig«, knurrt er.

Landon neigt den Kopf in meine Richtung und ich tue dasselbe, um ihm in die Augen zu sehen. »Ich werde mit dem Pater sprechen. Vielleicht hat er eine Idee.«

»Ist das so klug?«, frage ich zweifelnd.

»Nein, er sollte es tun«, meint Kilian. »Ich werde ihn begleiten.«

»Gut, dann können Mio und ich solange mehr über Valerie herausfinden. Für den Fall der Fälle.« Dieser Vorschlag kommt von Damien und mich überrascht nicht, dass Kilian sofort protestiert.

»Auf keinen Fall. Ihr geht nicht allein.«

»Kian, es ist in Ordnung«, beschwichtigt Damien. »Ich kann auf mich aufpassen.«

»Nein, kannst du nicht«, brummt er.

Entwaffnend hebe ich die Hände. »Ich werde mich von ihm entfernen, wenn der Druck zusetzt, okay? Er ist jetzt wirklich nicht so schlimm«, verspreche ich. Es ist fast wie früher, als es noch angenehm war, in ihrer Nähe zu sein. Nur ein leichtes Ziehen, wie das Flüstern einer Erinnerung.

»Ich vertraue dir nicht.«

»Kein Problem. Ich liebe dich trotzdem«, erwidere ich, was ihm ein Augenrollen entlockt.

Kilian sieht zweifelnd zu Damien und die beiden scheinen sich stumm zu verständigen, bis Kilian schwerfällig seufzt.

»Meinetwegen«, murrt er.

»Na gut, nachdem das geklärt ist.« Ich strecke die Schultern durch und wende mich erwartungsvoll Landon zu. Dieser runzelt irritiert die Stirn.

»Wieso siehst du mich so an?«

»Na, wir brauchen alle Energie, bevor wir unsere Mission starten.«

»Aber doch nicht von mir?!«

Mit einem Lächeln wische ich seinen Protest weg, beuge mich vor und umfasse sein Kinn. Er lässt zu, dass ich ihn küsse. Ich beiße sacht in seine Unterlippe und drücke ihn fester ins Polster der Couch, während ich blind nach seinem Handgelenk greife und ihm das Armband ausziehe. Sobald die schwarzen Perlen seine Haut verlassen, brechen die Barrieren und seine Energie fließt auf mich über.

Genießerisch stöhne ich, schiebe die freie Hand unter seinen Pullover und gehe dazu über, die verführerische Stelle an seinem Hals zu küssen. Es kostet mich alle Willenskraft, mich wieder von ihm zu lösen. Lan hat die Lider noch halb geschlossen, als ich den Energiefluss stoppe und aufhöre, ihn zu küssen.

»Danke«, wispere ich. »Bis später. Pass auf Kilian auf.«

»Hm-mh«, macht er abwesend und blinzelt. Gott, ich liebe, dass ich diese Wirkung auf ihn habe.

Noch ein letzter Kuss auf seine Lippen, bevor ich endgültig von ihm ablasse.

»Mach nichts Dummes«, befiehlt Kilian, als ich mich erhebe und Damien es mir gleichtut. Die Lippen zusammengepresst sieht er zu mir auf. »Bitte.«

Mein Herz wird ganz schwer für ihn. Gott, wie soll ich mit so viel Verletzlichkeit umgehen? Das bin ich nicht gewohnt, zumindest nicht von ihm. Ich verstehe es. Er hat Damien gerade erst wiederbekommen und ich werde nicht zulassen, dass ihnen das Glück gleich wieder genommen wird.

»Ich verspreche es«, bekräftige ich.

Ich hoffe nur inständig, dass ich es einhalten kann.

»Verrätst wenigstens du mir Details?«, frage ich, als Damien und ich gemeinsam die Straße entlangschlendern. Er wirft mir einen abschätzenden Seitenblick zu.

»Was willst du denn wissen?«

»Na – Streit, Versöhnung, Sex? Vor allem den Teil mit dem Sex.«

Er schnaubt amüsiert und schiebt die Hände in seine Jackentaschen. »Es ist kompliziert.«

»Wieso? Er ist heiß, du bist heiß, ihr passt zusammen.«

»Weil du einen von uns umbringen musst.«

Ach ja, das. »Abgesehen davon«, erwidere ich.

Damien schweigt eine ganze Weile, wir passieren eine Ampel und aus einem Café in der Nähe weht der frische Duft von Zimt zu uns herüber. Das

Leben ist schön. Zumindest für diesen kurzen Moment, in dem Landons Energie noch wie eine Ladung Ecstasy durch meinen Blutkreislauf flattert.

»Sag mir wenigstens, wie heiß er beim Kommen aussieht«, bitte ich.

Das bringt Damien zum Lachen. »Sag mal, wann wurdest du zuletzt flachgelegt?«

Ich denke an den Blowjob, den ich Landon im Beichtstuhl gegeben habe. Das war heiß, aber ich vermisse echten, rohen Sex. Die Typen, von denen ich in letzter Zeit Energie geraubt habe, sind nicht einmal der Rede wert.

»Lange her«, schlussfolgere ich nach kurzer Bedenkzeit.

»Ja, was für eine Überraschung«, murmelt Damien. Wieder ein Seitenblick in meine Richtung. »Willst du etwas über Kilian wissen?«

»Oh ja. Immer. Bitte.«

»Er ist so aufmüpfig und frech, aber er liebt es, dominiert zu werden.«

Ich stöhne auf. »Oh mein Gott, ich wusste es. Gib mir mehr.«

»Jetzt wird es schräg. Geht dir echt einer darauf ab?«

»Ähm. Nein«, lüge ich. »Erzähl mir noch etwas. Bitte.«

Damien packt plötzlich meinen Arm und zieht mich ruckartig zur Seite. Wir tauchen in eine Gasse und ich werde so hart gegen die Wand gedrückt, dass mir die Luft wegbleibt.

»Was zur ...«

Damien presst die Hand auf meinen Mund und schielt an mir vorbei aus der Gasse heraus.

»Da ist Valerie Masters«, flüstert er mir zu.

Fuck, ich habe unsere Mission fast vergessen. Ich atme flach und folge seinem Blick. Sie steht vor einem Buchladen und betrachtet die Mängelexemplare in der Auslage. Sie sieht wunderschön aus in ihrem schicken Mantel und den glatten, seidigen Haaren, die ihr über die Schultern fallen.

Ein Glücksfall. Sie wird gerade von Lucifer und Gideon gesucht und wir treffen sie einfach auf offener Straße?

»Das ist eine Falle«, flüstert Damien mir zu.

»Ja, aber sie ist nur ein Mensch. Wie soll sie das wissen?«

»Du hast vorhin gesagt, sie ist *kein* richtiger Mensch«, zischt er.

»Doch nur, um Landons moralischen Konflikt aufzulösen.«

»Oh, du bist böse«, raunt Damien. »Der neue Emilio hat keinerlei Skrupel. Ich liebe es.«

»Okay, sie haut ab. Wir müssen ihr superunauffällig folgen.«

Valerie lässt die Bücher liegen und schlendert weiter, wir harren noch einen Moment aus, bevor wir uns gleichzeitig in Bewegung setzen. Wir tauchen in eine Menschenmenge, ich behalte Valerie im Blick und drücke mich an Ständen und Außenbereichen der Hauptstraße vorbei.

Eine Weile verfolgen wir sie durch die Stadt, bis wir in eine ruhigere Gegend kommen. Sie taucht in eine Gasse.

»Folg ihr, ich komme über die Dächer und schneide ihr den Weg ab«, befiehlt Damien. Ich gehorche, ohne das zu hinterfragen, und laufe geradewegs in Valerie hinein.

Wie ein dummer Welpe stolpere ich zurück und starre ihr in die Augen. Sie runzelt die Stirn und verschränkt die Arme vor der Brust.

»Warum folgt ihr mir wie zwei Anfänger?«, fragt sie kühl.

»Hi Schneewittchen.«

Sie zieht unerwartet ein Messer und macht eine fließende Bewegung, der ich gerade so ausweichen kann. Verdammt. Das war knapp.

»Whoa, okay!« Ich packe ihr Handgelenk und drücke ihren Arm weg, das Messer fliegt aus ihrer Hand. Sie entwindet sich meinem Griff und schlüpft unter mir hindurch. Ruckartig schlinge ich die Arme um ihre Taille und ziehe sie zurück in die Gasse, sie schreit frustriert auf.

»Pscht, ganz ruhig«, raune ich ihr ins Ohr. Leider habe ich übersehen, dass sie noch ein Messer hat, welches sie mir geradewegs in den Oberschenkel rammt.

»Fuck!«, fluche ich laut und weiche zurück, als brennender Schmerz durch meinen Körper schießt. In dem Moment springt Damien vom Dach und landet direkt vor Valeries Nase.

»Hey, Süßer«, säuselt sie ihm zu, macht eine Drehung und verpasst ihm einen Roundhouse-Kick, der ihn zumindest kurz aus dem Konzept bringt.

Ich überwinde meinen Schmerz und ziehe das kleine Messer heraus. Blut spritzt aus der Wunde, ich fluche und werfe das Messer in Valeries Richtung. Es sollte sie treffen, doch sie fährt im genau richtigen Moment herum, um es grazil aufzufangen. Im gleichen Atemzug rammt sie es Damien in die Schulter.

Mein eigener Schmerz ist vergessen, ich schieße vor und schlinge beide Arme um Valeries Oberkörper, um sie von ihm wegzuzerren. Damien, das Gesicht schmerzverzerrt, entfernt das Messer mit einem Ruck. Von dem vielen Blut bin ich so abgelenkt, dass Valerie es schafft, sich aus meinem Griff zu winden und mir in die Eier zu treten.

Laut fluchend lasse ich sie los und stoße gegen einen Müllcontainer, während Valerie das Weite sucht. Sterne tanzen vor meinen Augen. Damien packt meine Schulter und zieht mich zurück auf die Füße.

»Gehts?«, fragt er mit rauer Stimme.

»Das war unfair«, presse ich hervor. »Ich brauche meinen Schwanz noch.«

Damiens Lachen klingt amüsiert und verzweifelt zugleich. »Was ist gerade passiert?«

»Valerie Masters hat uns fertiggemacht.«

Kurzes Schweigen.

»Das darf nie jemand erfahren«, behauptet Damien.

Meine Mundwinkel verziehen sich, doch das halbe Lächeln fällt sofort in sich zusammen. »Das wird schwerer als wir gedacht haben.«

KAPITEL 23

LANDON

»Ich verstehe nicht, warum du mich begleiten willst«, gestehe ich, als Kilian mich in seinen Mustang einsteigen lässt. Er schweigt, schlägt die Tür zu und läuft zur anderen Seite.

»Also?«, frage ich ungeduldig, als er den Motor startet.

Er wirft mir einen Blick zu. »Kannst du ein Geheimnis wahren?«

»Wie du das Geheimnis meines leiblichen Vaters für dich behältst?«

»Oh, richtig. Wie war noch gleich unser Deal? Ein Blowjob für die Info?«

Ich verdrehe die Augen. »Du bist unmöglich.«

»Na, ich kann nicht mit offenen Karten spielen. Das macht sonst keinen Spaß. Also. Eine Offenbarung für heute.« Er lenkt den Wagen geschmeidig durch die Straßen und blickt durch die Windschutzscheibe. »Dein leiblicher Vater oder ein Geheimnis des Paters? Was willst du hören?«

Genervt schnaube ich und verschränke nervös die Hände. Kilian ist ein Arsch, aber ich verstehe auch, dass ich nicht zwei lebensverändernde Informationen auf einmal aufnehmen kann. Ich muss mich entscheiden.

Eine Weile ist es still, die Kirche kommt immer näher. Die Zeit läuft mir allmählich davon.

»Der Pater«, sage ich zögernd.

»Er ist Damiens leiblicher Vater.«

Schweigen. Die Worte treffen mich wie ein Schlag in den Magen. Mir bleibt der Mund offen stehen. »Was?!«, entfährt es mir dann.

»Überraschung.« Kilian lächelt mich ironisch an. »Du hast deinen Stiefbruder gefickt.«

Mir entkommt ein überraschtes, trockenes Auflachen, ich sacke in meinen Sitz und fahre mir mit beiden Händen übers Gesicht. »Das ist doch Bullshit. Wie kommst du darauf?«

»Er war offenbar drauf und dran, Pastor zu werden, hat eine Frau geschwängert und das Kind zur Adoption freigegeben.«

Das Kinderbettchen in meinem alten Zimmer, das Holzmobile, die Wickelkommode. Ich habe immer gedacht, sie standen dort, weil er ein jüngeres Kind adoptieren wollte. Das ergibt keinen Sinn. Warum hat er die Erstausstattung gekauft, obwohl er wusste, dass er das Kind nicht behält?

»Fuck. Warum hat Damien mir das nie erzählt?« Im Gegensatz zu Kilian hätte er so eine große Sache sicherlich nicht verschwiegen. Es sei denn … »Scheiße, du hast es ihm nicht gesagt?!«

Kilian umfasst das Lenkrad fester. »Noch nicht.«

»Was zur Hölle … Kilian! So etwas kannst du nicht vor ihm verheimlichen! Haben sie sich überhaupt schon mal getroffen?«

»Einmal. Als wir dich verletzt in die Kirche gebracht hatten.«

Oh, richtig. An diesen Abend habe ich nur diffuse Erinnerungen.

»Ich werde es ihm sagen«, schnaubt Kilian, als ich immer noch fassungslos den Kopf schüttele. Wir fahren gerade auf den Hinterhof der Kirche. »Behalte es nur für eine Weile für dich.«

»Kann ich nicht versprechen«, murmele ich.

»Lass mir einfach ein bisschen Zeit, um Damien vorzubereiten, okay?«, bittet er. »Ich weiß nicht. Vielleicht ist es ihm auch egal.«

Ihm wird sicher nicht egal sein, dass Kilian es so lange vor ihm verschwiegen hat, doch ich spreche es nicht aus.

»Okay, meinetwegen, aber du musst es ihm irgendwann sagen.«

»Mach ich.«

»Und, Lan?« Er hält meinen Arm fest, als ich nach der Türklinke greifen will. »Danke.«

»Wofür?«

»Dass du deine Position ausgenutzt hast, um Melrose in die St. Sebastian Church zu locken. Dafür, dass du einen gefährlichen Pakt mit dem Teufel eingegangen bist. Das hättest du nicht tun müssen. Nichts davon.«

Ein warmes und gleichzeitig schmerzhaftes Gefühl zieht in meiner Brust. Bittersüß. »Er hat dir wehgetan«, flüstere ich heiser. »Mehr als das. Er hat dich missbraucht. Du warst nur ein Kind. Damit sollte er nicht davonkommen.«

Kilian schließt die Augen und schluckt angestrengt. Aus einem Impuls heraus greife ich nach seiner Hand und verschränke unsere Finger, drücke seine fest.

»Er hat lange nicht bekommen, was er verdient hat, aber er wird nie wieder jemandem wehtun«, spreche ich bedächtig weiter.

»Ich verstehe nur nicht, warum ihr so ein Risiko eingegangen seid«, murmelt er, die Augen noch geschlossen.

»Wieso überrascht dich das so sehr? Du hättest dasselbe getan.«

»Ja, aber ich ...« Er bricht ab und beendet den Satz nicht. Ich denke, ich weiß, was er sagen will. Er versteht nicht, dass es Menschen in seinem Leben gibt, die ihn genauso lieben, wie er es andersherum tut.

Kilian schüttelt barsch den Kopf, öffnet die Lider und zieht die Finger aus meinen, um sich über die feuchten Augen zu reiben. »Weißt du noch, als ich dir gesagt habe, dass der Teufel einen zwingt, zu wählen? Töte, was dich am meisten kaputtmacht oder töte, was du am meisten liebst.«

Ich nicke langsam.

»Das ist nicht wahr.«

»Ich weiß«, flüstere ich. »Es ist immer beides. Denn das, was du liebst, kann dich zerstören.«

So wie Emilio seine Schwester abgöttisch geliebt, ihre Krankheit und der verbleibende Lebenswille ihn auch zerstört haben. Genauso wie Damien sein Kinderheim, in dem er großgeworden ist, abgrundtief gehasst und doch geliebt hat, weil es die einzige Familie war, die er kannte.

Und Kilian hat seine Mutter geliebt, trotz allem.

»Ich habe auch grausame Dinge getan«, fährt Kilian bedächtig fort. »Viele sogar, und ich werde noch viele begehen. Aber was ich nie verstehe, ist, wie man jemanden so sehr verletzen kann, den man lieben sollte. Der dir vertraut und den du beschützen solltest.«

Mein Herz schmerzt für ihn und aus einem anderen Grund, der mir unweigerlich die Tränen in die Augen treibt. Ich spüre geradezu Kilians wissenden Blick auf meiner Haut brennen.

»Was tut er dir an?«, fragt er leise.

Ein Kloß bildet sich in meinem Hals, ich blinzele und atme gegen die ansteigende Panik. »Es ist nicht so schlimm.«

»Spiel es nicht herunter. Erzähl es mir einfach.«

Seine ruhigen Worte helfen mir tatsächlich, über meinen Schatten zu springen. »Es hat mit meiner Ausbildung zum Jäger begonnen. Das erste Mal, als ich einen anderen Jungen geküsst und es ihm bei der Beichte verschwiegen hatte. Er hat es dennoch herausgefunden und mich mit dem Gürtel geschlagen. Danach ist es immer wieder vorgekommen.«

Ich habe schnell gelernt, dass die Scham der Beichte besser ist als der Schlag eines Gürtels. Nur die Vergebung des Herrn kann uns schützen, so der Pater.

»Jetzt verstehe ich, warum Emilio ihn umbringen will«, murmelt Kilian.

»Er ist kein schlechter Mensch. Nicht nur«, füge ich hinzu, weil ich das Gefühl habe, ihn verteidigen zu müssen. »Er hat auch andere Seiten.«

»Natürlich. Das haben sie immer.« Kilian umfasst mein Kinn und dreht mein Kopf so, dass unsere Gesichter unmittelbar voreinander schweben. Fest sieht er mir in die Augen. »Aber das passiert jetzt nicht mehr, Landon. Du bist Teil unseres Rudels und wir werden dich beschützen, wenn du das zulässt.«

Der Moment der Vertrautheit geht jäh vorüber, als die Hintertür aufgeht und der Pater uns durch die Windschutzscheibe hindurch anstarrt. Ein ungutes Gefühl kribbelt in meinem Magen hoch, ich schlucke angestrengt und löse mich aus Kilians Griff.

»Jetzt gibt es kein Zurück mehr«, murmele ich.

Kilian räuspert sich und streckt die Schultern durch. »Los gehts.«

»Landon, warum bringst du ihn mit?«, fragt der Pater angewidert, als wir aus dem Mustang steigen und ich langsam auf ihn zutrete.

»Ich brauche deine Hilfe«, komme ich gleich zum Punkt und verknote nervös die Hände. »Können wir reden?«

»Den Dämon lasse ich sicher nicht in meine Kirche«, sagt er mit einer abwertenden Geste in Richtung Kilian.

»Glauben Sie mir, ich könnte mir auch Besseres vorstellen«, erwidert dieser ironisch. »Aber es geht um ihre beiden Söhne. Also sollten Sie Ihr hochnäsiges Getue kurz vergessen. Einigen wir uns auf einen Moment des Friedens, Pater.«

Es fühlt sich falsch an, von der heiligen Maria niedergestarrt zu werden, während ich dem Pater von den Ereignissen berichte. Wir sind in den menschenleeren Hauptraum gegangen und haben uns auf die erste Kirchenbank gesetzt. Kilian steht währenddessen mit verschränkten Armen am Ende der Bank, angespannt und wartend.

Nach meinem Geständnis herrscht minutenlang Stille, der Pater ist blass geworden und sein Blick seltsam leer.

»Wie konntest du das nur tun, Landon?«, sagt er irgendwann. Seine Stimme ist leise und tonlos, dennoch zucke ich zusammen.

»Es war eine Affekthandlung«, murmele ich und ziehe die Schultern ein. »Was soll ich jetzt tun?«

»Du kannst diesen Pakt auf keinen Fall erfüllen.«

»Ich will Valerie auch nicht töten«, beschwichtige ich sofort, woraufhin Kilian von links schnaubt.

»Es ist nicht so schlimm, einen Menschen umzubringen, Lan.«

»Schweig, Dämon!«, herrscht der Pater ihn mit einer eindeutigen Handbewegung an. Eindringlich wendet er sich wieder mir zu. »Siehst du nicht, was passiert, Landon? Diese Dämonen leiten dich auf den falschen Weg und verführen dich zur Sünde. Sie bringen das Schlechteste in dir zum Vorschein. Wenn du jetzt diesen Pakt mit dem Teufel erfüllst, ist deine Seele endgültig verloren. Dann gibt es keine Vergebung mehr.« Er legt die Hand auf meine Schulter und drückt sie fest. »Du darfst nicht einmal daran denken, hörst du? Du musst dem Teufel den Rücken zukehren.«

»Dann wird er ihn umbringen«, wirft Kilian düster ein. »Nein, nicht einmal das. Schlimmeres. Wollen Sie das für Landon?«

»Ich will, dass Landon zumindest noch eine kleine Möglichkeit hat, vom Herrn erlöst zu werden, und die besteht nur, wenn er standhaft bleibt«, erwidert der Pater barsch, seine Hand rutscht von meiner Schulter und in mir wird alles kalt.

»Das ist doch Bullshit«, flucht Kilian. »Sie sind ein Dämonenjäger, Sie haben Dutzende Incubi auf dem Gewissen und können jetzt nicht einmal ihrem eigenen Sohn helfen?«

»Der Teufel ist zu stark, man kann nichts gegen ihn ausrichten!«

Schuldbewusst senke ich den Kopf und drücke die Nägel in den Handballen.

»Es tut mir leid«, flüstere ich.

»Gehen wir, Lan«, entscheidet Kilian und macht ein paar Schritte Richtung Hinterausgang. Als er merkt, dass ich mich nicht rühre, hält er inne und sieht über die Schulter zu mir. Sein Blick ist eindringlich.

»Bleib.« Der Pater legt mir sacht eine Hand auf den Unterarm. An die Stelle, an der das Teufelsmal unter meinen Klamotten unangenehm kribbelt.

»Landon, wir werden dir helfen«, behauptet Kilian und streckt den Arm in meine Richtung. »Ich bitte dich. Komm mit mir mit.«

Ich kann nicht, schüttele leicht den Kopf und sinke in die kalte Kirchenbank.

»Lan«, sagt Kilian eindringlicher.

Stille. Ich sehe wieder auf meine Hände. Kilian wartet noch eine halbe Minute, bis er sich schweigend abwendet und verschwindet. Ich lausche darauf, wie die Tür hinter ihm zuschlägt. Der Pater verstärkt seinen Griff um meinen Unterarm, tröstend und bekräftigend.

Ich räuspere mich und hebe den Blick. »Ist Damien wirklich dein leiblicher Sohn?«

Die Miene des Paters gefriert zu Eis, zum ersten Mal, seit ich denken kann, sehe ich Unsicherheit über sein Gesicht huschen. Er schüttelt leicht den Kopf, aber es wirkt nicht wie eine Antwort auf meine Frage.

»Bitte. Erzähl es mir«, flehe ich.

Er lässt mich los, dreht sich von mir weg und lehnt sich gegen die Bank. Wir beide starren jetzt die verurteilenden Engel und das große Wandbild der heiligen Mutter Gottes an. »Ich war noch mitten in meinem Theologie-Studium, als ich Joane kennenlernte«, sagt er mit rauer Stimme. »Wir haben uns nicht ausstehen können und doch habe ich mich in sie verguckt. Es war falsch und Sünde und ich wusste es von Anfang an.«

»Und irgendwann habt ihr miteinander geschlafen?«, rate ich.

»Mehr als das.« Er zögert. »Wir hatten eine heimliche Beziehung. Sie wusste, dass wir es niemals öffentlich machen können, weil ich anstrebte, ein Priester zu werden. Landon, du musst mir glauben, die Schuldgefühle haben mich beinahe aufgefressen. Sowohl gegenüber Joane als auch gegenüber der Kirche selbst. Ich habe beide hintergangen. Jedes Mal habe ich mir geschworen, dass es das letzte Mal sein würde. Aber das war es nie.«

»Und dann ist sie schwanger geworden.«

»Das ist sie. Sie hat sich so sehr gefreut.« Er vergräbt das Gesicht in den Händen und ich schließe die Augen, weil ich seinen Schmerz fast körperlich spüre. Die Zerrissenheit, die er wahrscheinlich immer noch fühlt. »Sie hat darauf bestanden, dass sie das Kind allein großzieht und ich nach außen hin nur ein unterstützender Freund bin, damit ich zum Priester geweiht werden kann.« Deshalb das Kinderbettchen, welches nie Benutzung gefunden hat.

»Sie muss eine tolle Frau gewesen sein«, flüstere ich heiser. Ich kann sie vor meinem inneren Auge sehen, mit Damiens dunklen Rehaugen und einem herzlichen Lächeln. Mein Herz zieht schmerzhaft.

Er nickt nur und eine Weile ist es still.

»Was ist passiert?«, hake ich schließlich nach.

»Sie ist kurz nach der Geburt an einer Infektion gestorben.« Seine Stimme bricht. »Es gab niemanden, der das Kind aufnehmen konnte.«

Bitterkeit kribbelt in meiner Kehle, ich verschränke die Arme vor der Brust und starre Maria direkt in das engelsgleiche Gesicht. »Du hast ihn im Stich gelassen«, sage ich. »Er hatte die schlimmste Kindheit und Jugend, die man sich vorstellen kann. Sie haben ihn misshandelt. Der Teufel hat ihn ausgesucht, weil er wütend und zerbrochen war. Er hat dieses Kinderheim niedergebrannt und wurde zum Dämon. Und jetzt tust du alles, um ihn und die Menschen, die er liebt, zu zerstören und töten, obwohl du derjenige bist, der ihn dazu gemacht hat.«

Ich schaffe es nicht, meine Stimme ruhig zu halten, stattdessen klingt jedes Wort so anklagend und vorwurfsvoll, wie ich es fühle.

»Ich weiß.« Der Pater klingt resigniert. »Und ich bereue meine Entscheidung zutiefst. Aber in einem Punkt hast du unrecht. Ich versuche nicht, die Dämonen um jeden Preis zu töten, ich will ihre Seelen retten. Das ist das Einzige, was ich für Damien und seine Freunde noch tun kann. Und für dich, Landon. Auch du bist mein Sohn, seit du sieben Jahre alt bist. Ich liebe dich und ich will nicht, dass du dem Teufel zum Opfer fällst.«

Hilflos schlinge ich die Arme um meinen Oberkörper, weil ich nicht weiß, wie ich darauf reagieren soll. So etwas hat er noch nie zu mir gesagt.

Er wendet sich in meine Richtung und fasst meine Schulter. »Bitte, in dieser Hinsicht musst du mir vertrauen«, sagt er eindringlich. »Du darfst nicht mehr mit den Incubi kooperieren. Das macht es dem Teufel nur leichter. Ich werde dir helfen, aber dafür musst du auf mich hören.«

Hart schlucke ich. Wie, verdammt, soll ich mich von Mio, Damien und Kilian fernhalten, wenn sie zu meiner Familie geworden sind? Zu einer, die ich niemals hatte. Zu Menschen, für die ich alles tun würde.

»Ich kann sie nicht verlieren«, murmele ich.

»Dann verlierst du all das hier«, prophezeit der Pater düster und deutet mit einer Rundumgeste über den Altar und das Wandbild der heiligen Maria. »Die Kirche, deine Freunde, den Glauben. Du kannst nicht in beiden Welten leben.«

Aber vielleicht ist genau das das Problem. Der Pater und die Jäger ist zu verbohrt auf ihre Sicht der Dinge. Ich hingegen habe die Incubi auf eine andere Weise kennengelernt. Ich bin in ihre Welt eingetaucht, habe mich mit allen Sinnen von ihnen vereinnahmen lassen und es war das Beste, das mir passiert ist.

Ich öffne den Mund zu einer Erwiderung, doch sie verlässt nicht meine Lippen. Ich bleibe stumm und nicke nur.

Im Endeffekt wird es nichts bringen.

Ich werde mich früher oder später entscheiden müssen – wenn dieser Pakt mit dem Teufel mich ohnehin nicht schon ins Verderben gerissen hat.

KAPITEL 24

EMILIO

»Oh mein Gott. Du bist verletzt. Was hat er getan?!«

Ich hätte damit rechnen müssen, dass Kilian so reagiert. Er stößt mir rüde den Ellenbogen ins Gesicht, um mich von Damien wegzustoßen.

»Gottverdammt«, fluche ich und reibe mir die schmerzende Wange. »Ich habe nichts getan. Ich war gerade dabei, ihn zu verarzten.«

Kilian knurrt unwillig und greift selbst nach dem feuchten Lappen, um das Blut von Damiens Schulter zu wischen. Dessen Blick ist ganz warm, als er zu Kilian blinzelt.

»Halb so wild«, murmelt er.

»Nur fürs Protokoll: Ich bin *auch* verletzt«, bemerke ich. Kilian zeigt mir den Mittelfinger. Ich rolle mit den Augen. »Wo ist Lan? Kommt er hoch?«

»Er ist beim Pater geblieben.«

»Was? Nein.« Trotz der Schmerzen mache ich einen Satz Richtung Tür. »Ich hole ihn. Sind sie noch in der Kirche?«

»Lass es.« Kilian schweigt und hält einen Moment inne. Als er mich wieder ansieht, ist der Ausdruck auf seinem Gesicht zumindest nicht mehr mörderisch. »Er macht sein Ding.«

»Was soll das denn heißen? Wenn Lucifer bei ihm auftaucht ...«

»Dann wird er klarkommen«, behauptet Kilian. »Erzählt mir lieber, was bei euch passiert ist.«

»Wir sind mit Valerie zusammengestoßen«, erkläre ich. Kilian betrachtet misstrauisch Damiens Wunde, die zumindest aufgehört hat, zu bluten. Aber der Schnitt ist tief und auch meine eigene Verletzung brennt immer noch unangenehm.

»Was hat sie benutzt? Haben die Jäger neue Waffen kreiert?«

»Gut möglich«, brummt Damien. »Es wird jedenfalls schwerer als gedacht. Ich befürchte, Valerie wird sich nicht so leicht von Landon umbringen lassen.«

»Dann finden wir eine andere Lösung.« Kilian schiebt eine Hand in Damiens Nacken und zieht ihn näher, sie teilen einen innigen Kuss, Damien neigt stöhnend den Kopf und Kilian drängt die Zunge in seinen Mund.

Mir wird allein vom Zusehen heiß und meine Fingerspitzen kribbeln. Sie tauschen Energie aus, ich spüre das Knistern und die Spannung selbst aus der Entfernung.

»Danke«, murmelt Damien, als sie sich voneinander lösen.

Kilian wendet sich mit einem genervten Blick zu mir. »Du bist ja immer noch hier.«

Meine Mundwinkel verziehen sich zu einem Lächeln. »Damien hat mir erlaubt, bei ihm zu schlafen. Ich habe keine Wohnung.«

»Geh doch zu Landon.«

»Ich schätze, das ist keine gute Idee. Außerdem will ich euch zusehen. Macht das nochmal.«

»Was? Uns küssen?«

»Ja!«

»Fuck, nein. Wir sind doch keine Pornodarsteller.«

»Könntet ihr aber sein«, meine ich und mache ein paar Schritte zurück, um mich in den Sessel fallen zu lassen. Allmählich wird der Schmerz in meinem Oberschenkel unerträglich. »Erzählt mir, wie das geht. Ihr nehmt Energie von Menschen und teilt sie dann untereinander?«

»Ja.« Damien zögert und tauscht einen kurzen Blick mit Kilian, ehe er sich von diesem löst und sich mir gegenüber setzt. Kilian folgt ihm, bleibt jedoch stehen und stützt die Unterarme an der Lehne über Damiens Kopf. »Aber manchmal können wir auch Energie dadurch erschaffen.«

Überrascht hebe ich eine Augenbraue. »Dann braucht ihr nur euch selbst, um zu überleben? Wieso habt ihr mir nie davon erzählt?«

»Weil es eigentlich verboten ist, seine Energie auf diese Weise zu teilen«, erklärt Damien und reibt sich den Nacken. »Zumindest sieht Lucifer es nicht gerne. Er war es, der uns untersagt hat, zusammen zu sein.«

Meine Augen weiten sich. »Ernsthaft? Wart ihr deswegen so kühl und distanziert, als ich zu euch gestoßen bin?«

»Ich wusste davon nichts«, konkretisiert Kilian düster und ersetzt Damiens Finger, um dessen Schultern zu massieren. »Und ich werde mir von

Lucifer definitiv nicht vorschreiben lassen, mit wem ich meine Zeit verbringe und was ich tue.«

Nachdenklich reibe ich mir übers Kinn. Das ist so typisch Kilian und ich wünschte, ich hätte sein Selbstvertrauen. Die Sache ist nur … »Er ist der Teufel und im Moment hat er sowohl mich als auch Landon in seiner Hand. Ich weiß ehrlich nicht, was wir ihm entgegensetzen sollen.«

»Nun.« Kilian hört auf, Damien zu berühren, und stützt sich vom Sessel ab. »Uns fällt etwas ein.«

»Wohin gehst du?«, frage ich, als er sich Richtung Tür bewegt.

»Ich hole uns etwas zu essen.«

»Warte, ich komme mit dir.« Ich springe auf die Beine, was ich sofort wieder bereue. Mist, Valerie hat mich ganz schön erwischt.

»Bringt euch nicht gegenseitig um«, bittet Damien schnaubend.

»Wir versuchen unser Bestes, versprochen.«

»Wohin bringst du mich?!«

Ich habe Kilian dazu überredet, meinen Fiero zu nehmen, weil er mich niemals ans Steuer seines Mustangs lässt. Was ich ihm noch nicht verraten habe, ist, dass mein eigenes Ziel nicht die Innenstadt ist, um Essen zu besorgen.

»Ich habe eine Mission«, weihe ich ihn ein.

Kilian greift unwillkürlich an dem Türgriff, obwohl wir uns in einem fahrenden Fahrzeug befinden. »Ich trage fünf Waffen am Körper und würde einige davon liebend gerne an dir ausprobieren«, warnt er mich.

Ich rolle mit den Augen. »Entspann dich, okay? Du musst mir bei einem kleinen Einbruch helfen.«

Als der Wagen langsamer wird, erkennt Kilian, was ich meine. Er schnaubt. »Was brauchst du noch aus deiner Wohnung? Hattest du ein geheimes Bargeldversteck im Gefrierfach?«

Trocken lache ich auf. »Leider nein. Aber als Landon in den Tunneln der Guardians unterwegs war, hat das seine Erinnerungen an diesen ersten Abend getriggert. Er hat mir erzählt, dass wir gemeinsam geflüchtet sind und er mich dann an meiner Wohnung abgesetzt hat.«

»Und ich bin mit hochgekommen.«

»Du erinnerst dich?«, frage ich verblüfft.

»Nein. Dein Nachbar hat etwas angedeutet, als ich das letzte Mal hier war, um nach dir zu sehen. Er sagt, wir hätten uns *lautstark vergnügt*, bevor Damien dazugekommen ist.«

Amüsiert hebe ich eine Augenbraue. »Meinst du, wir hatten Sex und erinnern uns nur nicht daran?«

Kilian neigt zweifelnd den Kopf. »Kann ich mir nicht vorstellen. Du hast mich zu Anfang nicht unbedingt leiden können.«

»Aber ich fand dich schon heiß«, rutscht es mir raus.

Er schnaubt amüsiert. »Also schön, gehen wir hoch und finden es heraus.«

Kribbelnde Euphorie macht sich in meinem Körper breit, was fast einer kindlichen Vorfreude gleicht. Heute geht es nicht um Mord und Blutrausch, wir schleichen uns nur wie Diebe ins Treppenhaus und Kilian zeigt mir, wie man mithilfe einer EC-Karte eine Tür aufhebeln kann.

Meine ehemalige Wohnung ist offenbar wieder vermietet und der neue Bewohner ist zuhause. Das Rauschen der Dusche verrät, dass wir nicht viel Zeit haben, um unsere Erinnerungen aufzufrischen.

»Hier sind wir also«, raunt Kilian leise.

Es sieht genauso aus wie damals, als ich hier noch gelebt habe. Die Möbel sind teilweise ausgetauscht und fremde Sachen liegen herum, aber ich hatte es mir hier nie wirklich heimisch gemacht.

»Und?«, fragt Kilian ungeduldig. »Ich spüre nichts.«

Ich bin noch dabei, meine Umgebung aufzusaugen und mich darauf einzulassen, aber er hat recht, wir müssen uns beeilen.

»In Schlafzimmer«, murmele ich. »Wir sind zusammen im Bett aufgewacht, weißt du noch?«

Kilian läuft voraus zu der Tür und wir spähen in den unordentlichen Raum. Die Vorhänge sind zugezogen, ein Streifen Tageslicht fällt auf das dunkle Laken. Vorsichtig mache ich ein paar Schritte hinein und drehe mich zu Kilian herum.

Mein Sichtfeld flackert, ich trete näher an ihn, bis unsere Gesichter nur Millimeter voneinander entfernt sind. Seine Augen sehen heute mehr grau als grün aus.

Kilians Worte klingen wie ein Echo aus einer weit zurückliegenden Erinnerung. Ich schließe die Augen, lecke mir die Lippen und strecke vorsichtig die Hände, um die Fingerspitzen über Kilians Oberkörper leiten zu lassen. Er verharrt ruhig.

Ich fühle mich leicht und betrunken, zumindest habe ich das damals, in meiner Erinnerung. Ein Genuss, den ich nicht mehr auskosten durfte, seit ich zum Dämon wurde. Vielleicht habe ich deshalb die Distanz überbrückt, die Hände um seinen Nacken geschlossen und ihn geküsst.

Das tue ich auch jetzt in der Realität, Kilian keucht überrascht, geht aber auf meinen Kuss ein, seine Lippen schmiegen sich an meine, er beißt in meine Unterlippe. Wie damals lasse ich mich von ihm durch den Raum schieben, krache unbeholfen gegen den Schreibtisch und eine Lampe fällt um.

Nicht jetzt, jetzt ist Kilian schnell genug und hält den Fall auf, bevor wir Lärm machen. Aber in dem wirren Durcheinander meiner Gedanken höre ich den harten Aufschlag auf dem Boden. Hat sich mein Nachbar deswegen beschwert?

»Erinnerst du dich?«, fragt Kilian flüsternd. »Wenn nicht, sollten wir gehen, bevor wir erwischt werden.«

Ich antworte ihm nicht, verstärke den Griff um seinen Nacken und ziehe ihn wieder dichter an meinen Körper. Wir haben uns geküsst und der plötzliche, unerwartete Energiestoß hat mich fast umgehauen. Jetzt bin ich darauf vorbereitet und nehme Kilians süße Energie gierig auf, sie beruhigt das pochende Brennen in meinem Oberschenkel.

»Okay, Stopp, du kannst nicht alles nehmen«, warnt Kilian knurrend und löst sich von mir.

»Mhm. Sorry.« Ich höre auf, ihn zu küssen, ziehe ihn weiter, bis ich mit dem Rücken gegen die Fensterbank stoße. Ein Schwall frischer Luft kitzelt mein Gesicht. Nicht heute, damals. Keuchend wende ich mich von Kilian ab und schiebe das Fenster einen Spalt auf. Es ist noch hell draußen, aber vor meinem inneren Auge sehe ich Dunkelheit und Sternenhimmel.

»Woher kennst du Emilio?«

Das ist Damiens Stimme, er steht unten vor meiner Wohnung und hat offenbar Landon aufgehalten, der gerade dabei war, zu gehen. Unwillkürlich halte ich den Atem an, genauso wie damals.

»Wir gehen auf dieselbe Uni«, verrät Landon, dessen Stimme ungewohnt klein und unsicher klingt. Jetzt ist er ganz anders.

»Wie auch immer. Danke, dass du ihn hergebracht hast, aber ...«

Kilians heißer Atem trifft auf meine Haut, er vergräbt die Finger fest in meinen Pullover. »Die Dusche ist gerade ausgegangen. Wir haben nicht viel Zeit«, wispert er.

Ich antworte ihm nicht, verharre reglos und versinke zurück in die Erinnerung. Was hat Damien noch zu Landon gesagt?

»... aber du solltest dich besser von ihm fernhalten.«

Lans Lachen klingt nervös. *»Ich weiß, was ihr seid«*, sagt er prompt. Ich spüre quasi Damiens Zögern, auch wenn ich ihn damals nicht gesehen, nur seine Stimme gehört habe. Fuck, hätte sich nur einer von uns an diese Nacht erinnert, hätten wir gleich verstanden, dass Landon gefährlich ist. *»Für Emilio ist es noch nicht zu spät.«*

»Wir werden ihn nicht zurückgehen lassen.«

Was zur Hölle? Was sollen diese Worte bedeuten?

Kilian reißt mich endgültig aus meiner Trance, er greift an mir vorbei und schiebt das Fenster weiter auf. »Raus hier!« Die Tür des Badezimmers geht quietschend auf.

Mein Protest, dass wir uns im dritten Stock befinden, bleibt mir in den Lungen stecken, als er mich aus dem Fenster drängt und ich geradewegs in die Gasse falle. Mein harter Sturz wird von großen Müllcontainern aufgefangen, ich spüre ihn dennoch in jedem meiner Knochen.

Kilian landet geschmeidig neben mir auf den Füßen, als ich mich stöhnend erhebe und Staub von den Klamotten klopfe.

»Autsch«, ächze ich.

»War doch halb so wild«, behauptet Kilian. Er hebt eine Augenbraue. »Hast du etwas herausgefunden?«

Ja, ich weiß nur noch nicht, was ich damit anfangen soll. Unwillkürlich kommen mir Landons Worte vom Strand wieder in den Sinn.

Dein Rudel ist nicht ehrlich zu dir, aber ich weiß nicht, ob du das hören willst.

Ich habe ihm gesagt, dass es nicht schlimmer sein kann, als das, was ich getan habe, doch jetzt zweifele ich daran.

Was hat Damien mit dieser schwammigen Aussage gemeint? Und was für Geheimnisse haben sie noch vor mir, die sie mit Blicken und stillen Konversationen teilen?

KAPITEL 25

KILIAN

Ein warmes, feuriges Gefühl fährt durch meine Glieder, als ich zu Damien unter die Decke schlüpfe. Meine Lippen sind sofort an seiner Haut, ich fahre mit den Fingern blind das Tattoo auf seiner Brust nach und schicke Energie zu ihm.

»Hör auf«, stöhnt er und drückt mein Gesicht weg. »Du kannst mir nicht ständig deine Energie geben.«

»Du wurdest verletzt. Ich helfe dir nur, zurück auf Kurs zu kommen.«

»Essen wäre nett gewesen«, erwidert er ironisch. »Was hat so lange gedauert? Und wo ist Emilio?«

»Sorry, ich wurde abgelenkt. Mio hat mich in seine alte Wohnung geschleift und danach hatte er es eilig, zu verschwinden. Keine Ahnung, er war komisch drauf. Ich habe dann einen Auftrag von Castillo bekommen.« Ich kuschele mich dichter an ihn und vergrabe das Gesicht in seinem warmen Nacken. Hmh, Gott, wie sehr habe ich mich nach Momenten wie diesem gesehnt? Es kommt mir so unreal vor, dass ich das jetzt wieder tun kann.

»Was war es diesmal? Ein Auftragsmord?«

»Nur ein bisschen Einschüchterung.« Auf sein Schnauben hin rolle ich mit den Augen. »Komm schon, ich kann das Geld gebrauchen.«

Damien windet sich in meiner Umarmung und rückt ein Stück von mir ab, um mir ins Gesicht zu blicken.

»Wenn du Geld brauchst, kann ich dir welches geben. Jones und ich haben die Firma verkauft.«

»Was? Wann? Es war doch euer Baby.«

»Sie haben uns ein gutes Angebot gemacht, das wir nicht abschlagen konnten. Sie wollten mich als Berater behalten, aber ich habe abgelehnt. Bei der ganzen Scheiße, die gerade passiert, kann ich mich nicht auf einen langweiligen Job konzentrieren.«

»Mhm, du kannst *Jobs* für mich erledigen«, raune ich und lecke aufreizend über seinen Hals, fahre mit der Nase über seine warme Haut und küsse mir einen Weg über seine Brust, zu seinen Bauchmuskeln. »Wie viel willst du pro Nacht, um meine kleine Hure zu sein? Dreihundert?«

»Fünftausend, mindestens«, erwidert er lachend, ich spüre die Vibration an meinen Lippen und lächele ebenfalls. So viel Wärme durchströmt mich. »Aber nein, ich meine es ernst. Ich habe genug Geld für unser Rudel. Du musst diese Dinge für die Mafia nicht mehr tun.«

»Es geht nicht nur um die Bezahlung«, gestehe ich und stütze das Kinn auf seinem Bauch ab, um zu ihm aufzublinzeln. »Mein Dad hat mir auch ein beachtliches Vermögen hinterlassen. Allerdings kann ich Castillos Schutz gerade gut gebrauchen bei all den Straftaten, die ich durchgezogen habe. Solange ich Teil seines Kartells bin, können die Cops mir nichts anhaben.«

»Verstehe.« Sanft streift Damien mir durchs Haar. Ein wehmütiges Lächeln erscheint auf seinen Zügen. »Wir haben lange nicht mehr über private Sachen geredet.«

Stimmt. Das habe ich am meisten vermisst, abgesehen von dem grandiosen Sex. Diese nächtlichen Gespräche mit ihm, die mich erden.

Eine Welle des schlechten Gewissens überflutet mich, als ich an etwas zurückdenke. »Ähm, auf dem Weg zu Castillo habe ich einen süßen Twink getroffen und mir ein bisschen Energie gestohlen. Und Mio habe ich auch geküsst.«

»Aha.« Seine Mundwinkel kräuseln sich amüsiert. »Willst du angeben oder was?«

»Wir haben nicht über Grenzen oder Regeln gesprochen. Ich meine, wir sind doch wieder zusammen, oder?«

Als er den Blick senkt, krampft sich mein Herz zusammen. Vorsichtig hebe ich den Kopf und will mich von ihm rollen, aber Damien legt eine Hand in meinen Nacken und hält mich an Ort und Stelle. »Es liegt nicht daran, dass ich es nicht will, Kian.«

»Woran dann?« Ich hasse selbst, wie heiser und verletzlich meine Stimme klingt.

»Das letzte Mal ist alles schiefgelaufen. Und die Sache mit Mio ...« Ich sehe, wie er schluckt, und rutsche höher, um ihm einen sanften Kuss aufs Kinn zu drücken.

»Mir ist das egal«, nuschele ich. »Ich will dich.«

»Wieso? Ich habe dich verletzt und mich wie ein Idiot benommen.«

»Weil du *mein* Idiot bist. Mehr Gründe brauche ich nicht.«

Wärme flutet mich, als er sanft lächelt. »Ich liebe dich«, wispert er, zieht mich näher und küsst mich. Eine Weile fließt Energie und Leidenschaft zwischen uns, bis mein Ständer immer pochender gegen meine Jeans drückt. Gott, warum habe ich eigentlich noch Klamotten an? Aber wir haben gerade ein wichtiges Gespräch geführt, das ich unbedingt beenden will, bevor wir uns verlieren.

»Also, Regeln?«, komme ich darauf zurück.

Damien lässt von mir ab, dreht sich auf den Rücken und denkt kurz darüber nach. »Es ist okay, wenn wir uns Energie holen, oder? Gerade in Zeiten wie dieser, wo wir ständig Kämpfe austragen müssen.«

»Du hast recht. Aber wir erzählen uns davon.«

»Auf jeden Fall.«

»Du wirst niemanden in deinem Bett ficken«, konkretisiere ich. Damien rollt sich halb auf mich und umfasst mein Kinn.

»Was ist mit dir?«

Ein Lächeln umspielt meine Mundwinkel. »Wenn du mich nett bittest.«

Er grinst mich frech an. »Wenn ich mich recht erinnere, hast du das letzte Mal darum gebettelt, Süßer.«

Ich vergrabe die Finger in seinem Haar und ziehe ihn zu mir herunter, unsere Lippen streifen übereinander und er verlagert sein Gewicht, woraufhin sein Knie über meinen Ständer reibt. Heiser stöhne ich auf, meine Lider flattern.

»Du wirst keine Frauen vögeln.«

»Hm?« Ich bin tatsächlich verwirrt über diese Aussage und Damiens plötzlich ernsten Tonfall.

»Das ist meine Regel.«

»Ernsthaft?« Ich öffne die Lider wieder und blinzele zu ihm auf. »Wieso das? Du weißt doch, dass ich kaum Interesse an Frauen habe.«

Damien stützt die Unterarme neben mir ab. »Tust du das?«, fragt er zweifelnd. »Du hast dein menschliches Leben lang nur Frauen gedatet und ich weiß, dass du Haley regelmäßig flachlegst.«

»Die Polizistin? Klar, hin und wieder, aber das ist nichts Ernstes. Ich rühre sie nicht mehr an, wenn dich das stört.« Sacht drücke ich ihn in die Matratze und schwebe über ihm, streiche ihm die Haare aus der Stirn und betrachte sein ernstes Gesicht. »Früher habe ich nur Frauen getroffen, weil ich meine Mutter und Melrose nicht gewinnen lassen wollte«, erzähle ich leise. »Ich wollte mir nicht eingestehen, dass ich auf Männer stehe, weil ... keine Ahnung. Es fühlte sich so an, als wäre dann alles gerechtfertigt gewesen, was er getan hat.«

»Oh, Kilian.« Damien umfasst meine Wange. »Er hat dich missbraucht. Nichts davon war deine Schuld.«

»Ich weiß. Jetzt.« Hart schlucke ich. Schon komisch. Mein ganzes Leben habe ich meine Sexualität unterdrückt und als ich gestorben bin, habe ich das am meisten bereut.

»Noch eine Sache.« Damien legt den Daumen an mein Kinn und dreht mein Gesicht so, dass er mich küssen kann. »Ich finde die Vorstellung, wie du mit Emilio rummachst, irgendwie heiß.«

»Und ich, wie du Landon vögelst.«

»Das habe ich nie getan«, murmelt er gegen meine Lippen. »Das tue ich nur bei dir.«

»Mhm, das gefällt mir«, raune ich und schiebe die Hände unter die Decke, um seine nackte Haut zu streicheln. Wir haben vorerst genug geredet, schmelzen gegeneinander und verlieren uns in den rauschenden Empfindungen.

Es ist mir egal, wie viele Probleme noch auf uns warten, für heute fühlt sich alles perfekt an. So surreal, unverschämt perfekt.

»Ich liebe dich auch«, erwidere ich verspätet, als wir eine Weile später verschwitzt und atemlos in seiner Küche sitzen. In den letzten Stunden ist alles in einem heißen, lustvollen Schleier untergegangen und irgendwie sind wir hier gelandet.

Damien drängt sich zwischen meine Beine und klaut sich einen Kuss. Die dominante Art, wie er dabei mein Kinn umfasst, ist ziemlich heiß.

»Ich bin froh, dass wir uns alles gesagt haben«, murmelt er gegen meine Lippen. »Das fühlt sich so befreiend an.«

Er schlingt die Arme um meine Mitte und vergräbt das Gesicht an meinem Hals. Ich erwidere die Umarmung und spüre plötzlich einen Kloß im Hals.

Eine Sache habe ich ihm noch nicht erzählt. Ich muss es tun, nur ... nicht heute. Später.

Irgendwann.

In einem anderen Universum könnte ich den ganzen Tag mit Damien im Bett verbringen, aber in diesem haben wir Dinge zu tun. Wir sind noch vor dem Sonnenaufgang auf den Beinen, Nebel liegt über der Stadt und mein Atem hinterlässt kleine Rauchwolken. Ich nehme mir einen Moment Zeit, um durchzuatmen und mich zu wappnen.

»Fahren wir mit dem Mustang?«, fragt Damien, der zu mir nach draußen tritt und seine Jacke schließt.

»Nein, wir laufen. Weniger auffällig.« Ich blinzele und sehe plötzlich schärfer, als der Dämon in mir erwacht.

Damien folgt mir schweigend, als wir uns in Bewegung setzen. Wir nehmen Feldwege und unbefestigte Straßen, um zu unserem Ziel zu gelangen. Während meiner *Recherche* zu den Jägern bin ich auf einer Adresse im Industriegebiet gelandet, die mir gleich komisch vorkam. Ein kurzer Ausflug dorthin hat die Vermutung nahegelegt, dass es sich um eine Art Festung handelt, mit mehreren provisorischen Hütten auf einem umfassten Gebiet, in dem die Jäger wohl Unterschlupf finden.

Ich bin ziemlich sicher, dass Valerie sich dort aufhält. Die andere Frage ist nur, wie wir reinkommen sollen.

»Oh«, macht Damien, als er durch die offenen Tore spazieren will und mit voller Wucht gegen die unsichtbare Barriere stößt.

»Sorry, ich hätte dich vorwarnen sollen.« Versöhnlich reibe ich seinen Nacken. »Alles okay?«

Brummend reibt er sich über den schmerzenden Nasenrücken. Er lässt den Blick nach oben schweifen. »Das sieht aus wie ein Firmengelände.«

Stimmt, im Hof stehen große Lkw und mehrere kleine Bunker. In einigen davon brennt Licht.

»Ich schätze, das ist ihr sicheres Domizil. Aber irgendein Schlupfloch muss es geben.«

»Teilen wir uns auf und sehen uns um.«

»Gut.«

Damiens Finger streifen meinen Handrücken, als er sich abwendet und nach links geht. Ein unpassend zufriedenes Lächeln zupft an meinen Mundwinkeln, als ich den anderen Weg einschlage. Es sollte verboten gehören, so glücklich zu sein. Es ist zumindest maximal beängstigend, zu wissen, dass dieses Gefühl jederzeit ins Negative umschwenken kann.

Die Sache ist, dass starke Emotionen immer gefährlich sind. Wut, Angst, *Liebe*. Jede davon bringt das schlechteste in einem zum Vorschein.

Ich werfe einen Blick zurück, aber Damien ist bereits aus meinem Blickfeld verschwunden, also reiße ich mich zusammen und kämpfe gegen die plötzliche Beklommenheit an.

Der Maschendrahtzaun ist in einem Kreis um den großflächigen Platz gespannt, teilweise versperren Sträucher und Hecken die Sicht. Ich fahre beim Vorbeilaufen mit den Fingern die Barriere nach, um Schwachstellen zu finden. An manchen Stellen drücke ich fester dagegen, doch je mehr dämonische Energie ich aufbringe, desto stärker wird sie.

Meine Aufmerksamkeit wird abgelenkt, als ein bekannter Geruch in meine Nase dringt. Es riecht nach Rauch und verbrannter Erde. Einen Moment halte ich inne und fahre abrupt herum, gerade rechtzeitig, um einem Hieb auszuweichen. Kurz glaube ich, dass Emilio sich aus dem Schatten manifestiert, aber es ist Gideon, der mich fast umhaut. Mein Herz macht einen Satz, ich stolpere zurück und stoße gegen die Barriere.

»Ihr habt hier nichts zu suchen«, sagt er düster.

Die Verwirrung weicht, als mir bewusst wird, dass wir aus demselben Grund hier sind.

Ehrlich amüsiert lache ich auf. »Aber du, kleiner Stalker? Findet Valerie es gut, wenn du verzweifelt vor ihren Türen kauerst?«

Er beißt die Zähne so fest zusammen, dass ich seine Kiefer mahlen sehe. »Verpiss dich, Kilian, bevor ich dich in Stücke reiße.«

»Weil es das letzte Mal so gut geklappt hat?«, provoziere ich ihn.

Gideon kommt drohend auf mich zu. »Emilio ist jetzt nicht da, um euch zu beschützen«, erwidert er grollend.

»Oh, hast du Angst vor unserem Welpen? Das ist süß, wirklich.« Sicherheitshalber mache ich dennoch ein paar Schritte zurück, um aus seiner Reichweite zu kommen. »Er ist Lucifers neuer Liebling. Wie fühlt es sich an, ersetzt zu werden?«

Er lacht schnaubend, kalt und gehässig. »Ich weiß, was ihr vorhabt, und ich sage euch, dass es unmöglich ist.«

Ich kneife die Augen zusammen. »Was weißt du schon?«

»Töte Valerie Masters. Ihr seid nicht die Ersten, die diesen Deal eingehen.«

Echte Überraschung und Schock durchfluten mich, weshalb ich unwillkürlich die abwehrende Haltung sinken lasse. Oh mein Gott. Ich habe Gideons Intention völlig falsch eingeschätzt.

»Du liebst sie nicht«, stelle ich fest.

»Lieben?« Er spuckt mir das Wort förmlich vor die Füße. »Ich bitte dich. Dämonen können nicht lieben.« *Aber ich tue es.* »Ich versuche seit fünfhundert Jahren, sie zu töten.«

Was zur verfickten Hölle? Wovon redet er?

»Du wolltest sie nicht beschützen«, murmele ich, mehr zu mir selbst. »Du willst derjenige sein, der sie umbringt.«

»Natürlich. Nur so kann ich frei sein, dummer Junge.«

Als ich zu ihm aufblinzele, sehe ich Gideon plötzlich mit ganz neuen Augen. Nicht als den übermächtigen, unerschütterlichen Dämon, sondern seine kaputte, zerstörte Seele. Er lebt seit fünfhundert Jahren mit Lucifers Brandmal? Wie hält er das nur aus?

»Wie lautet dein Pakt mit dem Teufel?«, frage ich heiser.

»Töte Valerie Masters im Austausch für deine Seele«, antwortet er unbeeindruckt. »Sie wurde mir gestohlen, so wie jedem von euch. Ich will sie endlich zurück.«

»Ich verstehe nicht. Wie konntest du so lange überleben? Und was willst du mit deiner Seele?«

Sein Lachen klingt verzweifelt. »Vergebung? *Frieden*? Irgendetwas, um diese Tortur zu beenden. Du willst wissen, was passiert, wenn du einen Pakt mit dem Teufel nicht einhältst?« Intensiv mustert er mich. »Er tötet dich nicht. Er lässt dich leben und *leiden*. Wir haben gedacht, der Teufel gibt uns eine zweite Chance, indem er uns zu seinen Dämonen machte, aber das Gegenteil ist der Fall. Das ist unsere Hölle und für mich gibt es nur ein Entkommen, wenn ich meinen Teil des Paktes endlich erfülle.«

Das erinnert mich an etwas, das Landon einst gesagt hat. *Der Teufel lässt immer einen zurück, der leidet. Der leidet und hasst und den diese Gefühle jeden Tag ein bisschen mehr umbringen.*

Wenn ich jetzt in Gideons Gesicht blicke, die Augen, die rötlich schimmern, all die Härte und Abgebrühtheit registriere, dann bestätigt sich das.

»Was genau ist Valerie?«, frage ich flüsternd. Sie kann kein Mensch sein. »Ein gefallener Engel?«

»Ich weiß es nicht«, stößt er hervor. »Es ist mir egal geworden.«

»Dann lass uns zusammenarbeiten.«

Ich war so sehr auf Gideon fokussiert, dass ich Damiens Kommen nicht bemerkt habe. Er tritt bedächtig von hinten auf meine Höhe, seine Schulter streift meine und ich fühle mich sofort besser. Gideon lässt den Blick abschätzig über uns beide schweifen.

»Wieso sollten wir?«

»Wir helfen dir, Valerie zu töten. Wenn das geschafft ist, ist Lucifers Pakt mit Landon auch hinfällig.«

Der Dämon hebt eine Augenbraue. »*Landon*? Lucifer hat diesen Pakt ausgerechnet mit dem kleinen, nutzlosen Dämonenjäger geschlossen?«

»Hör auf, so über ihn zu reden«, werfe ich sogleich ein. »Er ist taffer und stärker, als du denkst.«

»Nun, wenn das wirklich stimmt, habt ihr alles falsch gemacht. Ich werde euch jetzt mal ein kleines Bild von eurer rosigen Zukunft zeichnen: Lucifer mag diese Liebelei nicht, die zwischen euch herrscht. Zu viel Positivität und Hoffnung. Er wird Emilio dazu bringen, einen von euch umzubringen, und euer Rudel damit entzweien. Und dann wird er Landon mit dem Teufelsmal so sehr in den Wahnsinn treiben, dass er niemandem mehr nützlich ist.« Er lässt die Schultern sinken und wendet sich ab. »Also nein«, sagt er zum Abschied, ohne uns nochmal anzusehen. »Ich will keine Allianz mit einem untergehenden Schiff schließen.«

Seine Gestalt wird von Dunkelheit und Rauch verschlungen, kalter Wind schlägt mir ins Gesicht.

»Nun«, kommentiere ich und schlucke das bittere Gefühl herunter. »Das war nett.«

Ich wende mich ab und will weitermachen, aber Damien rührt sich nicht von der Stelle. Er starrt mit ausdrucksloser Miene auf den Fleck, an dem Gideon gerade noch stand und uns eine ziemlich exakte Zukunftsversion gezeichnet hat.

KAPITEL 26

EMILIO

Kilians Einweisung ins Einbrechen zahlt sich aus. Ich schaffe es, unbemerkt ins Haus eines Pfarrers zu gelangen und unter die Bettdecke seines Sohnes zu schlüpfen.

»Gott, fuck«, flucht Landon. Viel zu laut, weswegen ich eine Hand auf seinen Mund drücke.

»Pscht. Ich bins.«

»Das macht es nicht unbedingt besser«, zischt er, nachdem er meine Finger weggeschlagen hat. »Es ist mitten in der Nacht, Mio. Was soll das?«

»Ich musste dich sehen«, wispere ich und küsse seinen Hals. Es fühlt sich komisch an, weil ich noch Kilians Lippen auf meinen spüre. Auf die gute, kribbelnde Weise.

Lan stöhnt leise und verschränkt die Finger an meinem Hinterkopf. »Du solltest wirklich nicht hier sein.«

»Ich weiß.«

»Der Pater wird durchdrehen, wenn er dich erwischt«, murmelt er und drängt gleichzeitig seine Hüften gegen meine, sodass ich seine Härte spüre. Ein zufriedenes Lächeln erscheint auf meinen Zügen.

»Soll er doch.«

Er drückt mein Gesicht weg und bugsiert mich rücklings auf die Matratze, damit er über mir schwebt. Als er meine Handgelenke umfasst, steure ich dagegen.

»Nein«, sage ich. »Zu viel.«

Ein kleines Grinsen lässt das Muttermal an seinem Mundwinkel tanzen. »Hast du Angst?«

»Ja, davor, dir wehzutun.«

Sein Lächeln verblasst, er lässt meine Hände los und fährt stattdessen mit den Fingern von meinem Kiefer über meinen Hals, streicht über die Tattoos.

»Was ist passiert? Wieso bist du hier?«

»Nun, Valerie hat uns ausgeknockt«, erzähle ich. Seine Augen weiten sich.

»Bist du verletzt?«

»Ein bisschen, aber ist schon okay.« Er drückt gerade gegen die schmerzende Stelle, doch ich möchte ihn nicht darauf hinweisen, weil ich seine Nähe zu sehr genieße.

»Wo genau? Brauchst du Energie?«

»Ja«, lüge ich und schließe die Augen, als er mich endlich küsst. In Wahrheit möchte ich ihn nur spüren, will das Kribbeln und die Gänsehaut, die nichts mit seiner Lebensenergie zu tun haben, aber alles mit ihm.

Sacht umspielt er meine Zunge mit seiner, beißt in meine Unterlippe, neigt den Kopf und küsst mich tiefer, inniger. Genießerisch lasse ich zu, dass seine Kraft und Lust wie ein Fluss auf mich übergehen, bis Lan stöhnend von mir ablässt.

»Du musst wirklich lernen, das zu kontrollieren«, sagt er heiser und rollt sich von mir. Ich folge ihm sofort, schmiege mich an ihn und reibe die Nase an seiner Wange.

»Ich kann, wenn ich will«, raune ich, dränge meinen Dämon zurück und küsse ihn auf die menschliche Weise, die ihm nicht so viel abverlangt. Er stöhnt jetzt aus ganz anderen Gründen, zerwühlt mein Haar mit den Fingern und erwidert meinen Kuss mit derselben Intensität.

»Fuck«, keucht er. »Warum hast du mir das verschwiegen?!«

Ich lächele gegen seinen Mund. »Weil du darauf stehst, wenn ich deine Energie klaue, Pfarrerssohn.«

»Stimmt nicht«, behauptet er, die Röte, die in seine Wangen schießt, verrät ihn jedoch.

»Klar. Wenn du das sagst.«

»Arschloch.«

Tadelnd schnalze ich mit der Zunge. »Es ziemt sich für einen Sohn Gottes nicht, zu fluchen.«

»Oh, fick dich doch«, schnaubt er sanft und streicht mir die Haare aus der Stirn. Sein Blick gleitet über mein Gesicht. »Gibt es einen bestimmten Grund, warum du hier bist, oder hattest du nur Sehnsucht?«

»Ich habe immer Sehnsucht nach dir, Landon.« Ich schließe die Augen und stupse die Nase gegen seine. Noch ein Kuss auf seine Lippen. »Seit dem Moment in deinem Atelier, als wir uns das erste Mal so richtig geküsst haben.«

Eine Weile ist es still, ich höre nur seinen Atem und seinen Herzschlag. Die schönsten Geräusche aller Zeiten.

»Mir geht es genauso«, flüstert er schließlich.

Das glaube ich kaum. Als ich noch ein Mensch war, habe ich nie so intensiv gefühlt. All die schlechten Emotionen, die Wut, Angst, Schuldgefühle, die Trauer haben sich ebenso verstärkt wie die Lust, die Liebe und die Hoffnung auf eine andere Zukunft. Eine bessere.

»Du musst mir etwas sagen«, bitte ich und öffne die Lider wieder. Das Blau in Landons Augen ist so klar wie der Himmel, trotz der schummrigen Dunkelheit über uns. Er nickt zögernd. »Ich war vorhin mit Kilian in meiner alten Wohnung und ich habe mich erinnert. Du hast mich hochgeschickt und vor meinem Fenster ein Gespräch mit Damien geführt.« Ich schlucke hart, als sich Erkenntnis auf Lans Gesicht abzeichnet. »Du sagtest, für mich wäre es noch nicht zu spät. Was hast du damit gemeint?«

Lans Finger, die rhythmische Kreise auf meinen Hinterkopf gezeichnet haben, stocken abrupt. »Sie haben es dir nicht gesagt?« Seine Stimme klingt fast tonlos.

Zögerlich schüttele ich den Kopf und wir lösen uns voneinander, um uns aufzurichten. Landon lehnt sich mit dem Rücken gegen die Wand und zupft die Decke über seinen Schoß.

»Ich kann es dir nicht genau sagen«, setzt er an. »Nur das, was uns vom Pater beigebracht wurde.«

»Und das wäre?«

»Bevor der Mensch zum Dämon wird, muss er ein Opfer erbringen, richtig?« Ich nicke zustimmend. »Damit verliert er seine Menschlichkeit, aber es gibt noch einen zweiten Schritt, der früher oder später vollzogen werden muss.«

Mein Gesicht wird ganz ausdruckslos, ich spüre Kälte in mir aufsteigen, als eine schlimme Vorahnung in mir hochkocht. »Wie sieht der aus?«

»Der zweite Pakt mit dem Teufel. Sobald du ein weiteres Mal für den Teufel tötest, verkaufst du deine Seele an ihn. Dann gibt es kein Zurück mehr.«

Ich blinzele, wende den Kopf ab und starre in die Dunkelheit seines Zimmers. Eine Weile herrscht Stille.

»Hat der Pater deswegen den Exorzismus bei mir versucht?«, frage ich schließlich tonlos.

»Ja. Wir hatten ein paar gescheiterte Experimente mit Dämonen, die ihre Seele bereits verloren hatten. Du warst der Erste, bei dem es funktioniert hat.« Lans Stimme zum Ende hin wird leiser. »Fast, zumindest. Bis Lucifer dich rausgezogen hat.«

Ja, bis Lucifer mich gerettet und mir im Gegenzug eine Bürde auferlegt hat. Ich habe Damien nicht getötet, dafür viele andere Menschen, nur um mir mehr Zeit zu erkaufen.

Hart schlucke ich und lecke mir über die trockenen Lippen. »Und mein Rudel weiß davon?«

»Keine Ahnung. Womöglich.«

Damiens Worte aus meiner Erinnerung schießen mir unwillkürlich in den Geist.

»Geht es dir gut?«, fragt Landon zweifelnd, als wir uns am nächsten Tag im *Lemons* treffen. Es dämmert bereits, aber es sind nur eine Handvoll Menschen hier. Die Bar hat die übliche gemütliche Atmosphäre verloren, seit Grant brutal aus dem Leben gerissen wurde. Es ist richtig trostlos hier.

»Ja. Wieso?« Ich setze mich zu ihm und greife nach der halbleeren Flasche Wodka, die auf dem Tisch steht, um einen großen Schluck zu nehmen.

»Du warst nicht in der Uni und hast nicht auf meine Nachrichten reagiert.« Er greift nach meiner Hand, als ich die Flasche erneut ansetzen will. »Und die gehört nicht uns, die stand hier, als ich gekommen bin.«

Angewidert verziehe ich die Lippen und stelle sie ab.

»Emilio, wegen dem, worüber wir gesprochen haben ...«

»Schon gut«, unterbreche ich ihn barscher als gewollt. »Wir müssen darüber nicht reden. Im Moment haben wir größere Probleme zu lösen.«

Ich nehme seine Hand in meine und küsse versöhnlich seinen Handrücken. Sein Seufzen klingt ergebend.

»Wenn du meinst.«

»Wieso wolltest du dich ausgerechnet hier treffen?«, hake ich nach, um das Thema zu wechseln.

»Es war Kilians Vorschlag.«

Wie auf Kommando öffnet sich die Tür der Bar und der Rest unseres Rudels betritt die Räumlichkeiten. Nicht nur mein Blick wird wie hypnotisch von ihnen angezogen, auch alle anderen drehen sich nach ihnen um. Ungewollt entfacht ein kleines Feuer in meinem Bauch, ich schlucke und beherrsche mich.

»Du bist gekommen«, sagt Kilian an Lan gewandt, als er sich auf den Sessel uns gegenüber fläzt. »Hätte nicht gedacht, dass der Pater dich gehen lässt.«

»Er kann mich schlecht einsperren.« Landon beugt sich über den Tisch. »Hast du schon mit Damien geredet?«

Kilian wirft einen flüchtigen Blick über die Schulter zu seinem Freund, der gerade dabei ist, an der Bar Drinks für uns zu bestellen. Ganz der fürsorgliche Anführer.

»Nein.«

»Dann werde ich es tun.«

»Nein!« Eindringlich sucht Kilian Lans Blick. »Mach kein Scheiß, Lan.«

»Hör auf, meinem Freund zu drohen«, knurre ich verärgert. »Worum geht es überhaupt?«

»Das würde ich auch gerne wissen.« Damien stellt den Alkohol gemeinsam mit den Gläsern auf den Tisch zwischen uns. Er setzt sich auf Kilians Lehne und stützt den Unterarm auf dessen Schulter ab. Dieser wirft einen warnenden, angepissten Blick zu uns.

»Nicht so wichtig«, behauptet er.

»Geheimnisse, Geheimnisse. Was ganz Neues.«

Kilian mustert mich mit gerunzelter Stirn. »Hast du was zu sagen, Emilio?«

Ich zögere, lecke mir die Lippen und besinne mich. Es gibt Wichtigeres zu tun, als über eine Zukunft zu sprechen, die niemals eintreffen wird. Selbst wenn Landons Informationen richtig sind, ist es zu spät für alles. Ich habe bereits für den Teufel getötet. Mehrfach. »Nein, schon gut. Was habt ihr heute getan?«

»Wir haben Gideon getroffen.« Damien senkt seine Stimme. »Er hat uns ein paar Offenbarungen gemacht.«

»Und inwieweit können wir Gideon vertrauen?«, fragt Landon zweifelnd.

»Das letzte Mal hat er versucht, uns umzubringen«, erinnere ich mich.

Landon stutzt. »Wann war das denn?«

»Erzähl ich dir später. Das war lustig.«

»Ich hätte dich von dem Geländer schubsen sollen, als ich die Gelegenheit hatte«, wirft Kilian schnaubend ein.

Ich kneife die Augen zusammen. »Hör auf, vor Damien auf toughen Kerl zu tun. Als wir allein waren, hast du mich quasi angefleht, dich zu küssen.«

Er zeigt mir den Mittelfinger.

»Hört erstmal zu«, bittet Damien eindringlich, ohne auf unser Geplänkel einzugehen. Ich nicke ihm auffordernd zu und greife nach der Flasche, um den Alkohol in die Gläser zu verteilen. Als Kilian jedoch anfängt, von dem Gespräch zu berichten, halte ich versteinert inne und lausche angespannt. Nachdem er geendet hat, wird es still am Tisch.

»Du hast Zugang zu dem Firmengelände, nicht wahr?«, wendet Kilian sich schließlich ernst an Landon. »Wie funktioniert das mit der Barriere?«

»Der Ein- und Ausgang wird täglich vom Pater gesegnet, deshalb haben Dämonen keinen Zutritt«, erklärt dieser. »Es sei denn, er wird von dem Besitzer hereingebeten.«

»Kannst du uns Zugang gewähren?«

»Ja, aber das werde ich nicht.«

Unbeeindruckt hebt Kilian eine Augenbraue. »Dir ist klar, dass wir dir helfen wollen, oder?«

»Ich kann Valerie nicht umbringen. Ganz abgesehen davon, dass ich es nicht *kann*, wenn Gideon es in fünfhundert Jahren nicht geschafft hat.«

Sacht greife ich nach seiner Hand und verschränke unsere Finger. »Das musst du nicht«, versichere ich ihm. »Nimm mich mit und wir reden mit Valerie. Wir finden eine Lösung, okay?«

Zweifelnd mustert er mich von der Seite. »Sicher?«

»Ja, Baby. Versprochen.«

Lan will noch etwas sagen, als sein Handy klingelt. Er zieht es heraus, seufzt und zeigt mir den Bildschirm. Der Pater ruft ihn an.

»Ich telefoniere kurz mit ihm.« Er drückt meine Finger, bevor er sich löst und aus der Bar nach draußen verschwindet. Wir alle sehen ihm nach.

»Hast du das im Griff?«, fragt Kilian mich ernst.

»Ja.« Ich nehme einen vollen Becher und exe den Inhalt. Der Alkohol brennt angenehm in meiner Kehle. »Ich sorge dafür, dass Lucifer bekommt, was er will. Valerie wird sterben. Danach verhandeln wir mit ihm über die andere Sache. Das wird schon.«

»Gibt es noch etwas, das du auf dem Herzen hast?«, hakt Damien nach.

Ich schüttele den Kopf.

»Was sollte dann diese Andeutung vorhin?«

»Vergiss es.« Ich erhebe mich und umrunde den Tisch, um Landon nach draußen zu folgen. Auf Höhe meines Rudels bleibe ich nochmal stehen, beuge mich zu ihnen und lege einen Arm um Damien und den anderen um Kilians Schulter.

»Was auch immer die Sache ist, über die Landon mit Damien reden wollte – schafft es aus der Welt«, rate ich ihnen. »Und seid lieb zueinander.«

Wir haben schon genug Geheimnisse und Hürden. Es wird allerhöchste Zeit, einige davon zu überwinden.

KAPITEL 27

LANDON

Ich habe das Gefühl, uns läuft die Zeit davon.

Mein Leben war seit dem Moment, als mein Vater meine Familie kaltblütig abgeschlachtet hat, nicht mehr normal oder ruhig, aber als ich vor ein paar Jahren mein Studium begonnen habe, war ich zumindest zuversichtlich. Schon an meinem ersten Tag bin ich förmlich in Emilio reingerannt, er hat mich nicht weiter beachtet, sich nicht einmal für den Zusammenstoß entschuldigt, doch mir ist der attraktive junge Mann im Gedächtnis geblieben. Ich weiß noch, wie ich mir dachte: *Hey, wenn du ein bisschen mutiger wärst, könntest du ihn auf einen Drink einladen. Ihr könntet ein Paar werden, eine gemeinsame Wohnung beziehen und euch eine Katze zulegen, die einen süßen Namen wie Buttons bekommt.*

Jetzt sitzt genau dieser Typ halbnackt in meinem Bett, raucht geklaute Marlboro und ist der Mittelpunkt all meiner Probleme.

»Stört dich der Rauch?«, fragt er, eine Augenbraue hochgezogen, als er meinen starrenden Blick bemerkt.

Ja, doch das ist nicht der Punkt. »Versprichst du mir, dass wir niemandem wehtun?«, bitte ich, woraufhin er mit den Augen rollt und sich tiefer in meine Matratze fallen lässt.

»Hättest du gewollt, dass ich niemanden verletzte, hättest du mir nicht so viel Energie geben sollen«, behauptet er und stößt weißen Rauch gen Decke.

Ich seufze schwerfällig. »Mio, bitte.«

»Das ist mein Ernst. Das triggert den Dämon in mir.«

Ich stoße mich vom Schreibtisch ab und setze mich im Schneidersitz zu ihm, er wirft mir ein verschmitztes Lächeln zu und ich spüre schon wieder ein ziehendes, brennendes Verlangen nach ihm. Gott, dieser Wichser bringt mich noch um den Verstand.

»Hast du mit deinem Rudel geredet?«, hake ich nach, um mich davon abzuhalten, ihn zu küssen.

»Klar, wir reden ständig.«

»Auch über *die Sache*?«

Er schweigt, was Antwort genug ist. Ich beschließe, das nicht zu vertiefen, obwohl mir nicht wohl dabei ist, es totzuschweigen. Das wird unschön enden, wenn Emilio sich weiter reinsteigert und nicht darüber spricht.

»Du hast mich vorhin deinen Freund genannt«, sage ich stattdessen zögerlich, meine Finger rutschen über die Decke zu ihm und streicheln seinen tätowierten Unterarm.

»Bist du das nicht? Mein Freund?« Er sieht hinab auf die Stelle, an der wir uns berühren, und blinzelt dann zu mir auf. »Meine Hure?«

Seufzend ziehe ich die Hand zurück und will aus dem Bett steigen, aber Emilio reagiert schneller, indem er einen Arm um meine Mitte schlingt und mich an seine Brust drückt. Ich keuche überrascht auf.

»Sei mein fester Freund, Landon«, wispert er mir ins Ohr. »Bitte.«

Ein unpassendes Lächeln zupft an meinen Mundwinkeln und wird bald zu einem Grinsen, das ich unmöglich unterdrücken kann. »Okay«, gebe ich zurück. Er lockert seinen Griff, damit ich mich zu ihm umwenden kann. Sein ebenso breites Lächeln löst eine Schar warmer Gefühle in mir aus.

Und mit einem Schlag schrumpfen die Probleme und Sorgen und machen Platz für das Glück, das genauso wie die Angst und die Unsicherheit präsent ist, wenn ich mit Emilio zusammen bin.

»Gehen wir«, schlägt er vor und drückt mir einen Kuss auf die Lippen. »Statten wir Valerie Masters einen Besuch ab.«

Es ist mitten in der Nacht, als wir uns wie Einbrecher an die Siedlung heranwagen. Ich habe einen Schlüssel für das Eisentor, aber ich sollte nicht hier sein. Und erst recht sollte ich keinem Dämon Zutritt gewähren.

Ich schlüpfe hinein und werfe einen Blick zurück zu Emilio. Dieser hat die Kapuze tief in die Stirn gezogen, durch die Dunkelheit kann ich seinen Gesichtsausdruck nicht ausmachen.

»Lässt du mich rein?«, fragt er mit gedämpfter Stimme und legt eine Hand flach gegen die unsichtbare Barriere.

Einen Moment lang lausche ich nur meinem eigenen, dumpfen Herzschlag. Wenn ich das tue, gibt es kein Zurück mehr. Zumindest nicht, bis der Pater seinen Segen am nächsten Morgen erneuert. Dann habe ich tatsächlich einen gefährlichen Dämon in die sicheren Häuser der Jäger gelassen, die nichtsahnend in ihren Betten liegen und schlummern.

»Lan?«, fragt Mio sanft.

Ich besinne mich und die Schreckensszenarien fallen von mir ab. Natürlich, er ist gefährlich, aber er ist immer noch *mein Emilio*.

»Komm rein«, wispere ich und sofort rutscht seine Hand durch die Luft, die Barriere verschwindet für ihn und er kommt herein. Eilig verschließe ich die Eisentür und stecke den Schlüssel ein. Mio macht bereits einige Schritte auf das Gelände und betrachtet die kleinen Häuser und Hütten.

»Wir müssen uns unauffällig verhalten«, erkläre ich und packe seinen Arm, um ihn an den Rand zu ziehen. »Die meisten schlafen, aber Valerie ist um diese Zeit in der Kapelle, um zu meditieren.«

»Ich sehe hier keine Kirche«, murmelt Mio.

»Folg mir einfach.«

»Ja, Sir.«

Nervös vergrabe ich die Finger fester in dem Stoff seines Pullovers. Wie er jetzt noch scherzen kann, ist mir schleierhaft. Mir ist richtig schlecht vor Aufregung.

»Entspann dich«, raunt er mir zu und streicht mit der freien Hand über meine angespannten

Schultern. »Willst du einen Blowjob, um runterzukommen?«

Gott, dieser Typ hat vielleicht Nerven. »Halt einfach die Klappe«, zische ich ihm zu. Mir entgeht nicht sein amüsiertes Grinsen, als ich mich abwende und meinen Weg fortsetze.

Unwillkürlich frage ich mich, ob Emilio vorher schon so war oder ob das Dämonensein ihn verändert hat. Vielleicht, als er seine Seele endgültig an Lucifer verkauft hat. Der Gedanke daran lässt den nervösen Knoten in meinem Magen wachsen.

Er wirkt nicht wie ein Mann ohne Seele. Genauso wenig wie Damien und Kilian, auch wenn man zugeben muss, dass zumindest Letzterer psychopathische Züge hat. Auf der anderen Seite liebt er Damien abgöttisch und hat Mio von Anfang an beschützt und sich um ihn gekümmert. Wie passt das zusammen?

Ich schüttele die Überlegungen ab, als wir unserem Ziel näher kommen. Wie alles in der Siedlung ist auch die Kapelle nur ein provisorischer Betonblock. Das Kreuz über der Tür unterscheidet ihn von den anderen, genauso wie der Umstand, dass der Zugang niemals verschlossen ist.

Ich halte inne und versuche zu lauschen, ob irgendjemand da drin ist.

»Ein Herzschlag«, informiert Mio mich murmelnd.

»Lass mich zuerst reingehen«, bitte ich und schiebe ihn zurück, um die Tür zu öffnen.

Der Geruch von Weihrauch und Lavendel schlägt mir entgegen, auf dem Podest links von mir flackern mehrere Kerzen. Der Raum ist von innen genauso klein, wie das Äußere vermuten lässt. Es gibt drei Sitzreihen, ein paar eckige Fenster und natürlich den Altar am anderen Ende.

Ein gekreuzigter Jesus blickt auf die Person hinab, die kniend auf dem Boden hockt, den Kopf gesenkt. Ihr dunkles Haar hängt wie ein Vorhang über ihrem Gesicht.

Emilio folgt meiner Bitte nicht, sondern drängt sich direkt hinter mir herein und schließt so geräuschvoll die Tür, dass unser Kommen eindeutig angekündigt wird.

»Hallo Landon«, dringt Valeries kräftige Stimme von vorne zu uns herüber. »Emilio.«

Eine Gänsehaut kriecht meinen Nacken entlang und ich werfe einen Blick zurück zu Mio, der, die Augen zusammengekniffen, konzentriert nach vorne starrt.

Schon meine ersten Begegnungen mit Valerie haben ein komisches Gefühl in meinem Magen hinterlassen. Ich dachte, es liegt an der Distanz und ihrer geheimnisvollen Aura. Wir haben nicht oft zusammengearbeitet und niemals eng genug, um sie richtig kennenzulernen. Aber jetzt, nach allem, was Gideon über sie erzählt hat, kann ich es besser zuordnen. Das ist nicht nur Unwohlsein in ihrer Nähe, es ist eine böse Vorahnung, eine pure, reine Urangst vor dem, was sie ausstrahlt.

Trocken schlucke ich und mache einen winzigen Schritt vor. »Können wir mit dir reden?«

Valerie streicht sich in einer fließenden Bewegung die Haare zurück, hebt den Kopf und atmet tief durch, ohne sich zu uns herumzudrehen. »Gibt es einen besonderen Grund, warum du einen Dämon in unser sicheres Zuhause lässt?«, fragt sie im Gegenzug. In ihrer Stimme schwingt keine Wertung oder Vorwurf mit, dennoch zucke ich zusammen.

»Mio wird niemandem etwas tun« versichere ich ihr. »Er ist …«

»Harmlos?«, rät sie. Auch wenn ich ihr Gesicht nicht sehe, höre ich ihr Lächeln heraus.

»Keine Gefahr«, vollende ich meinen Satz. »Ich will ehrlich zu dir sein, okay? Ich habe einen Fehler begangen und …«

»Und einen Pakt mit dem Teufel geschlossen. Ja. Ich weiß.«

Meine Muskeln versteifen sich, ich reibe mir über die Stirn und schiele kurz zu dem Fenster. Kommt es nur mir so vor oder wird es unangenehm heiß in diesem Bunker?

»Hat der Pater dir davon erzählt?«, frage ich.

»Nein.« Sie erhebt sich gemächlich, lässt die Schultern kreisen und dehnt die Arme. Ich beobachte jede ihrer Regungen. »Aber Lucifer hat diese Aufgabe schon vielen vor dir auferlegt. Töte Valerie Masters.« Endlich fährt sie zu uns herum, damit ich in das vertraute Gesicht blicken kann.

Es ist irgendwie erleichternd, dass sie aussieht, wie ich sie kenne. Die dunklen Augen, die ebenmäßigen Gesichtszüge, die helle Haut. Ihr Lächeln wirkt genauso echt und nahbar wie immer.

»Auch wenn ich natürlich schon viele andere Namen hatte«, konkretisiert sie.

Ich stoße den angehaltenen Atem aus. Mir wird noch ein bisschen heißer und jetzt realisiere ich, dass es von meinem Unterarm ausgeht. Von dem Teufelsmal, das unangenehm juckt und brennt.

»Und wie lautet dein erster Name?«, fragt Emilio hinter mir ruhig.

Valeries Lächeln vertieft sich. Sie scheint richtig erfreut darüber, dass ihr jemand diese Frage stellt. Als hätte sie nur auf diesen Moment gewartet.

»Eva.«

KAPITEL 28

EMILIO

Ich wünschte, ich hätte es gewusst. Zumindest hätte ich etwas ahnen müssen, nicht wahr? War es nicht offensichtlich?

»Hallo, Eva«, sage ich ruhig. Sie neigt erfreut den Kopf.

»Hallo, Emilio«, erwidert sie. »Schön, deine Bekanntschaft zu machen.«

»Entschuldige meinen Freund«, bitte ich und lege eine Hand auf Landons Schulter. Selbst durch den Stoff der Klamotten spüre ich die Hitze, die von ihm ausgeht. »Der Druck des Teufelsmals kocht in seinem Blut.«

Ich weiß, wie schlimm, wie *allumfassend* es sich anfühlen kann, wenn man mittendrin steckt. Am liebsten würde ich es ihm ersparen, aber er muss es nur einmal kurz durchstehen und danach nie wieder. Dafür werde ich sorgen.

»Ja, ich verstehe.« Sie streckt beide Arme aus und im nächsten Wimpernschlag liegt ein kleiner, diamantenbesetzter Dolch in ihrer linken Hand. »Komm her, Landon. Nimm dir deine Waffe.«

»Nein«, presst er mühsam hervor. Ich verstärke den Griff um seine Schulter und dränge ihn voran. »Emilio.« Er windet sich, weswegen ich mehr Gewalt anwenden muss als gewollt. Sein schmerzerfülltes Keuchen vibriert unangenehm durch meinen Körper.

Nur kurz, Baby, und dann nie wieder.

Valerie beobachtet uns mit ruhigem Blick voller Weitsicht und Überlegenheit. Sie wird sich bestimmt nicht einfach so umbringen lassen, aber mit einem Messer an ihrer Kehle sind die Chancen gut, dass wir den Rest auch hinbekommen.

Als Landon durch meine Mithilfe direkt vor Valerie stehen bleibt, erledigt die Hitze des Paktes den Rest. Mit zitternden Fingern greift er nach der Waffe.

»Wieso will der Teufel dich umbringen?«, presst er hervor, lässt die Hand mit dem Dolch sinken und taumelt zurück. Valerie mustert ihn forschend.

»Denkst du, Lucifer und ich sind Freunde?«

»Nein. Aber du hast ihn durch deine Sünde überhaupt erst so mächtig gemacht, nicht wahr?«

Ein spöttisches Lächeln kräuselt ihre Mundwinkel.

»Ähm«, stottert Lan. »Du bist doch *die* Eva, oder bringe ich da irgendetwas durcheinander?«

Ihr glockenhelles Lachen schallt wie ein Echo durch die kleine Kapelle. »Du hast Recht, ich bin es. Die erste Frau, die erschaffen wurde. Aber ich bin keine Sünderin und ich bin auch nicht das erste Opfer des Teufels.«

»Was ist dann geschehen?«, hakt Landon weiter nach. »Wie hast du all die Jahrhunderte, *Jahrtausende* überlebt?«

»Gott formte Adam und mich nach seinem Ebenbild«, erzählt Eva. »Unsterblich und voller Schöpferkraft. Zu meiner Strafe zählte, dass ich nur eins von beidem an meine Kinder weitergeben durfte, und ich entschied mich für Letzteres. Was bringt einem auch die Ewigkeit, wenn man sie in Gleichklang fristet?«

»Leicht zu sagen für jemanden, der beides hat«, erwidere ich. Valerie, *Eva*, mustert mich einen Moment lang ausdruckslos.

»Womöglich«, gesteht sie und tritt näher an Landon heran. Jetzt trennt sie kaum mehr eine Handbreite, ich verharre reglos in meiner Position abseits und beobachte die Szene. »Na los. Versuch es«, fordert Valerie ihn auf. »Das macht den Druck besser.«

»Nein«, keucht Landon, seine Knöchel treten weiß hervor, so fest umklammert er inzwischen den Dolch. »Ich will dir nicht wehtun.«

Nun, *ich* schon.

Bevor die perfekte Gelegenheit verebbt, rufe ich die Dunkelheit; Schatten umfangen mich und reißen mich mit sich. Als nächstes tauche ich unmittelbar hinter Landon auf, entwende ihm das Messer und Stoße die Klinge in Valeries Brustkorb. Einen Moment sehe in ihre rehbraunen Augen, bemerke ihr kleines, wissendes Lächeln, dann donnert meine Faust schon gegen sie. Ohne das Messer. Das löst sich in eine Schar weißer Federn auf.

»Emilio«, haucht Landon fassungslos, sekundenlang scheint die Zeit stillzustehen, in der wir alle in unserer Position verharren. Eine blütenweiße Feder flattert durch mein Blickfeld.

Valerie löst sich aus ihrer Starre, umrundet uns in rasender Geschwindigkeit und steht hinter mir, ich werfe mich mit Landon gemeinsam gegen die nächste Sitzbank, um ihrem Hieb zu entgehen. Dann stoße ich mich vom Boden ab, tackele die junge Frau mit der Schulter, sie stößt mir eine Klinge in den Rücken, doch ich ignoriere das und pinne sie mit voller Wucht an die Wand. Ein atemloses Japsen entkommt ihr, sie bohrt das Messer fester in mein Fleisch und ich beiße die Zähne zusammen.

Gottverdammt, das fühlt sich an, als würde sie glühendes Eisen durch meine Nerven jagen.

Ruckartig entfernt sie die Klinge und verpasst mir einen Tritt, der mich dank der stechenden Schmerzen geradewegs auf den Boden befördert. Eine der Sitzbänke aus Holz wird durch mein Gewicht zertrümmert, Splitter bohren sich in meine Handballen, als ich mich aufhieve.

»Lass gut sein, Emilio«, sagt Valerie und streicht sich ein paar lose Haarsträhnen hinters Ohr. »Du bist bei weitestem nicht der stärkste Dämon, der versucht, mich zu töten.«

Vielleicht nicht, aber ich habe definitiv die größte Motivation dazu. Immerhin geht es hier um Landon und die Zukunft meines Rudels.

Mit einem Ruck komme ich zurück auf die Füße, in ihrer Hand taucht erneut ein Messer auf, das sie kampfbereit vor ihren Körper hält. »Das wird wehtun, wenn du nicht aufpasst«, warnt sie mich.

»Mio.« Landon kommt zögerlich zwei Schritte auf mich zu. »Bitte. Du hast versprochen, dass wir nur reden.«

»Was genau willst du wissen?«, fragt Valerie in Landons Richtung, ohne mich aus dem Blick zu lassen. Ein siegessicheres Lächeln huscht über meine Züge. Sie hat ... Angst? Die Frau, die seit Anbeginn der Zeit über diese Erde wandelt? Das schmeichelt mir irgendwie.

»Was ist damals passiert?«, hakt Landon nach. »Zwischen dem Teufel und dir, meine ich.«

»Lucifer war nur ein Mittel zum Zweck, um mich aus meiner misslichen Lage zu befreien.« Für einen Sekundenbruchteil blinzelt sie in Landons Richtung, was ich ausnutze, um im Schatten zu verschwinden und hinter ihr aufzutauchen. Sie wirbelt herum, ich ducke mich und schlage ihr das Messer aus der Hand. Sie erschafft sofort ein Neues, ich fange ihren Hieb ab und sie tritt mir das Knie in die Eier.

»Fuck«, fluche ich verärgert, lasse mich davon aber nicht beirren, sondern pfeffere das Messer in ihr Gesicht. Wieder wird es zu Federn in meiner Hand, bevor es ihre Haut zerschneiden kann.

»Wie gesagt«, sagt sie keuchend und windet sich geschmeidig aus meinem Griff. »Du hast keine Chance.«

Landons erneute Bitte wird zu einem Rauschen, als ich mich auflöse, am Altar ankomme, den großen Kelch mit dem Weihwasser schnappe und mich neben Valerie wieder manifestiere. Damit hätte sie nicht gerechnet, das Wasser ergießt sich über ihren Kopf und lässt sie wie einen begossenen Pudel dastehen. Empört keucht sie auf und wischt sich das Wasser aus den Augen.

»Was soll das werden?«, fragt sie. »Ich bin kein Dämon!«

»Aber ein Mensch bist du auch nicht«, knurre ich und stolpere zurück. Das viele Beamen fordert langsam seinen Tribut, doch ich beiße die Zähne zusammen und wage noch einen Vorstoß. Dieses Mal ziehe ich mein eigenes Messer, sie pariert meinen Schlag gekonnt, meine andere Hand schießt vor und legt sich um ihre Kehle. Ich ignoriere, wie das Weihwasser auf meiner Haut diese verätzt und drücke zu.

Valerie greift nach meinem Handgelenk, ihr Blick bohrt sich in meinen. Ich bringe all meine dämonische Energie auf und dränge sie gegen die Wand. Das kurze Siegesgefühl verebbt, als sie zu lächeln beginnt. Das Messer, welches ich immer noch mit Rechts umklammert halte, verwandelt sich zu einer Schlinge, die sich fester und fester um meine Finger windet.

Fuck.

Ich muss sie loslassen, um nach den Schnüren zu greifen und sie zu entfernen, bevor ich meine Finger verliere.

»Was für eine Hexe bist du?«, frage ich knurrend, als Valerie einen antiken Schild hervorzaubert und mir damit mit voller Wucht gegen die Stirn schlägt. Er verschwindet wieder, als ich notgedrungen nach hinten strauchele.

»Keine Hexe. Nur eine Gläubige.«

Humorlos lache ich auf, stolpere über ein Trümmerteil und falle kraftlos zu Boden. Fuck, alles tut mir weh, aber besonders die pochende Schnittwunde in meiner Schulter. »Dann hilft *Gott* dir? Nun, das ist unfair.«

»Nicht Gott, nicht der Teufel.« Valerie mustert mich von oben herab. »Du wirst es nicht verstehen. Sobald ihr eure Seele an den Teufel verkauft, verliert ihr die Macht, zu glauben.«

Mein Gesicht gefriert und wird dann ganz ausdruckslos.

»Sobald du ein zweites Mal für den Teufel tötest, verkaufst du deine Seele an ihn. Dann gibt es kein Zurück mehr.«

Lans Worte klingen in meinen Ohren wider und deren Tragweite wird mir erneut bewusst. Ich habe es verdrängt, mir eingeredet, es sei nicht wichtig, aber dieser Satz aus Valeries Mund ...

Landon überbrückt die Distanz und kniet vor mir, eine Hand in meine Jacke vergraben. »Bitte, lass uns einfach gehen«, fleht er. »Du bist verletzt, du kannst nicht ...«

»Es ist zu spät. Er wird sterben«, prophezeit Valerie. »Der Schnitt an der Schulter hat sein Ende eingeläutet.«

Automatisch fasse ich mir an die blutende Stelle und zucke zusammen, als eine Welle des Schmerzes mich überkommt. Und dann kommt mir eine Idee.

Ich kann Valerie nicht töten, weil ich nur ein Dämon ohne Seele bin, genauso wie Gideon. Niemand hat es bisher geschafft, auch Lucifer nicht. Landon hingegen …

»Es tut mir leid, Baby«, flüstere ich und hebe den Kopf, um zu Lan zu blinzeln. *Einmal und nie wieder.* In seinen blauen Augen steht so viel Schmerz und Panik, dass mein Herz sich zusammenzieht.

»Alles wird gut«, gibt er zurück und rückt enger an mich. »Steh auf. Gehen wir. Bitte. Du wirst wieder, okay?«

Alles wird gut. Früher oder später.

Ich sammele meine Kräfte, stemme mich auf die Beine und greife nach Landons Hand. Er rappelt sich ebenfalls hoch, wir beide sehen zu Valerie, die uns mit verschränkten Armen und ausdrucksloser Miene mustert. Mein Blut kribbelt und vibriert, mein Sichtfeld wird zu einem Mosaik aus Rot und Schwarz. Blut und Tod, vereint in einer Symphonie aus Farben und einem metallischen Geschmack auf meiner Zunge.

Blitzschnell zücke ich mein zweites Messer, das ich in der Innentasche der Jacke versteckt habe. Es ist klein und nicht zum Töten gedacht, doch es ist alles, was wir haben. In gleicher Bewegung ziehe ich Landon vor mich, umfasse seine Hände und drücke den Griff zwischen seine Finger.

Er hat keine Zeit zu protestieren und Valerie weicht nicht rechtzeitig aus. Die Klinge bohrt sich unter meiner Führung durch Landons Hand in ihr Schlüsselbein, Blut spritzt uns entgegen, heiß und pulsierend. Sie keucht überrascht, ihr Mund bleibt offen stehen und ihre Augen weiten sich schockiert.

Einen Moment ist alles still, die Uhren hören auf sich zu drehen und mein Herz setzt aus.

Dann geht alles ganz schnell. Landons Hände rutschen durch das Blut an dem Griff, er will sich aus meiner Umklammerung winden, doch ich lasse ihn nicht, übe mehr Druck aus und zwinge ihn, die Finger um ihren Hals zu legen. Wir drücken zu.

Landon muss es ebenfalls wollen. Der Druck des Teufelmals muss ihn verrückt machen, so wie mich damals. Es muss sich wie eine Befreiung anfühlen, das endlich tun zu können, nicht wahr?

Valeries Gesicht wird ganz rot, sie röchelt und schlägt nach unseren Händen, aber sie hat keine Chance. Gemeinsam sind wir stärker. Wir müssen nur ein bisschen länger durchhalten …

Ich bin so auf Valerie fokussiert, dass ich Landons Ellenbogen nicht kommen sehe, den er mir mit voller Wucht ins Gesicht rammt. Keine Ahnung, woher er plötzlich die Kraft nimmt, vielleicht bin ich einfach zu geschwächt, aber er schafft es, sich zu lösen, und ich stolpere zurück.

»Nein!«, sagt er mit lauter, fester Stimme und hebt die Hände. »Ich will das nicht. Ich werde sie nicht umbringen.«

Sprachlos starre ich ihn an, blicke zu Valerie, die genauso schockiert und fassungslos zu sein scheint wie ich, wenn auch aus anderen Gründen. Sie reibt sich die schmerzenden Male an ihrem Hals, als ich erneut Blut auf meiner Zunge schmecke.

Unwillkürlich sinke ich auf die Knie, blinzele. Schwärze. Dunkelheit. Dann … Landon, der mich

an den Armen packt und mich schüttelt. Blondes
Haar. Blaue Augen. Seine Konturen verschwimmen.

»Hey, Mister!«, sagt er, seine Stimme klingt verärgert und angstvoll zugleich. »Wag es nicht, einfach zu sterben. Nicht, wenn ich so wütend auf dich
bin. *Emilio!*«

»Es tut mir leid, Baby«, wispere ich. Erneut.

Dieses Mal meine ich es wirklich so.

KAPITEL 29

KILIAN

»Meinst du, Emilio kriegt das hin?«, frage ich, als wir das *Lemons* hinter uns lassen und in Richtung meines Autos laufen. Damien wirft mir einen Blick zu, der mir verrät, dass er keinen Smalltalk führen will. Er wartet mit seiner Antwort zumindest, bis wir in den Wagen eingestiegen sind.

»Was soll der Scheiß?«, fragt er verärgert.

Ich beiße die Zähne zusammen, starre durch die Windschutzscheibe und fahre mit den Fingern über das Lenkrad, ohne das Auto anzulassen. Verdammter Landon. Warum musste er es auch erwähnen? Mir war klar, dass Damien das nicht auf sich beruhen lässt.

»Kilian«, sagt er eindringlich, als ich nicht reagiere. »Sag was dazu.«

»Es ist nichts, was unsere derzeitige Situation betrifft«, sage ich zögernd. »Es ist nur ... ich weiß nicht einmal ...«

Damiens Lachen klingt ungläubig und verletzt, was wiederum mir einen Dolch ins Herz stößt. »Wow, okay. Ich bin es gewohnt, dass du dein eigenes Ding machst und niemanden an dich heranlässt, aber ich dachte, wir sind jetzt zumindest ehrlich zueinander.«

»Ich bin ehrlich zu dir!«, versichere ich ihm und zwinge mich, ihn anzusehen. Dieses Gespräch hätte ganz anders laufen sollen, andererseits weiß ich selbst nicht, wie ich es ihm beibringen wollte. Jetzt muss es einfach raus. »Du erinnerst dich an Pater Grayson?«

»Landons Vater?« Verwirrt runzelt Damien die Stirn. »Natürlich. Was hat das mit ihm zu tun?«

»Er ist nur sein Adoptivvater«, korrigiere ich. Damien schüttelt den Kopf, als wäre das nicht wichtig, aber genau das ist der Punkt. »Und dein leiblicher.«

Augenblicklich versteift er sich, er hält sogar den Atem an und auch ich verharre reglos und warte auf seine Reaktion. »Was?« Er stößt die Luft geräuschvoll aus. »Nein. Was redest du für ein Schwachsinn?«

»Ich kenne die Hintergründe nicht, aber ich habe herausgefunden, dass er in deinem Jahrgang ein Kind zur Adoption abgegeben hat. In dasselbe Kinderheim, in dem du warst.«

»Das bedeutet doch nicht ...«

»Ihr habt eine gewisse Ähnlichkeit«, unterbreche ich ihn, bevor er weiter spekulieren kann. »Außerdem gab es nur ein Damien in deiner Altersgruppe und er hat es gewissermaßen zugegeben.«

Ungläubiges Schweigen dehnt sich in dem Wagen aus. Absolute Stille, in der ich ihn nur ansehe und darauf hoffe, dass er es mir nicht übelnimmt.

»Wie lange weißt du es schon?«

Fuck. Jetzt senke ich doch den Blick, weil ich den Verrat nicht ertrage, der sich auf seinem Gesicht ausbreitet.

»Eine Weile«, gestehe ich.

»Und du hast mit dem Pater darüber geredet und offenbar mit Landon ... aber bist nicht auf die Idee gekommen, es mir zu sagen?« Es ist verdammt gefährlich, wie ruhig seine Stimme auf einmal klingt.

»Es spielt keine Rolle«, erwidere ich. »Er ist nicht dein Vater, er ist nur dein Erzeuger, der dich im Stich gelassen hat. Ich wollte es dir sagen.« *Irgendwann*, zumindest.

»Es spielt eine Rolle, dass du es mir verschwiegen hast«, sagt Damien bitter und fasst nach dem Türgriff. Abrupt packe ich seine Schulter und presse ihn zurück in den Sitz. Ungläubig sieht er von meiner Hand in mein Gesicht.

»Pack mich nicht so an«, befiehlt er immer noch so gottverdammt ruhig. Das macht mich wahnsinnig, dennoch löse ich die Finger aus seiner Jacke und beherrsche mich.

»Willst du wirklich über Dinge sprechen, die wir uns verheimlicht haben?«, frage ich provozierend. »Was ist mit Lucifers Anweisung, nach der du schlussgemacht und mich monatelang im Ungewissen gelassen hast? Das war viel schlimmer. Wir sind quitt.«

»Also schön.« Er beugt sich über die Mittelkonsole, sein Blick fixiert meinen. Der wahnhafte Teil in mir glaubt tatsächlich, dass er mich gleich küssen wird, und mein Herz macht einen hoffnungsvollen Satz. Natürlich tut er das nicht. »Dann sind wir quitt.«

Seine gepressten Worte hinterlassen Kälte auf meiner Haut, als er sich abwendet und endgültig meinen Wagen verlässt.

»Scheiße«, fluche ich, reibe mir müde über die Lider und lehne mich tiefer in den Sitz. Einen Moment warte ich, hoffe, dass er zurückkommt und wir gemeinsam nach Hause fahren. Aber als ich das nächste Mal die Augen aufschlage, ist Damien verschwunden.

Die Kälte breitet sich auch im Rest meines Körpers aus. Eine Weile kurve ich sinnlos durch die Gegend und lande schließlich im Haus meines Vaters. Ohne Damien hier zu sein, fühlt sich maximal deprimierend an, doch ich zwinge mich, nicht umzudrehen.

Immerhin ist das mein Zuhause. Es ist nicht nur der Ort, an dem meine Mutter mich großgezogen hat, sondern auch derjenige, an dem mein Vater mich nach meiner Veränderung aus einem tiefen, schwarzen Loch gezogen und zurück ins Leben geholt hat. Lucifer mag mich körperlich zurückgebracht haben, aber es waren die Worte und die vielen Umarmungen meines Vaters, die mein Innerstes repariert haben.

Ich schlurfe in die Küche und schenke mir aus Gewohnheit zwei Fingerbreit Whiskey ein. Der scharfe Alkohol brennt angenehm in meiner Kehle und bringt mich auf andere Gedanken. Das ist die Lieblingsmarke meines Vaters. Wenn ich die Augen schließe, kann ich ihn bildlich vor mir sehen, wie er gemächlich an einem Glas nippt, die Lesebrille auf der Nase, während er sich über Akten beugt, die er verbotenerweise mitgenommen hat.

Ein wehmütiges Lächeln zeichnet meine Züge.

»Stoßen wir zusammen an?«

Mein Gesicht gefriert, als die warme Erinnerung jäh durchbrochen wird. Alles in mir fühlt sich einen Moment wie gelähmt, Angst und Unwillen kämpfen in mir um die Oberhand. *Nicht ausgerechnet jetzt.*

Mir bleibt keine Wahl, als die Augen zu öffnen und zu Lucifer zu blicken, der auf der anderen Seite der Küchenzeile steht und mich mit schief gelegtem Kopf mustert.

Wie kann er es wagen, einfach so in meine Privatsphäre zu dringen? Das ist neu. Normalerweise suche ich ihn auf, wenn ich etwas brauche. Das ist kein gutes Zeichen.

Ich lasse mir nichts anmerken, als ich zum Schrank laufe, noch ein Glas herausziehe und den Whiskey eingieße. Wortlos schiebe ich den Becher über die Theke.

»Alkohol. Welch herrliche Erfindung«, säuselt er, riecht kurz daran, nimmt aber keinen Schluck. »Weißt du, weswegen ich hier bin?«

»Keine verdammte Ahnung.«

Sofort denke ich an Damien, an die letzte Nacht, in der ich an ihn gekuschelt eingeschlafen bin und mich zum ersten Mal seit langem wieder ganz gefühlt habe. Ein bitterer Geschmack breitet sich auf meiner Zunge aus.

»Du wirst ein Problem für mich lösen.« Aus dem Schatten zieht er eine Mappe und wirft sie quer über den Tresen zu mir. Einen Moment starre ich darauf, als würde sich das Papier in Schlagen verwandeln, doch nichts passiert. Zögerlich nehme ich es in die Hand und blättere durch das Dokument. Bilder und Namen. Einige davon kommen mir bekannt vor.

»Sind das die Mitglieder der Guardians?«, frage ich ungläubig.

»Ja. Sie entwickeln sich zu einem Problem und ich will nicht, dass sie mehr von meinen Dämonen umbringen.«

Klar, als wären nicht schon genug gestorben. Ich verkneife mir einen Kommentar dazu und lege die Mappe weg. »Wieso sollte ich das tun?«

»Schließen wir einen Pakt. Was willst du?«

»Ich habe es satt«, presse ich verärgert hervor. »Mein Rudel ist bereits belastet.«

Lucifer verzieht die Lippen zu einem humorlosen Grinsen. »Also schön.« Er macht einen Schritt zurück, Schatten tanzen um seine Gestalt.

»W-warte.« Ich hasse mich selbst dafür, aber es gibt noch eine Sache, die ich tatsächlich will. Hart schlucke ich. »Wenn ich das für dich tue, dann wirst du Emilios Pakt auflösen, okay?«

Sein zufriedenes Lächeln verrät, dass ich geradewegs in die Falle tappe. »Das kann ich nur tun, wenn ihr sie alle gemeinsam umbringt.«

Mit verengten Augen mustere ich ihn, frage mich nach dem Haken, bevor ich erneut zu der Mappe greife und mir die Bilder ganz genau ansehe. Es ist keiner von den Jägern dabei, nicht Ely oder Landons andere Freundin, nur auf der letzten Seite …

Ein schwerer Stein legt sich in meinen Magen.

Pater Timothy Grayson.

Ich blicke hoch zu Lucifer, der meine Erkenntnis mit Genugtuung auskostet.

»Wieso?«, ist alles, was ich herausbekomme.

»Sobald er, Valerie und all die Fanatiker tot sind, wird es keine Dämonenjäger mehr geben«, behauptet er. »Überleg es dir und sag mir Bescheid. Das Angebot steht. Ihr Leben für das deines *Freundes*.«

Ein eiskalter Schauer fährt über meinen Rücken bei dem letzten Wort aus seinem Mund.

»Wie kommst du darauf, dass wir es schaffen, Valerie zu töten, wenn Gideon es in den letzten Jahrhunderten nicht hingekriegt hat?«, rufe ich ihm nach, als er sich schon abwendet.

Der Teufel hält inne und wirft mir einen Blick über die Schulter zu. »Ihr habt doch auch Gideon besiegt, nicht wahr?«

Nun, nicht wirklich. Das waren Emilio und Landon und später Emilio gemeinsam mit Damien und mir.

Und dann wird mir bewusst, was Lucifer sagen will.

Ihr. Wir haben immer irgendwie zusammengearbeitet und waren Gideon damit überlegen. Als Team.

Lucifer löst sich ohne Verabschiedung in Schatten auf und lässt nur den kalten Geruch nach Tod zurück.

Ein zweites Mal an diesem Abend wird in mein Haus eingebrochen.

Ich stehe auf dem Balkon und rauche, als ich höre, wie die Tür aufgeht und jemand sich Zutritt verschafft. Automatisch greife ich nach meinem Messer, schnappe mir auf dem Weg vom Wohnzimmer noch die Knarre meines Vaters und lade das Magazin, als Damien in mein Blickfeld kommt.

»Du bist es«, stelle ich fest und sichere die Waffe wieder, bevor ich sie auf den nächsten Tisch werfe.

Er hebt eine Augenbraue. »Wen hast du denn erwartet?«

»Jedenfalls nicht dich«, weiche ich aus, seufze dann, als ich merke, wie kalt und abweisend meine Stimme klingt. Dabei will ich das gar nicht. Ich will nur das Gesicht in seiner Jacke vergraben und vergessen, was heute Abend alles passiert ist.

»Hören wir auf, zu streiten?«, frage ich versöhnlich und mache einen winzigen Schritt auf ihn zu.

»Nein.« Damien senkt den Blick und nestelt nervös an dem Reißverschluss seiner Jacke. »Aber ich will nicht ohne dich schlafen. Das habe ich schon zu oft getan.«

Sehnsucht trifft mich unerwartet und mit voller Wucht. Ich kann nicht anders, als die Arme um ihn zu schlingen und ihn fest an mich zu drücken.

»Es tut mir leid«, wispere ich.

»Mir auch.«

»Gehen wir einfach ins Bett und reden nicht mehr darüber.«

Damien stimmt zu und so kuscheln wir uns zusammen in mein Zimmer. Ich will ihm von Lucifers Besuch und seinem Vorschlag erzählen, bringe es aber nicht über mich. Wie soll ich ihm auch erklären, dass ich seinen leiblichen Vater umbringen muss, um unser Rudel zu retten? Das ist zu abgefuckt.

»Hast du was von Mio oder Lan gehört?«, frage ich stattdessen.

»Ja. Sie wollen später aufbrechen und mit Valerie reden«, erzählt Damien. Er hat den Kopf auf meine Schulter gelegt und die Augen geschlossen. Gedankenverloren lasse ich die Finger durch sein schwarzes Haar gleiten. Natürlich hoffe ich, dass sie erfolgreich sind, aber irgendwie zweifele ich daran, dass es so leicht wird.

»Wir sollten uns bereithalten«, murmele ich und checke sicherheitshalber mein Handy. »Falls sie Hilfe brauchen.«

Damien brummt zustimmend und kuschelt sich enger an mich. Ich schließe die Augen und genieße, wie viel Wärme auf mich überströmt. Zusammen mit der Energie, die zwischen uns vibriert und pulsiert. In Momenten wie diesem kann ich nicht einmal genau sagen, von wem sie ausgeht; sie ist einfach da und lodert wie ein Feuer.

Womöglich ist es das, was Lucifer an unserer Beziehung so stört.

Wir sind Incubi, wir ernähren uns von Sex und Verlangen, es ist unser Job unschuldige Menschen zu verführen, sie in Versuchung zu bringen, aber

das brauchen wir nicht, wenn wir zusammen sind.
Für jetzt brauchen wir nur eins.

    Liebe.

KAPITEL 30

LANDON

Das Rudel kommt in den frühen Morgenstunden zusammen. Der Pater ist nicht da, sodass es sicher ist, sie in seine Wohnung zu lassen.

»Wirklich, du hast Damien und Kilian herbeordert?«, fragt Emilio mit einem Augenrollen.

»Du bist fast gestorben«, rufe ich ihm in Erinnerung.

»Das klingt dramatischer als es war.«

»Was ist denn passiert?«, fragt Kilian und lässt sich neben Mio aufs Bett fallen, während Damien mein Zimmer umrundet und sich alles ganz genau anschaut. Meine Aufmerksamkeit bleibt kurz an ihm hängen. Ob Kilian es ihm erzählt hat?

Mio berichtet in groben Einzelheiten von unserem Gespräch und dem von ihm initiierten Kampf mit Valerie.

»Und wie hast du es gemacht?«, fragt Kilian mit einem undefinierbaren Blick in meine Richtung.

»Was denn?«

»Na, Valerie verletzt. Das ist scheinbar niemandem zuvor gelungen.«

»Ich habe absolut keine Ahnung.«

»Aber eine Theorie?«, hakt Damien nach, der inzwischen zum Stillstand gekommen ist. Mit verschränkten Armen und ausdrucksloser Miene steht er an dem Schreibtisch und sieht mich abwartend an.

Ich schlucke trocken. »Valerie hat viel von Glauben gesprochen. Ich wollte sie nicht verletzen, aber ich habe geglaubt, dass ich es tun könnte. Ich weiß nicht, wie ich es beschreiben soll.«

»Es liegt daran, dass du ein Mensch bist«, fügt Emilio hinzu. »Du hast noch deine Seele und kannst glauben.«

»Aber Landon ist sicher nicht der erste Mensch, der versucht, Valerie oder Eva oder wie auch immer sie sich nennt, umzubringen«, meint Kilian.

Schweigen breitet sich zwischen uns aus, ich sehe auf meine Hände und denke unwillkürlich daran zurück, wie sie sich um Valeries zarten Hals gelegt haben. Ein kalter Schauer durchfährt ich.

»Ich denke, wir können kollektiv übereinstimmen, dass wir stärker werden, wenn wir uns an Landons Lebensenergie bedienen«, sagt schließlich Damien bedächtig. »Das hängt irgendwie zusammen.«

Es behagt mir nicht, wie plötzlich alle Blicke auf mir liegen. »Ich muss jedenfalls gleich los«, weiche ich aus und wische die feuchten Handflächen an meiner Jeans ab. »Der Pater erwartet mich in der Kirche und ich will mit ihm über Valerie reden.«

Zögerlich wende ich mich an Damien. »Willst du mich begleiten?«

Er zuckt ertappt zusammen, öffnet den Mund, schließt ihn wieder. Nickt dann nur stumm.

»Okay, gehen wir. Und ihr«, ich drehe mich schwungvoll zu den Dämonen in meinem Bett,

»sorgt dafür, dass niemand stirbt. Ist das zu viel verlangt?«

»Warum guckst du mich dabei an?«, beschwert Kilian sich. »Emilio ist derjenige, der so vor Energie strotzt, dass er damit eine ganze Kleinstadt versorgen könnte.«

»Er hat fünf Minuten oder so nicht geatmet«, weise ich ihn darauf hin. »Pass einfach auf, dass er sich erholt und gib ihm Energie, wenn es schwierig wird.«

»Super, dann bin ich jetzt zum Babysitter und einer Nahrungsquelle degradiert?«

Ich ignoriere Kilians Einwand und alle anderen tun es mir gleich. Damien schlendert zu seinem Freund und verabschiedet sich mit einem Kuss und einem liebevollen Streicheln über dessen Nacken. Er flüstert ihm etwas zu, das ich nicht mitbekomme, weil Emilios brennender Blick mich in dem Moment gefangen nimmt.

»Willst du mich nicht genauso verabschieden?«, fragt er.

Seufzend rolle ich mit den Augen. »Vergiss es. Ich bin immer noch sauer wegen dieser Aktion mit Valerie. Wärst du nicht fast gestorben ...«

Er lässt mich meinen Satz nicht beenden, überbrückt blitzschnell die Distanz zwischen uns und unterbricht mich mit einem stürmischen Kuss.

»Was für ein Glück für mich, dass ich fast gestorben wäre«, raunt er mir zu.

Ich belasse es vorerst dabei. Jetzt mit ihm zu streiten kommt mir so sinnlos und zeitverschwenderisch vor. Ich will es nicht einmal. Ich will nur, dass es ihm besser geht und wir alle diesen Tag irgendwie überleben.

Es ist seltsam kalt in der Kirche.

Auf dem Weg hierher habe ich Damien von den Dingen berichtet, die der Pater mir über seine Mutter erzählt hat. Sein Gesicht hat zu keiner Sekunde irgendeine Regung gezeigt und auch jetzt bleibt er ausdruckslos.

»Er ist nicht allein hier«, informiert er mich raunend, noch bevor wir zu den Beichtstühlen einbiegen. Kurz darauf erkenne ich Ely und Cecily, die gemeinsam mit dem Pater und einer Kiste Waffen beschäftigt sind. Offenbar ist er dabei, die Sachen zu segnen.

Der Pater hält abrupt inne, die Hand noch über der Klinge des Messers, sein Blick huscht von mir zu Damien.

»Landon, wie kannst du einen Dämon in unsere Kirche bringen?!«, ruft Cecily verärgert aus.

Bedächtig lässt der Pater die Arme sinken. »Mädels, bitte seid so gut und lasst uns allein. Wir machen das zu einem anderen Zeitpunkt.«

Ely und Cecily tauschen einen eindeutigen Blick, bevor sie ihre Waffen schnell einpacken. Ely sieht sich nochmal scheu zu mir um. Unser Verhältnis ist nach wie vor angespannt, weswegen es mich überrascht, als sie bittet: »Können wir kurz reden, Landon? Es ist wichtig.«

»Ich habe gerade keine Zeit«, gebe ich zurück. Sicher werde ich Damien das kommende Gespräch nicht allein durchstehen lassen.

»Lan, wir haben in letzter Zeit kaum gesprochen. Du bist selten daheim und wenn, dann sprichst du nicht mit mir«, bohrt Ely weiter.

Gereizt fahre ich mir mit einer Hand durchs Haar. Ich will einfach nur, dass sie verschwindet. »Wir sind keine Freunde mehr, Ely. Ich vertraue dir nicht. Mehr gibt es nicht zu bereden.«

Ihre Schultern sacken resigniert nach unten, sie wendet sich wortlos ab und folgt Cecily durch den Hinterausgang. Sofort zieht ein schlechtes Gewissen in meiner Brust, doch ich schlucke es herunter.

Sie hat recht. Wir müssen miteinander reden und ich war unfair zu ihr. Vielleicht sollte ich ...

»Das kann so nicht weitergehen«, fängt der Pater an und reißt mich aus meinen Überlegungen. »Erst bringst du Emilio in unsere Siedlung und lässt ihn die Kapelle zerstören und jetzt schleppst du *ihn* in diese heiligen Hallen?«

»Mein Name ist Damien«, sagt der Dämon neben mir bedächtig. »Du solltest ihn kennen, immerhin hast du ihn mir gegeben.«

Der Pater zuckt zusammen und wendet den Kopf ab, als hätte er soeben eine Ohrfeige kassiert. Er atmet tief durch und besinnt sich wieder. »Damien«, setzt er an. »Ich wünschte, es gäbe einen Weg, alles rückgängig zu machen. Aber so ist das Leben. Ich war nie dein Vater, du wirst nie mein Sohn sein, wir stehen auf zwei verschiedenen Seiten.«

»Ja.« Damien behält seine ausdruckslose Miene bei. »Ich schätze, das ist alles, was wir uns zu sagen haben. Ach, noch etwas: *Fick dich.*«

Der Pater hebt beschwichtigend die Hände. »Du bist verärgert. Das verstehe ich. Das habe ich verdient.«

Ich verdränge das ungute Gefühl. »Du weißt, wer Valerie ist, nicht wahr?«

Der abrupte Themenwechsel bringt ihn kurz aus dem Konzept. »Sie ist wie wir«, behauptet er.

»Sie ist die erste unserer Art«, konkretisiere ich. »Wortwörtlich die *Mutter* alles Seins. Wieso hast du uns davon nichts erzählt?«

»Nun, Valerie möchte unentdeckt bleiben. Aus gutem Grund. Der Teufel hat es immerhin auf sie abgesehen.«

»Das habe ich schon verstanden. Mir ist nur nicht klar, wieso.«

Der Pater seufzt schwerfällig. »Wenn du eine Frage über Glauben führen willst, dann können wir das gerne tun. Aber ohne Dämonen in meiner Kirche.«

Wieso tut er das? Verletzt er Damien absichtlich oder ist es ihm schlichtweg egal, was er seinem eigenen Sohn antut? Bei seinen Bestrafungen, die ich in den letzten Jahren erdulden musste, habe ich immer gedacht, er wäre nur so hart zu mir, weil ich nicht wirklich zu ihm gehöre, nicht sein Fleisch und Blut bin. Jetzt realisiere ich, dass das nichts im Vergleich dazu ist, wie er sein *tatsächliches* Fleisch und Blut behandelt.

Damien wendet sich wortlos ab und geht, ich lausche auf seine Schritte, die an den hohen Wänden widerhallen und allmählich verklingen.

»Wir wissen, dass Gott Adam und Eva erschaffen hat«, fängt der Pater unbeirrt an, als würde ihn das gar nicht kümmern. »Er hat sie im Paradies Eden ausgesetzt und ein friedvolles, reichhaltiges Leben ermöglicht. Während Adam das in vollen Zügen genoss, hat Eva nach einiger Zeit den Wunsch nach mehr verspürt. Nach etwas anderem.«

»Und dann kam der Teufel und hat ihr den Apfel angeboten«, vervollständige ich ungeduldig. »Soweit kenne ich die Geschichte.«

»Nur, dass sie nicht der Wahrheit entspricht. Wie vieles wurde das sehr vereinfacht in der Bibel dargestellt, um es jedem zugänglich zu machen. Es heißt, dass Lucifer eifersüchtig auf die Menschen war und Eva deshalb in Versuchung geführt hat, aber es war eigentlich Eva selbst, die ausbrechen wollte. Es gibt keinen Engel namens Lucifer, der zu einem Dämon wurde. Engel sind hüllenlose, geschlechtslose Wesen, die nur im Heiligen Geist existieren. Der Teufel ist ein Konstrukt, das Eva erschaffen hat.«

»Durch ihren eigenen Glauben daran«, vervollständige ich, als mir Valeries Worte wieder durch den Kopf schießen.

Ich bin keine Sünderin und ich bin auch nicht das erste Opfer des Teufels. Ich bin nur eine Gläubige.

»Richtig. Eva hat Lucifer gebraucht, um aus Eden auszubrechen und Gott den Rücken zu kehren. Eine Zeitlang war er ihr treuer Begleiter, doch das änderte sich mit der Zeit. Die Weltbevölkerung wuchs, die Bibel wurde geschrieben und in falschen Worten und Erinnerungen wurde der Teufel zu dem zentralen Gegenspieler Gottes.«

»Und so wurde Lucifer mächtiger mit jedem, der an ihn glaubt und ihn fürchtet«, flüstere ich in Erkenntnis.

»Und mit jeder Seele, die er vereinnahmt«, ergänzt der Pater.

Ergeben schließe ich die Augen und atme tief durch. Jetzt macht alles einen Sinn. Lucifer ist nur eine Schöpfung Evas und genauso wie sie hat er seine Schöpferin verraten und lehnt sich gegen sie auf. Wie sie selbst damals bei Gott. Ist das nicht eine bittersüße Ironie? Ob auch Gott irgendeinen mächtigen Ursprung hat?

»Danke, dass du es mir erzählt hast«, sage ich und wende mich bereits ab, als der Pater auf mich zutritt.

»Warte. Wohin willst du?«

»Damien wartet auf mich.«

»Landon.« Er seufzt schwer. »Wir haben darüber geredet. Diese Dämonen reißen dich ins Verderben. Sie sind nicht deine Freunde.«

»Nein, sie sind mehr als das. Sie sind meine Familie.«

Unglauben huscht über sein Gesicht, er stößt einen frustrierten Laut aus und reibt sich verzweifelt die Stirn.

»Sie haben keine Seele mehr«, versucht er es erneut. »Sie können nicht glauben. Das, was einen Menschen ausmacht, ist ihnen abhandengekommen.«

»Aber sie *glauben*!«, fahre ich ihn lauter als gewollt an. »Sie glauben an die Liebe, an Freundschaft, an Zusammenhalt und vor allem glauben sie daran, dass alles gut werden wird.«

Tief atme ich durch, mache einen Schritt rückwärts und sehe dem Pater offen ins Gesicht. Schon komisch, wie die Dinge sich zwischen uns geändert haben. Er ist nicht mehr der Mann, zu dem ich aufsehe und den ich fürchte.

Ohne ein weiteres Wort wende ich mich ab, verlasse die Kirche und trete hinaus in die herbstliche Kälte. Mir wird warm ums Herz, als ich sehe, dass Damien tatsächlich auf mich wartet. Er ist nicht ohne mich weggefahren. Ein unpassendes Lächeln zupft an meinen Mundwinkeln, als ich auf die Beifahrerseite gleite.

»Geht es dir gut?«, fragt er zweifelnd.

Ich nicke nur.

»Nach Hause?«, hakt er nach. »Zu Kian und Mio, meine ich.«

»Bitte, ja.« Tief seufzend lehne ich mich in den Sitz zurück. »Bring mich nach Hause.«

KAPITEL 31

EMILIO

Es fällt mir schwer, es zuzugeben, aber ich fühle mich schwächer als ich nach all der Energie von Landon sein sollte. Mein Plan, ins Bett zu fallen und zu schlafen, wird von Kilian unhöflicherweise durchkreuzt.

Er schleift mich aus der Wohnung und wir nehmen meinen Fiero, wobei ich ihm wortlos die Schlüssel überreiche, weil ich mich nicht in der Lage fühle, einen Wagen zu steuern.

»Sind Landons Sorgen berechtigt?«, fragt er mit skeptischem Unterton, als ich den Kopf müde gegen die kühle Scheibe lehne.

»Nein, mir geht es gut. Landon übertreibt«, lüge ich, reiße mich zusammen und richte mich wieder auf. »Valerie hat prophezeit, dass ich durch den Schnitt, den sie mir zugefügt hat, sterben werde. Sie hat einen Hang zur Dramatik.«

Kilian flucht leise. »Stirb nicht«, bittet er mich schließlich. »Wir haben schon genug Probleme, okay?«

Ein unpassendes Lächeln huscht über meine Züge. »Ich gebe mein Bestes, *Dad.*«

Er seufzt laut und ich fühle mich tatsächlich etwas besser, weil ich ihm diese Reaktion entlockt habe. Früher hat er das nur bei mir geschafft.

»Wohin fahren wir überhaupt?«

»Es gibt eine Sache, die ich erledigen muss. Du wirst mir dabei helfen.«

»Kein ‚Bitte‘ oder ‚*würdest du*‘?«

»Heute nicht.«

»Wow, da wurde jemand letzte Nacht nicht flachgelegt«, stelle ich amüsiert fest. »Was hast du getan?«

»Hat Landon dir nichts verraten?«, fragt er.

»Worüber?«

»Der Pater ist Damis leiblicher Vater. Er hat ihn damals zu Adoption freigegeben. Ich wusste es schon eine Weile und habe es Damien erst gestern erzählt. Er war nicht begeistert darüber.«

Oh, fuck. Das war also die Sache, zu der Landon Kilian gedrängt hat. Was für ein Chaos. »Und wie kommt Damien damit klar?«

»Ich weiß es ehrlich nicht.«

Einen Moment breitet sich Stille zwischen uns aus.

»Dann ... sind sie Brüder«, stelle ich fest. Mein Gesicht erhellt sich gleichzeitig mit meiner Stimmung, als mir etwas klar wird. »Kilian! Wir daten Brüder, was bedeutet ...«

»Nein, Emilio«, sagt er trocken.

»Dass wir Schwager sind!«, vollende ich meinen Satz euphorisch. »Wir sind quasi eine kleine, eigene Familie. Wie cool ist das denn?«

Kilian lenkt den Wagen auf einen Parkplatz. »Das klingt ziemlich inzestuös, wenn du das so sagst«, murrt er.

Ich will einen weiteren Scherz machen, als mir
bewusst wird, wo er angehalten hat. Wir stehen
mitten auf dem Parkplatz vor meiner Uni.

»Was tun wir hier?«

»Wir statten deinem Lieblingsprofessor einen
Besuch ab.«

»Mr. Peddle«, rate ich. Kilian nickt und will
aussteigen, doch ich halte ihn am Arm fest. »Ich
weiß, er ist ein Jäger, aber er ist harmlos. Was willst
du von ihm?«

»Er ist nicht so unschuldig, wie du denkst. Er ist
Teil der Guardians.«

»Grant, Sam, jetzt Peddle? Wie viele von den
Jägern sind da involviert?«

»Noch ein paar mehr. Wir nehmen sie uns einen
nach dem anderen vor. Fangen wir hier an.«

Kurz bleibe ich verwirrt zurück im Wagen, dann
beeile ich mich, Kilian zu folgen, der bereits den
halben Campus überquert hat. Ich greife nach
seiner Schulter, um ihn festzuhalten, doch er läuft
unbeirrt weiter.

»Warte mal, du willst ihn töten?«, zische ich ihm
zu. »Es ist mitten am helllichten Tag!«

»Na und?«, fragt er sorglos zurück.

»Kilian!«

»Mach dir nicht ins Hemd.« Er schüttelt meine
Hand ab und holt eine Packung Zigaretten heraus.
»Wir sind schnell. Rein, raus. Einer erledigt. Dann
folgt der nächste.«

Als mir bewusst wird, was das bedeutet, bleibe
ich abrupt stehen und lasse ergeben die Schultern

sinken. Auch Kilian hält inne, dreht sich zu mir und zündet sich eine Kippe an. Rauch wirbelt zwischen uns auf, der vertraute Nikotingeruch weht zu mir herüber.

»Du hast einen Pakt mit dem Teufel geschlossen«, stelle ich fest.

Er weicht meinem Blick aus, raucht schweigend. Erst als er den Kopf schüttelt, entweicht mir der Atem und ich merke, wie nervös mich die Tatsache gemacht hat.

»Nicht direkt«, konkretisiert Kilian. »Aber Lucifer hat mir angeboten, deinen Pakt aufzulösen, wenn ich ein paar Leute für ihn umbringe.«

Unwillkürlich fasse ich mir an den Arm, wo Lucifers Brandmal noch prangt. Ohne den Druck und die ständige Anwesenheit des Teufels hätte ich es fast vergessen.

»Ich bringe lieber alle von ihnen um als einen von euch«, führt Kilian weiter aus und drückt seine Zigarette in den nächsten Aschenbecher. »Wenn du moralische Einwände hast oder dich zu schwach fühlst, dann warte hier auf mich.«

Er dreht sich endgültig weg und betritt das Gebäude. Seufzend atme ich aus und schließe kurz die Augen. Gott, die Schwere des Lebens erdrückt mich beinahe. Ich wünschte, irgendwann mal nicht mehr so unüberwindbare Entscheidungen treffen zu müssen.

»Warte!«, rufe ich und sprinte Kilian hinterher. Er wirkt nicht überrascht, jedoch ein wenig erleichtert, was mich in meinem Entschluss nur bekräftigt. »Sehen wir uns seinen Stundenplan an. Dann können wir einen guten Moment abpassen.«

Wir haben zwei Stunden zu überbrücken, ein bisschen unverhoffte Freizeit. Ich zeige Kilian unseren Kunstraum, in dem gerade kein Kurs stattfindet, was bedeutet, dass wir ungestört stöbern können. Der Geruch von Papier und Farbe löst dieses bekannte Kribbeln in meinem Magen aus, das einen kreativen Schub ankündigt. Wie lange habe ich nicht mehr gemalt? Es kommt mir ewig her vor.

»Ist das Landon?« Kilian steht vor dem Gemälde, an dem ich zuletzt gearbeitet habe. Ich hatte es zum Trockenen nach hinten gestellt und bin überrascht, dass irgendjemand es rausgeholt hat. Es zu betrachten und mich zurückzuerinnern, ist bittersüß.

»Tatsächlich, ja. Gott, ich hoffe, er hat das nicht gesehen.«

Kilian grinst. »Weil es unanständig ist? Ich weiß nicht, wie du es geschafft hast, aber das ganze Bild schreit förmlich: *Sex.*«

Stimmt. Das zerzauste, blonde Haar, der Knutschfleck auf dem Schlüsselbein, die grellen Farben. Doch das ist es nicht, was ich daran sehe.

»Es ist zu leidenschaftlich«, stelle ich fest. »Es schreit vor allem: *Ich bin dir absolut verfallen.*«

Kilian lacht leise, neigt den Kopf und betrachtet mein Bild intensiver. »Ich denke, das weiß er bereits, Kumpel.«

»Ist es so offensichtlich?«

Darüber denkt er einen Moment länger nach. »Vielleicht nicht für ihn«, gesteht er ein. »Aber für jeden anderen.«

Das sollte mich mehr stören, oder? Stattdessen grinse ich wie ein Idiot und denke nur daran, dass der Mann, der Vorlage für dieses Gemälde war, mein *fester Freund* ist. Surreal, nicht wahr?

»Dämonen. Wusste ich es doch.«

Kilian und ich zucken zusammen, als die bekannte, abwertende Stimme hinter uns erklingt. Aus Reflex halte ich den Atem an, während Kilian bereits herumwirbelt und in seine Jacke greift. Sicherlich umfasst er gerade seinen Dolch.

»Mr. Peddle«, grüße ich und sehe meinem Professor in sein attraktives Gesicht. Ich habe ihn schon lange nicht mehr gesehen, erinnere mich aber noch gut daran, wie ich mich kurz nach meiner Veränderung in seiner Gegenwart beherrschen musste. Da ist einfach irgendetwas sehr Charismatisches an ihm, das er auch jetzt nicht verloren hat.

Ich schlucke und mustere ihn von oben bis unten. Wie gewohnt trägt er sein Tweedjacket, eine Aktentasche in der einen Hand, seine Lesebrille ins Haar geschoben. Er wirft einen Blick auf seine Armbanduhr.

»Ihr solltet verschwinden, bevor die nächste Stunde beginnt«, rät er uns freundlich. »Überhaupt habt ihr nichts in meiner Uni zu suchen.«

»Ich bin ihr Student«, erinnere ich ihn.

Peddle schnaubt abfällig. »Wann hast du das letzte Mal einen deiner Kurse besucht? War das bevor oder nachdem du dem Teufel deine Seele verkauft hast?«

Verdammt, damit trifft er einen wunden Punkt. Ich hoffe, man merkt es mir nicht an.

»Wie auch immer, Professor Peddle«, mischt Kilian sich ein. »Wir gehen. Schon gut. Ich habe genug Erfahrungen mit den Guardians gemacht.«

Peddle verzieht die Mundwinkel zu einem spöttischen Lächeln. »Wie hat dir ihre Behandlung gefallen?«

»Auf eine Wiederholung kann ich verzichten.«

Ich weiß nicht, was passiert ist, aber jetzt ist nicht der richtige Moment, um danach zu fragen.

Peddle macht einen großen Schritt zur Seite und deutet auf die halboffene Tür. »Bitteschön, die Herren.«

Kilian setzt sich als Erster in Bewegung und schlendert unaufgeregt los. Mein Herz macht einen Satz, als sie auf einer Höhe sind. Es ist abzusehen, dass Kilian das Messer zieht und so überrascht es mich nicht, dass Peddle ausweicht und der Hieb ins Leere geht.

Ich sammele meine Kraft, rufe die Schatten und lasse sie mich verschlingen. Ich tauche unmittelbar hinter ihm auf und schlinge die Arme um seine Taille, er schlägt mir den Ellenbogen ins Gesicht. Kurzzeitig sehe ich Sterne, taumele zurück, ohne ihn jedoch loszulassen. Wir krachen gemeinsam gegen eine Leinwand, frische Farbe spritzt kalt auf meine Haut, Peddles Gewicht über mir presst schmerzhaft auf mich.

Kilian taucht vor uns auf, setzt sich halb auf Peddles Hüften, dessen Arm drückt mir währenddessen die Luftröhre zu, aber ich halte durch, halte Peddle ein bisschen fester. Sekunden fließen zähflüssig vorüber. Wie in Zeitlupe sehe ich dabei zu, wie Kilian das Messer hebt und damit auf Peddles Kehle zielt.

Ich erwarte Blut, Schreie, Schmerzen, doch … nichts. Stattdessen Federn, die durch die Luft wirbeln, Kilians Klinge löst sich auf und er kracht überrascht auf Peddle und mich. Mein Professor nutzt den Moment der Verwirrung, um sich aus meiner Umklammerung zu winden und von uns wegzurollen.

Scheiße. Das kann doch nicht wahr sein. Nicht schon wieder.

In dem Augenblick wird mir bewusst, dass ich niemals über seinen vollständigen Namen nachgedacht habe. Dabei war es so offensichtlich. Er ist sogar in seine verdammte Aktentasche eingestickt.

Professor *Adam* Peddle.

KAPITEL 32

KILIAN

Ich lande krachend auf Emilio und taste noch wie ein Volltrottel nach meinem Messer, bekomme jedoch nur Federn zu fassen. Was zur Hölle …

Mio unter mir ächzt. »Du zerdrückst mich«, lässt er mich sehr freundlich wissen.

Schnell rolle ich von ihm und komme auf die Beine, schaue mich hektisch um, von dem Professor ist aber keine Spur zu sehen. Fuck, nein, er wird mir jetzt nicht entkommen! Nicht einfach so.

»Kilian, warte.« Emilio quält sich ebenfalls auf die Füße und greift nach meinem Arm. »Er ist wie Valerie. Er ist Adam. Wir müssen hier weg.«

Ich entreiße mich ihm und stürme aus dem Kunstraum. Rote Punkte verschleiern mein Blickfeld. So sollte das nicht laufen. Das sollte einfach werden, verdammt. Warum bietet Lucifer mir einen Ausweg an, nur, um mich mit voller Wucht in eine Sackgasse rennen zu lassen?

Der Dämon in mir übernimmt die Kontrolle, ich laufe wie ein Tier auf Beutejagd durch die Gänge, schnappe den Geruch seines Aftershaves auf und folge ihm in einen vollen Saal. Professor Peddle steht an seinem Pult und unterhält sich mit einem jungen Mann, als wäre nichts gewesen. Er hebt den Kopf und begegnet meinem Blick. Die kurze

Ungläubigkeit, die über seine Züge huscht, verursacht mir mehr Genugtuung als gesund ist.

»Alle raus!«, ruft er laut. Das leise Gemurmel verstummt, doch niemand rührt sich, als ich mit festen Schritten durch die Reihen laufe. Alle starren mich nur an. »Das ist keine Übung! Raus hier!«

Ich ziehe meine Schusswaffe aus der Jacke und richte sie auf den Studenten, der das Pech hat, direkt neben seinem Dozenten zu stehen. Ich schieße ohne Rücksicht auf Verluste.

Peddle stellt sich sofort vor seinen Schützling und braucht nur kurz die Hand zu heben, damit die Kugel ihre Laufbahn ändert. Sie landet irgendwo in der Wand, doch das laute Knallen veranlasst die Studenten dazu, schreiend das Weite zu suchen. Der Typ, der gerade noch mit dem Leben davongekommen ist, nimmt ebenfalls die Beine in die Hand und macht einen großen Bogen um mich.

»Tu das nicht, Kilian«, warnt Peddle mich mit fester, autoritärer Stimme. Hm, das macht mich irgendwie an.

Ich schieße zwei weitere Male auf ihn, doch als ich nur noch einen halben Meter von ihm entfernt bin, verwandelt die Waffe in meiner Hand sich zu einem schweren Block, der mich nach unten zieht. Peddle nutzt den Moment, um mir das Knie ins Gesicht zu schlagen, packt dann in mein Haar und reißt meinen Kopf nach oben. Wir sehen uns in die Augen, das Rot aus meinem Blickfeld lichtet sich allmählich.

»Verdammter Dämon«, knurrt er verärgert. »Du bist einen Schritt zu weit gegangen.«

Ich hasse die Tatsache, dass meine Waffen nutzlos sind, aber ich kann auch sehr gut mit roher Gewalt umgehen. Mit einem Ruck befreie ich mich aus seinem Griff und hole mit der Hand aus. Peddle fängt meinen Hieb ab und umklammert mein Handgelenk, ich trete nach ihm, er verstärkt seinen Druck und drängt mich zurück. Ich stolpere rückwärts, versuche, die Oberhand zu gewinnen, als ich etwas Hartes im Rücken spüre und im nächsten Moment gegen einen Tisch gedrückt werde.

Aus dem Holz wachsen Ranken, die meine Gelenke umklammern und festhalten. Peddle drückt auch meinen anderen Arm nach unten und weicht dann keuchend zurück.

»Es reicht, beruhig dich!«, weist er mich verärgert an. Tatsächlich halte ich inne, höre auf, mich zu wehren, und zähle meine Atemzüge, meine schnellen Herzschläge. Schließe die Augen.

Der Dämon pocht ungeduldig in mir, aber ich warte noch einen Moment länger, sammele meine Kraft, bevor ich mich ruckartig losreiße und mit Wucht auf den Professor falle. Wir gehen gemeinsam zu Boden, rangeln kurz über die Oberhand, bis er erneut unfaire Methoden anwendet. Er legt eine Hand auf meine Brust und versetzt mir einen so heftigen Stoß, dass ich ihn bis in alle Knochen und Nerven spüre.

Ich fliege zurück und lande krachend auf dem Rücken, mein Herz stolpert und flattert unkontrolliert, ich bekomme keine Luft mehr. Peddle ist erneut über mir, den Ziegelstein in der Hand, der einst meine Waffe war.

Ich sterbe, ist alles, was ich denke, als er mir den Block mit voller Wucht ins Gesicht schlägt. Wieder und wieder. Ich spüre den Schmerz, schmecke Metall und Blut. Als sein Gewicht von mir verschwindet, realisiere ich es im ersten Moment kaum. Dann taucht Damiens Gesicht in meinem Blickfeld auf und ich weiß, dass ich nicht mehr allein bin.

Der Dämon zieht sich zurück und mein Herz nimmt seinen natürlichen Rhythmus ein.

»Kilian?!«, höre ich Damien panisch rufen. Ich hebe die Hand und taste mit den Fingern sein Gesicht nach, Blut fließt von der Wunde an meiner Stirn und tropft über meine Haut, aber alles, was ich fühle, ist seine Wärme. »Bitte. Steh auf. Los.«

Die Dringlichkeit in seiner Stimme veranlasst mich dazu, mich zusammenzureißen. Er rutscht von meinen Hüften und ich richte mich auf, komme auf die Beine und sehe mich nach Peddle um.

Damien ist nicht allein gekommen, Emilio und Landon stehen schützend vor uns, zwischen ihren Schultern blinzele ich zu dem Professor, der schwer atmend, den Ziegelstein noch in der Hand, zu uns starrt.

»Du solltest nicht hier sein, Landon«, sagt er rau. »Du solltest dich an den Pater halten.«

»Und du solltest meine Freunde nicht umbringen«, gibt Landon barsch zurück.

Peddle schnauft, der Ziegelstein verwandelt sich zu weißen Federn, die er sich vom Jackett klopft. »Die Sache ist unglücklich eskaliert«, gesteht er.

»Ja, so kann man das auch ausdrücken«, erwidert Landon.

Damien schiebt seine Finger in meine und ich spüre, wie er mir Energie schickt. Fast hätte ich aufgestöhnt bei dem frischen Wind, der durch mein Innerstes weht und die Heilung um ein Vielfaches beeinflusst. Als würde mein Blut wieder schneller und kräftiger pumpen.

Peddle neigt den Kopf und mustert uns zwischen Mios und Lans Schulter hindurch.

»Das solltet ihr nicht können«, stellt er fest und klingt dabei ehrlich überrascht. »Ihr entwickelt euch weiter.«

»Ist es nicht das, was Schöpfung tut?«, antwortet Emilio, während ich Damien ertappt meine Hand entziehe. »Sie lernt und dann lehnt sie sich auf.«

Peddle schnauft erneut auf diese dramatische Weise, als würde der ganze Weltschmerz auf seinen Schultern lasten. Vielleicht tut er das. »Es war Eva, die aus dem Paradies ausbrechen wollte.«

»Es ist kein Paradies, wenn man eingesperrt ist.«

»Eva wollte zu schnell zu viel. Das ist ihr Problem.«

»Vielleicht wolltest du zu wenig zu langsam«, erwidert Emilio.

Darauf schweigt sein Professor und sieht uns nacheinander eindringlich an. »Womöglich.« Das Wort aus seinem Mund hört sich in meinen Ohren schal an. »Jetzt geht, damit ich das Chaos beseitigen kann.«

Das geht nicht, wir müssen unsere Chance nutzen und ihn umbringen, es zumindest versuchen, noch einmal wenigstens. Aber als ich mich zu Damien umdrehe und die Sorge und Panik in seinen Augen erblicke, kann ich nicht anders. Er weiß, was ich denke, und auf sein leichtes Kopfschütteln lasse ich ergeben die Schultern sinken.

Es ist still im Auto. Landon sitzt am Steuer des Fieros, Emilio kann kaum die Augen offenhalten und ich starre wortlos aus dem Fenster, wo die Landschaft vorüberzieht.

»Wie schlimm sind die Schmerzen?«, hakt Damien nach. Ich reagiere nicht darauf, beiße nur die Zähne ein bisschen fester zusammen. Er seufzt und versucht es auf eine andere Weise. »Lan und ich waren gerade auf dem Rückweg von der Kirche, als Mio uns angerufen hat.«

»Gab es eine glückliche Familienzusammenkunft?«, fragt Mio vom Beifahrersitz aus.

»Nein. Der Pater hat sich wie ein Arschloch verhalten.«

Gut, dann stört es hoffentlich keinen der Anwesenden, wenn ich ihn umbringe. Wobei das sinnlos ist, solange Peddle auf der Liste des Teufels steht. Fuck. Wir müssen nicht nur Valerie zur Strecke bringen, sondern auch noch ihren verfickten Ehemann, der die gleichen Superkräfte wie sie besitzt. Dagegen erscheint mir die Bürde, Damiens Erzeuger und Landons Ziehvater umzulegen, geradezu idyllisch. Das könnte so einfach sein.

»Lass mich mal sehen.« Damien reißt mich aus meinen düsteren Überlegungen, als er sich vorbeugt und sacht meine Wangen umfasst. Ich lasse zu, dass er mein Gesicht zu sich dreht und sich die Platzwunde an der Stirn ansieht. So viel Wärme und Geborgenheit durchströmen mein Innerstes. Das macht mich schwach. Das weckt in mir den sehnsüchtigen Wunsch, die Augen zu schließen und aufzuhören, zu kämpfen.

Er beugt sich vor und ich erwarte einen Kuss, mein ganzes Gesicht kribbelt bereits, doch er sieht mich nur an. »Wieso hast du das im Alleingang getan, Kian? Ich verstehe es nicht. Ich dachte, wir machen ab sofort alles zusammen.«

Ich will ihm antworten, weil er so offen und verletzlich wirkt, und aus genau diesen Gründen bleibe ich lieber stumm.

Es ist Emilio, der sich in seinem Sitz herumdreht und zu uns schaut. Ihm habe ich erzählt, weswegen wir Peddle umbringen müssen, er weiß, wie wichtig dieser Auftrag ist. Doch statt Enttäuschung erkenne ich Zuversicht in seinem Gesicht.

»Es gibt einen anderen Weg«, meint er schlicht. »Wir finden gemeinsam eine Lösung.«

Gottverdammter Optimist.

Niemals hätte ich gedacht, dass diese Worte mir so viel bedeuten könnten.

KAPITEL 33

LANDON

All meine Sachen sind beim Pater, doch es fühlt sich falsch an, dorthin zurückzukehren.

»Beherbergst du mich für heute Nacht?«, frage ich Damien deshalb mit einem Lächeln, als wir alle in dessen Apartment stehen.

Er schnaubt. »Ich fürchte, ich werde dich nicht mehr los, Kleiner.« Sein Tonfall klingt ungewohnt sanft, er legt einen Arm um meine Schultern und drückt mich kurz an sich. »Außerdem brauche ich dich, um die zwei Idioten wieder auf Kurs zu bringen.«

Ich folge seinem Blick in Richtung Wohnzimmer zu Emilio und Kilian, die beide erschöpft auf der Couch hängen. Kilian hält sich eine kühle Flasche Coke an die Platzwunde an seiner Stirn, Mio hat die Augen geschlossen und eine Hand über seine Lider gelegt, als würde er das Tageslicht nicht ertragen.

»Herrliche Aussichten«, erwidere ich trocken, dabei schlägt mein Herz bereits schneller bei der Vorstellung. Allein, weil Damien mich berührt, fühle ich ein leises Feuer in meinem Magen knistern.

»Ich mache Essen«, erklärt Damien und lässt mich los, wobei er liebevoll über meinen Hinterkopf streicht. »Willst du in der Zwischenzeit etwas trinken?«

Ich stimme zu und er gibt mir eine Coke aus dem Kühlschrank, bevor er sich ans Werk macht und ich zu Emilio schlendere. Er reagiert nicht, als ich mich an seine Seite kuschele.

»Hi«, raune ich und neige den Kopf, um seinen Hals zu küssen. Ihm entkommt ein zufriedenes Brummen, er nimmt die Hand runter und blinzelt zu mir.

»Womit habe ich das verdient?«, fragt er seltsam ernst. Ich schmunzele dennoch.

»Nun, ich will nicht, dass du stirbst.«

Langsam wendet er sich mir zu, umfasst meine Hüften und drängt mich rücklings auf die Couch. Sein Gewicht drückt angenehm auf mich. »Ein guter Grund, um mich zu vögeln, hm?«, wispert er und lässt die Hände unter meine Klamotten wandern.

Ich zucke kurz zusammen, als der Energiefluss so abrupt angezapft wird, seufze dann und schließe genießerisch die Augen. Emilio senkt den Kopf und fährt mit den Lippen über meinen Hals, sucht nach einer passenden Stelle, um mich zu markieren. Noch mehr Energie fließt, schneller und drängender.

»Mach mal langsam«, ruft Kilian uns vom Sessel aus zu. »Gott, selbst aus der Entfernung sehe ich, dass ihr das völlig verkehrt angeht.«

Blinzelnd öffne ich die Augen, drehe den Kopf und funkele ihn an. »Komm doch her und hilf uns, wenn wir alles falsch machen.«

Kilian hebt eine Augenbraue und sieht sich kurz nach Damien um. Von dort bekommt er offenbar eine stillschweigende Bestätigung, denn er erhebt sich gemächlich und kommt auf uns zu. Damit habe ich nicht gerechnet, weswegen ich fragend zu Emilio blicke, der jedoch nur ein freches Grinsen auf den Zügen hat. Also gut. Er scheint einverstanden zu sein.

»Macht mal Platz.«

Ich richte mich halb auf, damit Kilian sich setzen kann. Er drückt meinen Kopf in seinen Schoß und beugt sich halb über mich. Ein bisschen getrocknetes Blut klebt noch an seiner Schläfe, er ist blass und fertig, aber als er verwegen die Mundwinkel zu einem Lächeln hochzieht, werde ich von seinem Charme umgehauen.

Gott, vergibt mir. Incubi sind einfach zu gut in dem, was sie tun.

»Bekommst du Angst oder warum schlägt dein Herz plötzlich so laut?«, fragt er mich.

Ich lache nervös auf. »Ich bereue gerade mein vorlautes Mundwerk.«

»Jetzt gibt es kein Zurück mehr«, sagt Emilio scherzhaft und streicht gleichzeitig beruhigend über meine Haut. Er rollt das Shirt ein Stück hoch und platziert seine Lippen auf meinem Bauch, küsst sich einen Weg höher.

»Du bist zu stürmisch«, geht Kilian dazwischen und greift in Mios Haar, um ihn davon abzuhalten. »Keine Sorge, er läuft dir schon nicht weg. Mach langsam.«

Mein Freund brummt unzufrieden. »Das sagt sich so leicht.«

»Es ist, wie eine Mahlzeit zu sich zu nehmen. Wenn du sie runterschlingst, kriegst du am Ende nur Bauchschmerzen.«

»Oh, vergleich mich ruhig weiter mit Essen, dann fließt gar keine Energie mehr«, gebe ich trocken zum Besten.

Kilian lacht leise. »Entschuldige, Süßer. Ignorier meine Erklärungen für Emilio.«

»Zeig mir doch, wie es geht, statt nur darüber zu reden«, fordert Mio ihn unvermittelt auf.

Kilian zögert keine Sekunde, als habe er nur auf die Erlaubnis gewartet. Ich sehe hoch zu ihm und mein Herz macht einen Satz, als er meine Wangen umfasst. Er beugt sich langsam herunter und küsst mich. Es ist ungewohnt, einen Kuss kopfüber zu bekommen, noch überraschender ist jedoch die Sanftheit.

Meine bisherigen Küsse mit Kilian waren vieles, aber nicht zärtlich. Dieser hier schon. Er beißt sacht in meine Unterlippe, saugt daran und lässt die Zunge in meinen Mund gleiten. Gemächlich fließt Energie, mein Herz und Puls beruhigen sich. Aus Reflex strecke ich die Hand aus, um ihn zu berühren, doch Emilio fängt meine Finger ab und dirigiert sie in sein Haar. Ein Kribbeln erfasst mich, als er den Kopf senkt und wieder meinen Hals küsst, dieses Mal genauso langsam, wie Kilian gerade meinen Mund in Beschlag nimmt.

Kilian lässt von mir ab und auch Emilio vollendet seinen Knutschfleck, ein hungriger Glanz liegt in seinen Augen. Zumindest wirkt er nicht mehr ganz so kraftlos.

»Willst du weitermachen?«, fragt Mio mich mit rauer Stimme. Ich nicke nur atemlos.

»Sag es«, raunt Kilian mir zu.

»Ich will weitermachen.«

»Mehr«, verlangt er. »Konkreter.«

»Ich will euch spüren.«

»Beide?«

»Ja.«

»Auf welche Weise?«

»Ganz egal. Ihr entscheidet.«

»Guter Junge.« Kilian tätschelt meinen Kopf und bringt mich dann dazu, mich halb aufzurichten, damit er aufstehen kann. Er verschwindet kurz im Schlafzimmer und ich sehe hinüber zu Damien, der auf Kilians Lieblingssessel Platz genommen hat und uns beobachtet.

»Wie lange bist du denn hier?«, frage ich flapsig.

Er lächelt verrucht und stellt die Beine ein wenig weiter auseinander, wobei mein Blick unwillkürlich auf die Beule in seinem Schoß fällt. »Lange genug.«

Kilian kommt zurück und wirft Emilio Gleitgel und Kondome zu. »Weißt du, wie man damit umgeht?«, fragt er ihn herausfordernd.

Emilio schmunzelt darüber nur. »Das wird Landon gleich herausfinden, nicht wahr, Baby?«

Ein nervöses Lachen entkommt mir. »Sei vorsichtig.«

»Klar. Schlag mir einfach ins Gesicht, wenn ich aufhören soll. Aber mach dasselbe nicht bei Kilian. Der steht darauf.« Er beugt sich vor und haucht mir einen unschuldigen Kuss auf die Lippen, bevor er nach meinem Pullover greift und ihn mir samt dem T-Shirt darunter auszieht.

»Umdrehen«, befiehlt Kilian.

»Sollte ich nicht zuerst ...«

Okay, diese Anweisung war offenbar nicht an mich gerichtet, denn es ist Emilio, der mich ohne große Mühe auf den Bauch dreht. Ich keuche überrascht, stütze mich auf die Unterarme und blinzele zu Kilian hoch, der amüsiert zurückschaut.

»Aufrichten. Geben wir dir was zu tun, während Emilio dich vorbereitet«, schlägt er vor.

Ich knie mich hin, Mio fasst um mich und knöpft die Jeans auf, bevor er mir die Hose langsam über die Hüften zieht. Gleichzeitig sehe ich dabei zu, wie Kilian es sich auf der Couch vor mir gemütlich macht und seinen Reißverschluss öffnet. Trocken schlucke ich, als er eine Hand hineinschiebt und über seinen Ständer reibt. Emilio hinter mir beißt sacht in meinen Oberschenkel, küsst mich versöhnlich auf die Stelle und lässt die Lippen dann weiter höher gleiten.

Ich bin ein wenig überfordert von den vielen Sinneswahrnehmungen. Es fühlt sich an wie auf Drogen, nur besser. *Echter.*

Mein Herz schlägt mir bis zum Hals, als ich zurück in Kilians Gesicht sehe.

»Willst du meinen Schwanz in den Mund nehmen?«, fragt er rau.

Ich nicke.

»Worte, Landon.«

»Lass mich dich schmecken«, bitte ich heiser und greife nach seinem Handgelenk, damit er aufhört, sich zu berühren. Das will ich für ihn übernehmen.

»Fuck, Lan«, flucht Emilio hinter mir und schiebt die Boxershorts herunter. »Diese Worte solltest du besser zu keinem anderen Mann außerhalb dieses Raumes sagen.«

Ich helfe ihm, meine störenden Klamotten loszuwerden, und schenke ihm dabei einen flüchtigen Blick über die Schulter. Er beugt sich vor und küsst mich stürmisch auf den Mund. Dann umfasst bereits Kilian meine Wange und dreht mein Gesicht zurück zu sich.

»Konzentration, Kleiner«, fordert er. »Mio macht sein Ding. Du bleibst bei mir, verstanden?«

»Zieh endlich die verdammte Hose aus, Herrgott.«

Er lacht leise und strubbelt mir sanft durchs Haar. »Sieh mal an, Pfarrerssohn.«

Zum Glück lässt er mich nicht länger bitten und befreit seine Härte, was mich gerade rechtzeitig ablenkt, als Mios feuchte Finger meinen Eingang umkreisen. Kurz beiße ich mir auf die Unterlippe, um mich an die Empfindung zu gewöhnen, dann umfasse ich Kilians Schaft mit einer Hand und beuge mich vor, um ihn mit den Lippen nachzufahren.

Kilian stöhnt auf und legt den Kopf zurück. Ich schmecke seine Erregung, nehme die Zunge dazu und arbeite mich von oben nach unten. Mio schiebt zur gleichen Zeit einen und dann zwei Finger in mich, bewegt sie gemächlich. Ein heißkalter Schauer durchfährt mich.

»Wie fühlt sich das an?«, fragt er raunend.

»Er kann gerade nicht sprechen«, antwortet Kilian für mich und drückt meinen Kopf zurück in seinen Schoß, als ich mich aufrichten will. »Weitermachen. Du kannst Emilios Ego später streicheln.«

Ein Grinsen verzieht meine Lippen, ich schiele hoch zu Kilian, der mich mit einem Funkeln in den Augen mustert. Erste Lusttropfen bilden sich auf seiner Eichel, ich hebe den Kopf so weit, dass ich sie schmecken kann, nehme seine Spitze in den Mund, sauge sacht. Kilian stöhnt wieder und greift in mein Haar.

Mio fickt mich mit seinen Fingern, ich glaube, es sind inzwischen drei, obwohl ich nicht gemerkt habe, dass er weitergegangen ist. Fuck, ich war noch nie so schnell bereit. Dieser lustvolle Rausch, in den die beiden Incubi mich bringen, ist neu und droht mich mit einem Strudel mitzureißen.

»Gott, Landon.« Emilios Lippen fühlen sich glühend auf meiner Haut an. »Ich will jetzt in dir sein. Du bist so gottverdammt heiß.«

Ich kann nicht protestieren und möchte es auch gar nicht, die Erregung in mir hat bereits ihren Höhepunkt erreicht. Ich habe das Gefühl, gleich zu explodieren, wenn er mich nur ein weiteres Mal berührt.

»Vorsichtig jetzt, Emilio«, weist Kilian an und dirigiert meinen Kopf tiefer auf seinen Schwanz. Ich gebe mein Bestes, um ihn zu schlucken. »Wir dürfen nicht gleichzeitig zu viel Energie von ihm abzapfen. Beherrsch dich.«

»Keine Sorge, Baby. Ich passe auf.«

Seine Worte rieseln warm und weich auf meine Haut und im nächsten Moment spüre ich ihn bereits. Ich stöhne um Kilians Schwanz, verharre kurz und genieße, wie er mich Stück für Stück ausfüllt. Schmerz gepaart mit Lust, mit Hingabe und Vertrauen.

»Fuck, ja, fühlst du dich gut an«, murmelt Emilio und stößt langsam zu. Kilians Griff um mein Haar wird fester und er dirigiert mich, weiterzumachen. Blinzelnd fokussiere ich mich zurück auf ihn, nehme die Hand dazu und wichse ihn, während ich lecke und sauge.

So viele Empfindungen durchströmen mich. Der Fluss der Energie, die alles verzehrende Lust, die innige Vertrautheit zu beiden Männern, Mios Finger auf meiner Haut, Kilians in meinem Haar. Ihr Stöhnen und Keuchen.

Sterne tanzen vor meinen Augen und ich höre auf, zu sehen, zu riechen, zu schmecken. Ich fühle nur noch und das so intensiv wie nie zuvor in meinem Leben. Alles geht in einem Rausch unter.

Erst als Kilian sich in meiner Kehle ergießt, komme ich allmählich zurück von dem Hochgefühl. Sein Geschmack flutet meine Geschmacksknospen und ich schlucke, so gut es in dieser Position geht.

»Gut gemacht, Kleiner«, flüstert er mir zu. Emilio verharrt kurz in mir, als Kilian sich sacht zurückzieht und von der Couch aufsteht. Ohne zurückzusehen läuft er zu Damien hinüber.

Emilio legt eine Hand in meinen Nacken und stößt erneut in mich, was mich hilflos wimmern lässt. Mein eigener Schwanz pocht inzwischen ungeduldig, ich bin bereits schmerzhaft nah an einem Orgasmus.

Mio presst mein Gesicht auf das Polster der Couch, aber so, dass ich einen guten Blick auf Damien und Kilian habe. Kilian hat sich wortlos vor Damien gekniet.

»Sieh zu, wie er den Blowjob weitergibt«, raunt Emilio mir amüsiert zu. »Während ich mich ganz um dich kümmere.«

Fuck, das ist mein Ende. Von ihm gefickt zu werden und dann dieser Live-Porno unmittelbar vor mir … Das ist, als würde mein wildester feuchter Traum plötzlich wahr werden.

»Ich liebe dich, Landon Grayson«, flüstert Emilio mir ins Ohr. So leise, dass nur ich es hören kann.

Ich will irgendetwas darauf erwidern, aber dann macht Emilio sein Versprechen wahr, sich ganz um mich zu kümmern, und ich vergesse, was Worte sind.

Zurück bleibt nur das feurige Gefühl in meinem Inneren. Die tiefe Dankbarkeit, Teil dieses Rudels zu sein, Teil von ihm. Und der sehnsüchtige Wunsch danach, perfekte Momente wie diese für immer festzuhalten.

KAPITEL 34

EMILIO

Damien braucht dringend ein größeres Bett.

Kilian schlägt mir den Ellenbogen ins Gesicht, als er sich herumdreht, woraufhin ich endgültig aus meinem Schlaf gerissen werde. Mürrisch steige ich über Landon und verlasse das *Familienbett*, um zur Küche zu laufen.

Die Helligkeit des anbrechenden Tages trifft mich mit voller Wucht, als ich aus dem verdunkelten Schlafzimmer trete. Wow, es ist bereits morgen. Es fühlt sich an, als habe ich nur kurz die Augen geschlossen. So gut habe ich schon lange nicht mehr geschlafen.

Ich werkele an Damiens teurer Kaffeemaschine herum, bis der Duft von frisch gebrühtem Kaffee durch das Apartment strömt und die anderen weckt. Nach und nach schließen sie sich mir an. Erst Landon, der die Arme um mich schlingt und das Gesicht an meinem Hals vergräbt, dann Damien und Kilian, die sich zu uns gesellen.

Niemand spricht, ich mache Kaffee für alle und nippe an meiner Tasse. Lans lautes Magenknurren durchbricht schließlich die genügsame Stille.

»Hast du Hunger?«, frage ich amüsiert und blicke auf seinen Haarschopf, da er sich immer noch an mich drückt.

Er brummt leise. »Damien hat mir ein Essen versprochen, das ich nie bekommen habe.«

»Entschuldige, ich wurde abgelenkt«, verteidigt dieser sich. »Komm, dafür mache ich dir Frühstück. French Toast mit Blaubeeren und Joghurt?«

»Nur, wenn du Blaubeeren durch Schlagsahne und Joghurt durch mehr Schlagsahne und French Toast durch Waffeln ersetzt.«

Damien schnaubt amüsiert. »Also gut.« Er macht sich ans Werk und ich beobachte ihn eine Weile dabei. Es hat irgendwie etwas Beruhigendes, seine Bewegungen zu verfolgen.

Erst, als Lan sich von mir löst, werde ich aus der Ruhe gerissen. Er gibt mir einen unschuldigen Kuss auf die Lippen. »Ich gehe solange unter die Dusche«, entscheidet er.

»Mhm, musst du nicht.« Ich halte sein Gesicht fest und vertiefe den Kuss. »Ich mag es, wenn du nach Rudel riechst.«

Er schnaubt trocken. »Ja, sicher. Soll ich mich jetzt gar nicht mehr waschen?«

»Nein.«

Spielerisch knufft er mich in die Seite und befreit sich aus meinem Griff. Lächelnd sehe ich ihm nach, bevor ich mich Kilian zuwende. Eigentlich will ich fragen, wie es ihm geht, aber sein Blick ist so gedankenverloren auf Damien gerichtet, dass ich ihn lieber nicht aus seinen Träumereien reiße. Jedenfalls sieht er schon deutlich besser aus als zuvor, die Platzwunde ist verschwunden und sein Gesicht hat wieder Farbe bekommen.

»Was?«, fragt Damien sanft, dem Kilians Blick nicht entgangen ist.

»Was soll sein?«, gibt dieser zurück.

»Du starrst mich an.«

»Na und? Ich sehe dich eben gerne an.«

Fast schon verlegen senkt Damien den Blick und lächelt. Ich ebenfalls. Niemals hätte ich gedacht, dass es mich so beflügeln würde, andere Menschen verliebt zu sehen. Ich bin nicht Teil ihrer Beziehung und sie nicht Teil meiner mit Landon und gleichzeitig ... doch. Es ist schwer, zu greifen.

Als Landon zurück in die Küche kommt und ich in sein Gesicht blicke, gefriert meine Miene.

Es hätte mir klar sein sollen, dass diese zufriedene, glückliche Blase nicht lange bestehen bleibt. Nur hätte ich nicht damit gerechnet, dass es weniger als zwölf Stunden dauert.

Irgendetwas ist passiert. Er war offenbar nicht duschen, hält jetzt aber sein Handy fest umklammert und kämpft mit seinen Emotionen. Sofort stelle ich meine Tasse ab und laufe auf ihn zu.

»Hey. Was ist passiert?«

»Der Pater hat mir geschrieben«, bringt er hervor und hält mir sein Handy hin. Ich überfliege die Nachrichten, die schon gestern Abend angekommen sind.

»Ely wurde verletzt«, fasse ich für die anderen zusammen. »Sie wurde von Gideons Rudel angegriffen. Ihr Zustand ist kritisch.«

»Ich muss sofort zu ihr«, entscheidet Landon und macht auf dem Absatz kehrt, um seine Klamotten zu holen.

Zweifelnd sehe ich zu den Jungs, deren Ausdruck ebenfalls ernst geworden ist.

»Das klingt wie eine Falle«, mutmaßt Kilian. »Als würden sie uns irgendwo hinlocken wollen.«

Das gefällt mir ganz und gar nicht. »Ich werde ihn begleiten«, entscheide ich.

»Nein.« Landon kommt, nun angezogen, wieder in die Küche. Offenbar hat er unser Gespräch mit angehört. »Ich glaube nicht, dass der Pater mit solchen Informationen spielen würde. Ich muss hin und nachsehen, wie es Ely geht.«

»Natürlich, Baby«, sage ich sanft und strecke die Hand nach ihm aus. »Fahren wir gleich los.«

Einen Moment starrt er auf meine Finger, dann schüttelt er barsch den Kopf. »Ich gehe allein. Die Jäger und vor allem Ely würden keinen Dämon in der Nähe haben wollen.«

»Ich bringe dich hin und warte im Auto, falls du Hilfe brauchst.«

»Nein. Ich schaffe das schon, Emilio.«

»Ich weiß, aber …«

Er lässt mich nicht ausreden, sondern stapft an mir vorbei und schnappt sich die Schlüssel zu meinem Fiero. Ich folge ihm. »Lan, hör mir bitte kurz zu.« Sacht greife ich nach seinem Arm, bevor er die Tür erreicht.

»Ich kann nicht!«, fährt er mich an. Er blinzelt die Tränen weg. »Ich habe Ely gesagt, dass wir keine Freunde mehr sind und ich ihr nicht vertraue. Das können nicht meine letzten Worte an sie gewesen sein. Ich muss zu ihr.«

Tief atme ich durch und drücke meine Sorge um ihn herunter. »Also gut. Aber wir sind hier, wenn du etwas brauchst, okay?«

Er nickt knapp und geht ohne eine weitere Verabschiedung. Ich balle die Hände zu Fäusten und drehe mich zum Rest des Rudels. Einen Moment herrscht Stille.

»Nun«, sagt Kilian schließlich. »Gehen wir los und finden heraus, was es damit auf sich hat.«

Ich bin bereit, Gideon dazu zu bringen, uns ein paar Fragen zu beantworten, doch wir treffen ihn gar nicht an. Damien bringt uns in seine Loftwohnung, die mitten im angesagtesten Viertel der Stadt liegt. Das hohe Backsteingebäude hat einen alten Charme, das Innere ist jedoch komplett renoviert und neuwertig.

»Wen darf ich ankündigen?«, fragt der Portier mit skeptisch in die Höhe gezogener Augenbraue, als wir an seinen Empfangstisch treten.

»Sorry, keine Zeit dafür«, entgegen Kilian und schlägt mit der Faust die kugelsichere Scheibe ein, die uns trennt. Selbst ich zucke zusammen, weil ich nicht mit so viel roher Gewalt gerechnet hätte.

»Sicherheitsdienst!«, krächzt der alte Mann noch, als Kilian ihm eine silberne Karte entreißt, die um seinen Hals baumelt. Damit stolziert er Richtung Ausgang.

»Entschuldigen Sie die Unannehmlichkeiten«, sage ich versöhnlich zu dem Portier.

»Emilio!«, ruft Kilian verärgert, als er die Karte an den Scanner des Aufzuges hält. Ich beeile mich, ihm zu folgen. Gerade, als die Türen sich wieder schließen, kommen zwei bewaffnete Männer von der Security und rufen uns etwas zu, aber da fahren wir schon nach oben.

»Wir können mit dem Universalschlüssel direkt in Gideons Loft, also macht euch bereit«, erklärt Kilian.

»Okay.« Ich mache einen Schritt vor die anderen. »Bleibt hinter mir.«

»Wieso sollten wir?!«

»Ähm ...«

»Spar dir deinen Beschützerinstinkt für Landon«, brummt Kilian und schiebt mich demonstrativ hinter sich. Ich werfe einen Blick zu Damien, der nur mit den Augen rollt. Scheinbar akzeptieren wir Kilians Machogehabe für diesen Moment.

Meine Muskeln spannen sich an, als wir immer höher fahren und schließlich anhalten. Der Fahrstuhl pingt, die Türen schieben sich langsam auf und ... nichts.

Ein leeres Apartment.

Vorsichtig treten wir ein, ich sehe mich auf der weitläufigen Fläche um, in der alles durch verwinkelte Regale abgetrennt wird. Alles ist ruhig, es scheint niemand da zu sein, doch ich spüre, dass etwas nicht stimmt.

Meine Nackenhaare stellen sich auf, mein Magen sackt zusammen und ich halte unwillkürlich inne und lausche. Abrupt fasse ich Kilians Arm, als er weiter in den Raum hineingehen will.

»Nicht«, warne ich ihn.

Schwarzer Rauch taucht vor uns auf und aus dem Schatten heraus lassen sich zwei Umrisse erkennen. Einer von ihnen ist Gideon, er hat den Arm auf die Schulter eines jungen, blassen Mannes gelegt, dessen Blick hungrig und leer wirkt. Ein Incubus, wie mir sofort auffällt. Alles an seiner Aura schreit *Dämon*.

»Oh«, entfährt es Kilian. »Dich kenne ich.«

Der Fremde fokussiert ihn manisch, etwas flackert in seinen Augen auf. »Du hast mich umgebracht«, sagt er tonlos.

»Stimmt.«

Der Mann stürmt auf ihn zu, doch er ist geschwächt und offenbar ein Frischling, denn Kilian wehrt ihn ohne große Mühe ab und befördert ihn zu Boden.

»Zu meiner Verteidigung«, erklärt Kilian unbeeindruckt, »du hast dich wie ein homophobes Arschloch verhalten, als wir uns auf der Straße begegnet sind, und ich musste noch ein paar Leute für Lucifer umbringen. Es hat sich so ergeben.«

Der Typ ächzt leise und stützt sich auf dem Boden ab, will sich aufrichten, doch ihm scheint die Kraft zu fehlen. Er spuckt einen Klumpen Blut. »Verfickte Schwuchtel«, speit er.

Kilian holt ohne eine Miene zu verziehen ein Messer aus seiner Jacke. Ich bewege mich schnell und halte sein Handgelenk fest, bevor er dem armen Kerl die Klinge in den Rücken rammen kann. Er blinzelt mich an.

»Lass mich«, presst er hervor.

»Nein«, erwidere ich. »Siehst du nicht, dass er am Ende ist? Man prügelt nicht auf einen sterbenden Hund ein.«

Kilian knirscht sichtlich mit den Zähnen. »Das hast du nicht zu bestimmen.«

»Ich bitte dich, es nicht zu tun.«

Zwei Herzschläge lang starren wir uns noch an, dann lasse ich ihn vorsichtig los und trete zur Seite. Zu meiner Erleichterung, lässt Kilian das Messer sinken, behält den Fremden aber weiterhin im Blick. Dieser zittert wie Espenlaub.

»Verdammte Junkies«, brummt Gideon mit einem abfälligen Augenrollen. »Sie brauchen selbst nach dem Tod ihren Stoff.«

»Wer ist das und warum ist er bei dir?«, verlangt Damien zu wissen, die Arme vor der Brust verschränkt.

»Das ist Jack. Lucifer hat ihn meinem Rudel zugeteilt.« Gideons Stimme klingt lapidar, fast gelangweilt, aber ich traue dem nicht. Irgendetwas läuft hier gewaltig schief. »Gibt es einen bestimmten Grund, warum ihr in mein Zuhause einbrecht?«

»Was sollte die Sache mit der Jägerin?«, hakt Damien nach.

»Oh, ihr beschützt plötzlich die Jäger?« Gideons Lachen klingt kalt und abweisend. »Ihr solltet euch besser auf eure Aufgabe konzentrieren, bevor der kleine Pfarrerssohn durchdreht. Passiert den

Besten, wenn man den Pakt mit dem Teufel nicht erfüllt.«

»Warum ausgerechnet Ely?«, entkommt es mir.

»Es war Jacks Aufgabe.« Gideon blickt zu seinem am Boden liegenden Schützling, der es aufgegeben hat, sich aufzurichten. »Sein Opfer für den Teufel. Das bringt man im Idealfall direkt hinter sich.« Er fokussiert mich und ein kaltes Lächeln umspielt seine Mundwinkel. »Aber nicht du, Emilio, nicht wahr? Dein Rudel hat dich ausharren und hoffen lassen.«

»Du weißt nicht, wovon du redest«, wirft Kilian barsch ein und macht einen Schritt rückwärts. »Verschwinden wir. Das hat doch keinen Sinn.«

Nein. Ich will hören, was Gideon zu sagen hat, auch wenn mein Herzschlag bereits jetzt schmerzhaft fest dröhnt. »Ich weiß nichts von einem Opfer«, erwidere ich. Das stimmt nicht ganz. Ich habe etwas gehört in einer verschwommenen Erinnerung und das sollte keine Rolle spielen.

Nur, dass es das doch tut. Genau in diesem Moment.

»Töte für dich selbst, so lautet die erste Aufgabe«, prophezeit Gideon und verschränkt die Hände hinter dem Rücken. »Töte für den Teufel, die zweite. Erst damit ist deine Veränderung abgeschlossen, du verkaufst deine Seele und machst Platz für den Dämon. Wir alle haben eine Wahl, es nicht zu tun.«

Ganz langsam drehe ich den Kopf zu meinem Rudel, sehe in Damiens Rehaugen und dann in Kilians Grüne. Beide bleiben stumm.

»Wie auch immer. Ihr habt jetzt genug Zeit, das zu bereden.« Gideon tritt vor und greift nach Jacks Handgelenk, zieht ihn schwerfällig auf die Beine und legt sich dessen Arm um die Schulter, um ihn zu stützen.

»Was soll das heißen?«, fragt Damien ihn stirnrunzelnd.

»Da hat jemand eine Rechnung mit euch offen«, erklärt er scheinheilig. Sein kaltes Grinsen bleibt mir im Gedächtnis, bevor er gemeinsam mit Jack zurück in die Schatten tritt. Kilian springt noch vor und rammt sein Messer in die Luft, aber es ist zu spät. Sie sind bereits weg.

»Wir müssen zu Landon«, entscheidet Kilian knapp und hämmert auf den Aufzugknopf. »Emilio. Komm.«

Nein. Ich bleibe stocksteif stehen, die Hände zu Fäusten geballt, und sehe mich in dem Raum um. Versuche herauszufinden, was hier nicht stimmt. Was es mit diesem Gefühl auf sich hat, das mich schon beim Betreten heimgesucht hat.

»Es ist nicht so, wie du denkst.« Damien macht vorsichtig einen Schritt auf mich zu. Aus dem Augenwinkel bemerke ich seinen besorgten Blick. »Dieser Mord für Lucifer ist keine Wahl, sondern eine Notwendigkeit. Wir alle haben es tun müssen. Wir haben dir nur nichts gesagt …«

»Weil ihr feige und egoistisch wart.«

Diese Worte kommen von einer dunklen Gestalt, die sich jetzt aus dem Schatten des Lofts löst und gemächlich auf uns zutritt. Sämtliche Muskeln spannen sich an, als ich in das Gesicht meines Professors blicke. Peddle. *Adam.*

»Die Wahrheit ist, dass Emilio sehr wohl eine Wahl hatte«, fährt er fort. »Der Exorzismus des Paters hätte funktioniert. Aber Lucifer wäre durchgedreht, wenn er einen seiner Schützlinge verloren hätte, und da hätte euch eine Bestrafung erwartet, was ihr natürlich wusstet, nicht wahr? *Egoistisch.*« Er spuckt das letzte Wort förmlich aus.

Ich balle die Hände zu Fäusten. Das war eine Falle. Gideon wusste, dass wir herkommen, wenn er einem von Landons Freunden etwas antut. Und Adam musste nur ausharren und warten, bis wir da sind.

»Wir haben Emilio nicht gezwungen, zu töten. Das war Lucifer«, gibt Kilian ebenso bissig zurück und haut blindlings noch einmal gegen den Knopf, um den Aufzug zu holen.

»Aber ihr hättet es getan«, hält Adam dagegen. Ein berechnendes, kaltes Lächeln tritt auf seine Züge. »Spar dir die Mühe. Ihr seid hier mit mir eingesperrt. Es gibt kein Entkommen.«

»Was willst du von uns?«, fragt Damien ruhig und diplomatisch. Er macht ein paar Schritte vor uns und Kilian neben mir spannt sich sofort merklich an. »Wieso sind wir hier?«

»Ich habe vor, das, was meine Frau angerichtet hat, wiedergutzumachen«, erklärt er bedächtig. »Lucifer und seine Dämonen müssen sterben. Daran führt kein Weg vorbei.«

»Dann willst du uns töten?«, hake ich spöttisch nach. »Warum hast du es nicht gestern im Vorlesungssaal getan? Hattest du Angst, deinen guten Ruf zu verlieren?«

Seine Mundwinkel zucken und erheben sich zu einem humorlosen Lächeln. Seine Augen bleiben ganz kalt. »Ich habe nur wegen Landon aufgehört. Er ist ein gutes Kind.«

»Er ist ein Mann und wir müssen jetzt zu ihm, um ihn zu beschützen«, fährt Kilian ihn an, macht einen Schritt vor und pfeffert sein Messer in Adams Richtung. Mein Herz macht einen Satz, aber dann realisiere ich, dass er nicht Peddle im Visier hatte, sondern eines der großen Fenster hinter ihm. Offenbar will er austesten, ob wir hier wirklich eingesperrt sind.

Doch das Messer erreicht sein Ziel nicht, Adam hebt gemächlich, fast schon gelangweilt, einen Arm und die Waffe löst sich in Federn auf.

»Landon wird sich selbst beschützen können«, behauptet er. »Und nein, ich werde euch nicht umbringen, Emilio. Eure eigenen Entscheidungen und Handlungen werden das für mich übernehmen.«

Noch bevor er den Satz beendet hat, spüre ich plötzlich ein unbändiges Brennen. Ich fasse mir an den Arm, an dem Lucifers Mal prangt und mich an meinen Pakt mit ihm erinnert.

Damien und Kilian fahren beide zu mir herum und starren mich an. Sie begreifen, was das bedeutet.

Etwas bricht in mir, als ich sie ansehe. In die
Gesichter der Menschen, die ich so sehr liebe, dass
es wehtut. Schmerzlich. Bitterlich. *Tödlich.*
»Es tut mir leid«, flüstere ich heiser.
Ich weiß, dass ich diesen Kampf verlieren werde.
Erneut.
Ein letztes Mal.

KAPITEL 35

LANDON

Mein Herz schlägt dumpf und schmerzhaft, als die Türen sich zischend öffnen und ich das Krankenhaus betrete. Der Geruch von Desinfektionsmittel und Gummi brennt unangenehm in meiner Nase, als ich zum Empfangstresen trete.

Ich frage nach Eleonore Lohan und werde in den Westflügel geschickt. Beklommenheit nimmt mir beinahe die Luft zum Atmen, je näher ich Zimmer 2.03 komme. Bevor ich die Tür erreiche, höre ich eine vertraute Stimme.

»Landon.«

Stocksteif bleibe ich stehen, nehme einen klärenden Atemzug und drehe mich schließlich zum Pater herum. Er ist ungesund blass und tiefe Ringe liegen unter seinen Augen. Ich wappne mich für eine Standpauke, Belehrungen oder Anschuldigungen, bin aber nicht bereit für die feste Umarmung, in die er mich zieht. Überfordert vergrabe ich das Gesicht an seiner Schulter. Warum fühlt sich das so vertraut und tröstlich an?

»Was ist passiert?«, frage ich.

»Cecily und sie wurden auf dem Rückweg vom *Flamin'* abgefangen und überwältigt.«

»Was ist mit Cecily?«

»Sie hat nur ein paar Schrammen und Blutergüsse davongekommen. Ely hingegen ...« Er räuspert sich und löst sich von mir, hält mich an den Schultern fest und sieht mich an. »Was ist mit dir? Ist alles in Ordnung?«

»Ja, mir geht es gut.«

»Du hast dich nicht mehr gemeldet ...«

Ich weiche seinem Blick aus und schlucke angestrengt. Ja, ich war beschäftigt damit, Sex zu haben, während meine Freunde angegriffen wurden.

»Darf ich zu Ely?«, frage ich.

»Natürlich.« Der Pater lässt mich los und wir setzen uns gemeinsam in Bewegung. »Cecily ist gerade bei ihr. Sie macht sich große Vorwürfe und ist offenbar traumatisiert von den Ereignissen. Vielleicht möchte sie mit dir darüber sprechen. Bisher haben wir nicht viel aus ihr herausbekommen.«

Wir biegen nach links in den Flur, als plötzlich die Deckenbeleuchtung über unseren Köpfen zu flackern beginnt. Abrupt bleiben wir stehen und sehen nach oben. Es betrifft nicht nur eine Leuchtstoffröhre, sondern kollektiv alle über die ganze Bandbreite hinweg. Eine kalte Gänsehaut breitet sich als böse Vorahnung in meinem Nacken aus.

»Was in Gottes Namen ...«

Der Pater kann seinen Satz nicht beenden, als die Erde unter unseren Füßen bereits zu beben beginnt. Überrascht stolpere ich gegen ihn und gemeinsam krachen wir an die Wand, Schreie werden um uns laut. Die Stühle in den Fluren kippen um, eine Tür fliegt auf und eine Krankenschwester stürmt hinaus.

»Ich brauche einen Arzt!«, ruft sie. »Schnell! Ein Herzstillstand!«

»Ist das ein Erdbeben?«, frage ich, als ich allmählich das Gleichgewicht wiederfinde. Der Pater richtet sich auf und verzieht schmerzhaft das Gesicht, als er die Schultern kreisen lässt.

»Ich befürchte nicht«, flüstert er und dirigiert mich zur Seite, um einem Arzt Platz zu machen, der mit einem Wiederbelebungswagen durch die Flure rast, wobei er durch das Rütteln gefährliche Schlenker macht. »Hast du dein Kreuz?«

Ertappt fasse ich mir an die leere Brust. Der Pater zieht seine eigene Kette aus und hängt sie mir schnell um. »Wir müssen nach unseren Leuten sehen.«

Wir laufen dicht an die Wand gelehnt los, ich spüre immer noch das bedrohliche Vibrieren in dem Beton unter meinen Fingern.

Ich muss Emilio und das Rudel anrufen, ist mein erster Gedanke. Egal, was hier los ist, sie können uns bestimmt helfen. Aber als ich nach meinem Handy taste, fällt mir siedend heiß ein, dass ich es in dem Fiero habe liegen lassen. Der steht noch vor dem Krankenhaus auf dem Parkplatz. *Shit.*

Wir kommen in den nächsten Flur, wo das Chaos uns mit voller Wucht trifft. Die Glasfront ist komplett zerstört, Splitter sind überall verteilt, eine Frau hat sich wimmernd zusammengerollt, um sie herum ist Blut. Unheilvoller Wind bauscht auf, der durch die offenen Fenster hereinströmt. Dichte graue Wolken brauen sich zusammen, es donnert und grummelt.

Ich reiße mich von dem Anblick los und renne zu der Frau. »Hey, können Sie aufstehen?«, frage ich. Sie hebt den Kopf und mustert mich mit tränenverschleierten Augen. Die Glassplitter haben sich in verschiedene Stellen ihres Körpers gebohrt, aber jetzt erkenne ich, dass das viele Blut von einer besonders tiefen Wunde in ihrem Bauch stammt.

Der Pater kniet sich zu mir. »Ich kümmere mich um sie«, sagt er. »Geh du weiter und sieh nach Ely.«

Ich nicke knapp und laufe los, dieses Mal ohne auf das Rütteln des Bodens zu achten. Zweimal stolpere ich und wanke immer wieder gefährlich, doch komme schließlich schlitternd von Raum 2.03 zum Stehen. Ich reiße die Tür auf und falle förmlich hinein, als mir bewusst wird, dass ich gerade rechtzeitig bin.

Zuerst fällt mein Blick auf Ely, die mit geschlossenen Augen und an Maschinen gefesselt daliegt, dann auf Cecily, die mit erhobenem Messer neben ihr steht. Eine große Schramme prangt an ihrer Wange, sie ist blass, sieht aber zu allem entschlossen aus. Schließlich entdecke ich den Dämon, der auf der anderen Seite des Bettes lauert und sich in dem Moment zu mir herumdreht.

Ich weiß auf Anhieb, dass er ein Incubus ist, seine dunkle, verdrehte Aura verrät ihn und alles an ihm kommt mir vage vertraut vor, auch wenn ich ihn noch nie gesehen habe.

»Was soll das hier?«, frage ich laut und husche zwischen Elys Bett und den Dämon. Sofort taste ich nach einer Waffe, nur um zu realisieren, dass ich überhaupt nichts bei mir trage. Ein Schwall Panik erfasst mich.

»Er ist hier, um Gideons Werk zu Ende zu bringen«, informiert Cecily mich und reicht mir glücklicherweise ein Messer. Den kühlen Griff zu umfassen gibt mir sofort das Gefühl von Sicherheit.

»Raus hier«, weise ich den Dämon mit fester Stimme an. Es wäre wirkungsvoller, würde sie nicht so zittern. »Bevor ich dich dazu bringe.«

Der Fremde hebt entwaffnend beide Hände. »Ich befolge nur Gideons Befehle«, sagt er überraschend ruhig. Ich kneife die Augen zusammen.

»Wer bist du?«, frage ich argwöhnisch. Wenn er aus Gideons Rudel stammt, warum kenne ich ihn dann nicht? Der Pater hat uns über alle Incubi in der Nähe aufgeklärt. Er kann aber auch nicht neu sein, dafür ist seine dämonische Aura zu natürlich.

Er antwortet mir nicht, starrt nur in mein Gesicht, ohne sich zu rühren. Ich werde ungeduldig.

»Was soll dieses Beben? Ist das dein Werk?«

Immer noch keine Antwort.

»Fuck, das reicht jetzt!«, werde ich lauter. »Raus hier! Fass meine Freunde nicht an!«

Der Dämon seufzt leise, fast ergebend. »Ihr müsst hier weg, Landon«, erklärt er. Ich zucke zusammen bei meinem Namen aus seinem Mund. Mein Nacken kribbelt unangenehm und ein seltsames Gefühl eines Déjà-vus überkommt mich.

»Raus aus dem Krankenhaus!«, weise ich ihn erneut an. Das wirkt, er hört endlich auf mich und verlässt, rückwärts laufend ohne mich aus den Augen zu lassen, das Zimmer. Sobald die Tür hinter ihm zufällt, drehe ich mich zu Cecily herum, deren Gesicht tränennass ist. Sie zittert und schnieft.

»Hey«, sage ich sacht und lasse den Dolch sinken. »Geht es dir gut? Hat er dich verletzt?«

»Landon …« Sie schlingt die Arme um ihren Oberkörper. »Es tut mir leid. Ich hätte es dir früher sagen sollen.«

Mein Magen sackt in sich zusammen. Eine Gänsehaut überkommt mich und mir wird schlecht, als wüsste mein Körper bereits, dass mich gleich etwas Schreckliches erwartet.

»Der Dämon … Clover …«, fängt sie an. »Das ist dein Vater. Sein echter Name ist Michael Heller.«

Die Erkenntnis triff mich wie ein Schlag. Zwei Atemzüge lang passiert gar nichts und dann fühle ich alles auf einmal. Ich mache auf dem Absatz kehrt und reiße die Tür auf, stolpere nach vorne und halte den Dämon im Flur auf, als er sich gerade davonmachen will. Mit ausdrucksloser Miene dreht er sich zu mir herum.

»Du hast meine Familie umgebracht«, stelle ich fest. *Du* bist *meine Familie.*

Er war mir die ganze Zeit so nah, scheinbar wussten es alle, nur ich nicht. Und er hat sich niemals die Mühe gemacht, mich zu kontaktieren. Mein Vater, der mir alles genommen hat.

Ein Teil von mir realisiert, dass das Beben plötzlich aufgehört hat, aber ich kann nur auf sein Gesicht achten, in dem sich keinerlei Regung abzeichnet, während in mir so viel passiert.

»Du kannst nicht hierbleiben«, erwidert er. »Es ist zu gefährlich. Geh, solange es noch nicht zu spät ist.« Er dreht sich herum und will abhauen, doch ich lasse ihn nicht. Ein Ruck geht durch meinen Körper, ich setze mich in Bewegung und packe seinen Arm, bevor er um die nächste Ecke verschwinden kann.

»Wieso machst du dir plötzlich Sorgen um mich?«, frage ich vorwurfsvoll. »Du hast dich niemals um mich gekümmert. Hast in all den Jahren nicht einmal gefragt, wie es mir geht.«

Er stößt einen gemurmelten Fluch aus, dann packt er mich und wir bewegen uns in unmenschlicher Geschwindigkeit von einem Ort zum anderen. Atem stockt in meinen Lungen, als ich hart gegen die Wand gedrückt werde. Im nächsten Moment kracht ein großes Stück der Decke auf die Stelle, an der wir eben noch standen. Schockiert starre ich auf den Putz und Staub, der aufwirbelt.

»Ich habe ein anderes Leben und du warst besser ohne mich aufgehoben«, erklärt mein Vater und drückt mich von sich, um sich von mir zu entfernen.

»Es ist so furchtbar leicht, sich das einzureden, nicht wahr?!« Gott, diese Gleichgültigkeit in seiner Stimme und seinem Gesicht macht mich so wütend. Wie kann er es wagen, mir nach all den Jahren nicht mehr als das zu geben? Ich habe mir so oft ausgemalt, wie dieses Gespräch laufen könnte, aber das ist nicht im Geringsten befriedigend.

Es ist nur schmerzhaft.

»Verschwinde, Landon!«, sagt er, nun lauter als zuvor, und kehrt mir den Rücken zu.

»Wieso?«

»Weil das offensichtlich eine Falle ist«, ruft er über die Schulter. Erneut bin ich derjenige, der ihm nachläuft.

»Wieso hast du mich nicht umgebracht?«, frage ich konkreter.

Abrupt hält er inne und fährt wieder zu mir herum. Endlich sind da Emotionen auf seinem Gesicht, er presst die Lippen zusammen und zieht verärgert die Stirn kraus.

Ich schlucke und suche seinen Blick, will, dass er mich ansieht und mir sagt, warum es nicht mich getroffen hat. Warum er mich als einzigen zurückgelassen hat. Warum ich ohne meine Schwester, meine Mutter und meinen Vater aufwachsen musste.

Als er mich direkt ansieht, stockt alles für einen Moment. Ich höre ferne Stimmen der Vergangenheit, rieche das Blut, die Tränen, die Angst. Das Gesicht meines Vaters verwandelt sich vor meinem geistigen Auge und ich sehe die jüngere Version von ihm, die sich in meine Erinnerungen eingebrannt hat.

Das viele Blut an seinen Händen, das Messer, das aus seiner Hand gerutscht ist, als er mich erblickt hat.

»Landon.« Er sagt meinen Namen auf diese halb erstickte Weise, als würde es ihn alle Kraft kosten, ihn auszusprechen.

Ich weiß noch, wie ich nicht begreifen konnte, was passiert ist. Mein damaliges Ich hat aber gespürt, dass etwas ganz und gar nicht stimmt. Mama und Lacey sind tot. Ihre Augen waren weit aufgerissen und leblos und Papa … mein Vater hatte das Messer mit zitternden Fingern aufgehoben und sich mir zugewendet.

»Ich habe es getan«, sagt er wispernd und katapultiert mich damit aus der schlimmsten Erinnerung meines Lebens zurück in die Realität. Verwirrt blinzele ich und sehe zu, wie er sich Schritt für Schritt von mir entfernt. »Ich habe es getan und tief in deinem Inneren weißt du das, Landon«, erklärt er.

Erneut kracht es und etwas hinter mir geht zu Bruch, Glas splittert, Putz bröckelt, aber ich kann nur darauf achten, was gerade in mir zu zerbricht. Eine Erschütterung geht durch meinen Körper.

Er hat mich umgebracht. All die Albträume, in denen ich an meinem eigenen Blut ersticke …

Ich blinzele und im nächsten Moment ist mein Vater verschwunden. Abrupt fahre ich herum und erkenne, wer sich hinter mir befindet.

Oh, verdammte Scheiße. Das kann doch nicht wahr sein.

KAPITEL 36

KILIAN

Ich sehe dabei zu, wie Mios Gesichtsausdruck sich verändert, wie ein Schatten über seine Miene huscht und dann ganz ausdruckslos wird.

Sein *»Es tut mir leid«* kann ich mehr von seinen Lippen ablesen, als es wirklich zu hören.

»Stopp!«, bitte ich ihn und husche an Damiens Seite, um ihn hinter mich zu schieben. Emilio dreht sich zu uns und ballt die Hände zu Fäusten.

»Ich kann es nicht kontrollieren«, sagt er mit heiserer Stimme.

Mein Herz schlägt so schnell, so schmerzhaft. Das kann nicht passieren. Nicht heute, nicht jetzt. Wir müssen hier weg.

Damien legt mir eine Hand auf die Schulter und zieht mich rückwärts laufend weg von Mio, der sich uns langsam nähert, als würde ihn jeder Schritt Überwindung kosten. Oder vielmehr, als würde er sich mit aller Macht davon abhalten und es doch nicht stoppen können.

»Sieh mal in der Küche nach«, flötet Adams Stimme zu uns herüber. »Da finden sich bestimmt ein paar nützliche Utensilien.«

Emilio bewegt sich so schnell, dass ich nur einmal blinzeln kann, bevor er unmittelbar vor uns auftaucht, dieses Mal mit einem großen Messer in der Hand.

»Lass das!«, weise ich ihn erneut an. Es bringt nichts, seine Miene wird nur verbissener. Gerade so weiche ich seinem Hieb aus, stolpere zur Seite und sehe panisch dabei zu, wie Emilio eine Drehung vollführt und nach Damien schlägt. Dieser weicht aus und die Klinge bleibt in der Wand stecken. Damien entfernt sich ein paar Schritte und wirft mir einen Blick zu. Er merkt, dass ich mich in Bewegung setzen will, und hält mich mit einem leichten Kopfschütteln davon ab.

Verdammt, er hat Recht, es ist klüger, wenn wir uns verteilen, aber mein Herz … mein Herz erträgt es nicht, in solch einer gefährlichen Situation so weit von ihm getrennt zu sein. Nicht nach allem, was passiert ist. Nicht, nachdem er in meinen Armen fast verblutet ist. Nicht, nachdem ich ihn endlich wiederhabe.

»Emilio, hör mir zu«, sage ich laut, um seine Aufmerksamkeit auf mich zu richten. Es funktioniert. Er dreht sich von Damien weg und starrt zu mir. Sein Blick ist seltsam leer, die Lippen zu einem schmalen Strich verzogen. Entschlossen kommt er auf mich zu.

»Wir hatten tatsächlich nicht vor, dir von dem Ausweg zu erzählen«, ringe ich mir ab. Mio setzt zu einem Sprint an, ich bin bereit, ihn abzuwehren, doch er löst sich unmittelbar vor mir in Rauch auf und taucht hinter mir wieder auf. Mit einem harten Schlag auf den Hinterkopf bringt er mich zu Fall, ich fange mich gerade noch rechtzeitig mit den

Händen ab, kann mich aber nicht aufrichten, da er das Knie auf den Rücken drückt.

Flach atme ich aus. »Ich habe zu Damien gesagt, dass du zu schwach bist. Du würdest niemals freiwillig ein weiteres Mal töten«, fahre ich fort. Er hält inne und ich nutze den Moment, schüttele ihn ab und komme keuchend auf die Füße. Bevor er fallen kann, verschwindet er in Schatten und ist dann unmittelbar vor mir. Wir stoßen gegeneinander, die Messerklinge saust knapp neben mir vorbei ins Leere. Damien kommt mir zur Hilfe und schleudert Mio von mir, er kracht gegen einen der vielen Pfosten.

»Mehr noch«, füge ich hinzu. »Ich hatte Angst, dass du dich dafür entscheidest, den Mord nicht zu vollführen.«

Emilio springt zurück auf die Füße und klopft sich den Putz von den Klamotten. Er bewegt sich schnell, Schatten und Rauch wirbeln durcheinander. Hektisch drehe ich mich herum, versuche herauszufinden, wo er das nächste Mal auftaucht. Wie sich herausstellt, direkt *über* mir.

Er begräbt mich mit seinem Körpergewicht, wir rollen uns herum, bis er die Oberhand gewinnt und mich zu Boden pinnt.

»Ich lag nicht falsch«, erkläre ich keuchend. Emilio hält kurz inne, um mir zu lauschen. »Du hast gerade nicht zugelassen, dass ich diesen Jack umbringe, auch wenn er es verdient hätte.«

Er schlägt mir mit der Faust ins Gesicht, als wolle er meine Worte widerlegen, aber ich weiß, dass er sich nur davon abhält, das Messer zu benutzen. Ich spüre den physischen Schmerz kaum. Ich spüre nur seinen warmen Körper auf meinem und das brennende Ziehen in meinem Inneren.

»Du bist zu weich. Zu sanft. Zu nett«, spreche ich weiter, mobilisiere meine Kräfte und rolle uns herum, übernehme die Oberhand und pinne seine Hand, mit der er das Messer umklammert hält, auf den Boden. »Aber du bist nicht schwach. Darin lag ich falsch.«

»Ihr habt mich hintergangen«, presst er zwischen zusammengepressten Zähnen hervor und wirft mich von sich. Ich lande hart auf dem Parkett und springe sofort wieder auf die Beine.

»Ja«, gestehe ich. Damien kommt an meine Seite und fasst an meinen Hinterkopf. Ich merke erst jetzt, dass ich dort blute.

»Sieh nach draußen«, wispert er. Der kurze Blick aus dem Fenster verursacht mir eine Gänsehaut. Der Himmel hat sich zugezogen, hinter den grauen Wolken rumort es unheilvoll und über allem liegt ein roter Schleier.

Etwas stimmt ganz und gar nicht.

Wir sind einen Moment zu lange abgelenkt, Emilio nutzt seine Teleportation, Schatten verschwimmen, dann ist er unmittelbar hinter uns. Damien und ich stoben auseinander, ich ducke mich und ramme ihm meine Schulter gegen die Brust, um ihn zu Fall zu bringen. Er stößt mir als Dank das Messer in die Seite.

»Fuck, Emilio«, keuche ich. Es tut weh, doch glücklicherweise besitzt Gideon keine gesegneten Messer. Der Schmerz ist nichts im Vergleich dazu. »Okay. Das habe ich verdient.«

»Nein. Hast du nicht.« Damien taucht hinter mir auf, umfasst den Griff und zieht die Klinge heraus. Blut durchtränkt mein Shirt und seine Hand. Er blickt über meinen Kopf zu Mio, der uns mit verbissener Miene mustert. »Tu ihm nicht mehr weh, Mio. Ich bitte dich.«

Emilio schließt gequält die Augen. »Ich liebe euch«, sagt er tonlos. »Und ich liebe eure Liebe. Aber ich ... ich kann nicht. Ich weiß nicht, wie ich aufhören soll.«

Ich beiße mir auf die Unterlippe. »Wir können uns später gegenseitig umbringen«, entscheide ich. »Sieh nach draußen. Irgendetwas Schreckliches passiert und Landon ist ganz allein.«

Abrupt reißt er den Kopf herum und blinzelt. Etwas an seiner Haltung verändert sich, als sei er wieder zu Verstand gekommen. »Wir müssen zu Landon«, sagt er plötzlich.

»Du kannst nicht raus«, erinnert Adam, der mit verschränkten Armen immer noch am selben Fleck steht und uns beobachtet.

Emilio schenkt ihm nicht einmal einen letzten Blick.

»Doch«, widerspricht er. »Ich kann.« Und damit sprintet er los, durchbricht die große Glasfront und springt einfach so aus dem vierzehnten Stock in die Tiefe. Ich fahre zu Damien herum und einen

Moment sind wir beide sprachlos. Dann realisiere ich, was das bedeutet, sehe dem Mann, den ich liebe, in die Augen und umfasse seine Wange. Küsse ihn, schmecke seine Lippen, seine Zunge in meinem Mund, seine bittersüße Energie, die auf mich überströmt.

Uns wurde ein bisschen mehr Zeit geschenkt. Auch wenn es nur eine Stunde ist, eine Minute – ich nehme alles, was ich kriegen kann.

Atemlos lösen wir uns voneinander. »Ich liebe dich«, flüstert er heiser, verzweifelt.

Ich nicke. »Gehen wir unser Rudel retten.«

KAPITEL 37

LANDON

Ich starre in das attraktive Gesicht des Teufels, sehe sein Lächeln und weiß, dass alles daran falsch ist. Das Herz rutscht mir in die Hose.

»Lucifer«, wispere ich. Das Mal an meinem linken Unterarm prickelt und kribbelt plötzlich und erinnert mich an unseren Pakt.

»Deine Freunde haben dich im Stich gelassen, hm?«, fragt er mit ehrlich bedauerndem Unterton, doch ich kaufe ihm kein Wort ab. Im Gegenteil. So, wie er das sagt, mache ich mir augenblicklich sorgen um meine Dämonen.

Ich balle die Hände zu Fäusten und widerstehe dem Drang, an dem Mal zu kratzen. Diese Genugtuung will ich ihm nicht geben. »Was soll das hier?«, frage ich ihn. »Bist du für die Zerstörung verantwortlich? All die unschuldigen Menschen ...«

»Kein Mensch ist unschuldig«, widerspricht er mir sogleich. »Sie alle stammen von einer Sündigen ab.«

Trocken lache ich auf. »Eine Sündige, die dich erschaffen hat«, erinnere ich ihn. Sein falsches Lächeln verrutscht kurz und macht Platz für eine wütende Fratze.

»Ich bin hier«, sagt er, ohne darauf einzugehen, »um zuzusehen, wie dein Pakt erfüllt wird.«

Irgendwo im Hintergrund ertönt ein lautes, ohrenbetäubendes Knallen, das mich zusammenzucken lässt. Lucifers Lippen verziehen sich zu einem Grinsen.

»Und siehe da. Gideon hat die Bühne betreten«, prophezeit er. »Ich bin gespannt, wer von euch beiden es schlussendlich zu Ende bringt.«

Schatten ziehen sich um ihn zusammen und verschlucken ihn, bis nur noch schwarzer Rauch und Asche übrig bleibt.

Fuck. Das ist eine Falle, aber nicht für mich oder die restlichen Jäger. Nur für eine Person.

Ich stürme zurück in die Richtung, aus der ich gekommen bin. Mit einem Ruck reiße ich Elys Krankenzimmertür wieder auf und stolpere förmlich hinein. Es überrascht mich nicht, Valerie an ihrem Bett zu sehen. Nur die Tatsache, dass Ely aufrecht sitzt und wach ist, bringt mich kurz aus dem Konzept. Mein Herz setzt einen Schlag aus.

»Landon«, sagt sie mit schwacher Stimme.

Tränen brennen in meinen Augen, als ich nach vorne stürme und sie in eine vorsichtige Umarmung ziehe. »Ely«, flüstere ich. »Es tut mir so leid. Ich ...«

»Schon gut«, gibt sie zurück und drückt mich ein bisschen fester. »Ich weiß.«

Langsam lasse ich sie los, umfasse ihr zartes Gesicht und wische die Tränen weg, die sich auch auf ihren Wangen gebildet haben. »Du musst hier raus. Es ist nicht sicher.«

Ich drehe den Kopf nach links zu Valerie, die sich einige Schritte von mir entfernt hat, die Hände erhoben, als sei sie bereit für einen Angriff. Argwöhnisch betrachtet sie mich.

»Lucifer und Gideon sind hier«, informiere ich sie.

Ely fasst sacht mein Handgelenk und lenkt meine Aufmerksamkeit zurück auf sich. »Stimmt es?«, fragt sie zögerlich und mustert mich unsicher, fast ängstlich.

Tief atme ich durch und krempele den Ärmel hoch, damit sie mein Teufelsmal sehen kann. »Ja«, gestehe ich. »Ich habe einen Pakt mit dem Teufel geschlossen, um mein Rudel zu beschützen. Im Gegenzug muss ich Valerie umbringen.«

»Oh, Landon ...«

»Ist schon gut.« Ich drücke ihre Hände ein letztes Mal, bevor ich mich von ihrem Bett entferne. »Ich werde ihr nichts tun. Ihr müsst von hier weg und ich ...« Ich muss nach Lucifers Kommentar dringend nach meinem Rudel sehen.

Zweifelnd huscht mein Blick zu Cecily und Ely. Auch der Pater schwirrt noch in den Gängen herum. Ich kann sie unmöglich alle ihrem Schicksal überlassen.

»Du wirst nicht gehen können«, unterbricht Valerie meine rasenden Gedanken. »Die Ausgänge sind dicht. Niemand kommt raus oder rein.«

Einen Moment starre ich sie argwöhnisch an, dann hebt sie ruckartig die Hand. Ich zucke zurück, doch sie richtet die Handfläche nicht auf mich, sondern auf die Tür schräg gegenüber. Kurz darauf ertönt ein lauter Knall, als würde jemand dagegen schlagen.

Das ist dann wohl Gideon.

Valerie beißt die Zähne zusammen, ihr Blick huscht zu Cecily und Ely. »Es tut mir leid«, sagt sie bedauernd. »Ich habe euch in Gefahr gebracht.«

»Wir beschützen dich, Valerie«, sagt Cecily entschlossen und zückt eines ihrer Messer. »Landon? Auf wessen Seite bist du?«

»Auf eurer, solange ihr meine Freunde nicht tötet«, erwidere ich trocken und fasse unwillkürlich auf das Kreuz, das der Pater mir gegeben hat. *Herr, bitte gib uns Kraft.*

»Abgemacht.«

Cecily huscht vor das Bett, greift nach ihrem eigenen Kreuzanhänger und hält ihn wie eine Waffe vor sich. Sie beginnt das Vaterunser zu sprechen, den Blick konzentriert auf die Tür gerichtet. Dahinter ertönten wütende, schmerzerfüllte Schreie.

»Ihr könnt euch gerne weiter verschanzen!«, ruft er uns zu, was Cecily kurz aus dem Takt geraten lässt. »Währenddessen werde ich Lucifer ein paar Opfer erbringen. Wird ihn bestimmt erfreuen.«

»Was meint er?«, fragt Ely zischend. Sie sitzt inzwischen stocksteif in ihrem Bett und reißt sich gerade die Infusionen aus dem Arm.

Ich schweige kurz. »Er bringt die Menschen draußen um.« Ich drehe den Kopf zu Valerie, sie hat die Lippen zu einem festen Strich verzogen und ringt offenbar mit der Fassung.

»Du kannst ihn besiegen, oder?«, frage ich. »Das hast du immer getan.«

»Ich bin weggerannt«, widerspricht sie, fährt herum, greift nach einem Infusionsbeutel und verwandelt ihn in einen Ziegelstein. Mit Wucht prallt er gegen das Fenster, doch es gibt keinen Aufprall, er löst sich in fließendes Wasser auf, bevor er die Scheibe erreicht. »Wir sind eingesperrt«, vollendet sie.

»Wie ist das möglich?«, hake ich ungeduldig nach. Cecily hat inzwischen aufgehört, zu beten, und starrt schockiert über die Schulter zu uns. Ely kommt mühsam auf die Beine. »Wie kann Lucifer das tun?«

»Nicht der Teufel«, widerspricht Valerie und seufzt leise. »Mein Mann. Adam hat das alles eingefädelt.«

»Professor Peddle?«, entfährt es Cecily schockiert. »Wieso sollte er das tun? Er ist doch auf unserer Seite!«

»Auf eurer vielleicht, aber nicht auf meiner«, wispert Valerie. Gideon hämmert von draußen erneut gegen die Tür.

»Letzte Chance, bevor ich der schwangeren Frau die Kehle aufreiße«, warnt er uns. Schluchzen und Hilfeschreie sind die Antwort darauf. Ein eiskalter Schauer durchfährt mich.

»Cecily, geh zur Seite«, weise ich meine Freundin an und schiebe sie bereits weg.

»Das kannst du nicht tun, Landon. Was ist mit Valerie?«

Ich ignoriere das, umfasse die Klinke und ziehe, doch nichts passiert. Über die Schulter sehe ich zu Valerie. »Öffne die Tür.«

Ihr Gesicht wird ganz ausdruckslos. »Nein.«

Ich kneife die Augen zusammen, atme tief durch und glaube daran, dass es nichts gibt, was mich aufhalten kann. Als ich das nächste Mal ziehe, kann ich die Tür problemlos aufziehen.

Gideon steht vor mir, eine junge Frau im Würgegriff, deren Gesicht schon ganz rot ist. Er grinst heimtückisch, als er mich erblickt, und lässt die Fremde endlich los. Sie keucht, ringt nach Atem, und stolpert rückwärts.

»Arbeiten wir jetzt zusammen oder ...«

Als Antwort ramme ich ihm mein Messer in den Bauch, dränge ihn mit meinem Körpergewicht zurück und stoße ihn weg von der Türschwelle. Warmes Dämonenblut sickert über meine Hand, Gideon knurrt wütend und schleudert mich von sich. Hart lande ich an der Wand, rappele mich aber sofort wieder auf und ignoriere die Sterne, die vor meinen Augen tanzen.

»Landon!«

Am anderen Ende des Ganges taucht der Pater auf, er wirft mir etwas zu, doch er ist zu weit entfernt. Gideon macht einen Sprung und greift ebenfalls nach dem Behältnis. Mein Herz macht einen Satz, Kribbeln breitet sich auf meiner Haut aus, das Blut pulsiert in meinen Venen. Wie in Zeitlupe betrachte ich die Dose beim durch die Luft fliegen, spüre das Metall bereits in meinen Händen und im nächsten Moment ist es tatsächlich dort.

Gideon greift ins Leere, landet mit den Füßen zurück auf dem Boden und sieht sich verwirrt um. Genug Zeit, um den Deckel aufzuschrauben und das Weihwasser direkt in sein Gesicht zu schütten.

Er schreit schmerzerfüllt auf, seine Haut glüht und dampft, er löst sich in Rauch auf und verschwindet. Einen Moment bin ich ebenfalls schockiert. Was ist soeben passiert?

Der Pater stürmt auf mich zu, umfasst meine Schultern und scannt mich nach Verletzungen ab, dann betritt er den Raum. Er spricht ein schnelles Segnungsgebet, erklärt das Zimmer zum Eigentum der Jäger und verwehrt jeglichem Dämon Zutritt. Ich will zu ihnen, doch ein Kribbeln in meinem Nacken lässt mich aufhorchen.

Lucifer taucht hinter mir auf, ich spüre seine Präsenz überdeutlich in meinem Rücken. Erschrockene Schreie und Japsen erklingen, der Pater hält schockiert in seiner Bewegung inne, auch Cecily und Ely starren uns entgegen.

»Du hast einen Pakt zu erfüllen, Landon«, säuselt der Teufel mir zu und schubst mich nach vorne. »Los. Geh und töte Valerie Masters.«

»Weiche von ihm, Satan!«, befiehlt der Pater mit lauter Stimme und hebt sein Kreuz. Lucifer zischt leise.

»Komm und hol ihn«, säuselt er. Tatsächlich will der Pater einen Schritt aus dem Raum hinaus machen, aber ich hebe abwehrend die Hand.

»Nicht. Bleibt da drin.« Über die Schulter sehe ich zu Lucifer. »Ich werde sie nicht töten.«

»Doch, das wirst du«, widerspricht er mir mit süßer Stimme, greift nach meinem Oberarm und schiebt mich voran. Das Mal beginnt zu pochen und zu glühen, aber ich spüre den Schmerz kaum. Ich spüre nur Willenskraft und Stärke in mir.

»Landon.« Seine Lippen sind meinem Ohr jetzt ganz nah. »Nimm das Messer. Kämpfe dir einen Weg durch und töte Valerie. Dann bist du frei. Dann sind deine Incubi frei. Das ist doch, was du willst, nicht wahr? Ein Leben mit Emilio, Kilian und Damien.«

»Ja«, presse ich hervor. Was bringt es denn, zu lügen?

»Na, siehst du. Ich kann dir das geben.«

»Hör nicht auf ihn, Landon!«, ruft der Pater mir zu. Ich sehe in seine Augen.

Lucifer lacht leise. »Willst du auf den Mann hören, der dich mit dem Gürtel verprügelt und anschließend im Beichtstuhl eingesperrt hat, als du vierzehn Jahre alt warst? Er hat Emilio gefoltert. Er hat Damien verstoßen. Er hat dir und deinen Freunden so viel Leid zugefügt.«

»Landon.« Die Stimme meines Ziehvaters bricht.

»Er hat dich und deine Liebe nicht verdient«, säuselt Lucifer mir zu. »Ich verspreche dir, dass ich Emilios Pakt auflöse, sobald du deinen erfüllt hast. Du kannst mir vertrauen.«

Ein Zittern geht durch mein Innerstes, das Brennen wird schlimmer, schmerzhafter, und es breitet sich in meinem ganzen Körper aus. Aus dem Augenwinkel bekomme ich mit, wie Gideon sich neben mir manifestiert, doch er macht keine Anstalten, irgendjemanden anzugreifen. Er starrt uns nur an.

»Jetzt heb dein Messer und bring es zu Ende«, befiehlt Lucifer. »Bitte uns herein und Gideon und ich sorgen dafür, dass dir keiner in die Quere kommt. Wir verletzen niemanden. Nur Valerie muss sterben. Je schneller du es machst, desto weniger Schaden müssen wir anrichten.«

»Landon, ich bitte dich, kämpf dagegen an!«, höre ich die weit entfernte Stimme des Paters. Alles schrumpft zusammen auf diesen Moment, des Teufels warmer Atem in meinem Nacken, der Druck und das Brennen.

»Du kannst alles haben, was du dir jemals gewünscht hast«, verspricht Lucifer. »Du musst nur einen einzigen Menschen umbringen. So, wie du es für Kilian getan hast. Das ist nichts anderes. Tu es jetzt für dich und dein Rudel. Nur einen Menschen.«

Ich drehe den Kopf und sehe in seine Augen, die rötlich schimmern. Er hat ein zuversichtliches, beruhigendes Lächeln auf den Lippen und nickt mir auffordernd zu.

Ich lächele zurück. »Nein.«

Sein Ausdruck gefriert, seine Mundwinkel verziehen sich und er runzelt ungläubig die Stirn. »Was soll das heißen?«

»Nein«, wiederhole ich nachdrücklich, betone jeden Buchstaben, damit er es dieses Mal versteht. »Ich werde niemanden für dich umbringen.«

Schatten und Kälte huschen über seine Miene. Sein Aussehen verändert sich, die hübsche Fassade verbrennt geradezu und macht Platz für eine verzerrte Fratze.

»Das wirst du bereuen«, klingt seine Stimme vielfach wider, hämmert in meinem Kopf. Wind kommt auf, peitscht mir ins Gesicht und dann rammt er mir etwas in den Bauch. Etwas Spitzes, Schmerzhaftes. Mein eigenes Messer.

Meine Füße geben nach, ich taumele und falle auf die Knie. Fasse an den Griff des Messers, spüre warmes Blut, das immer schneller aus der Wunde sickert. Die schockierten Schreie und Rufe meiner Freunde gehen in dem tosenden Wind unter, bis alles ganz still wird.

Lucifer steht über mir und starrt wütend auf mich herab.

»Gideon«, spuckt er aus, ohne mich aus dem Blick zu lassen. »Bring es zu Ende. Ich will, dass er leidet.«

Keiner rührt sich. Ich sehe Sterne vor meinen Augen und blinzele ein letztes Mal zu dem Krankenzimmer. Im Türrahmen stehen der Pater, Ely und Cecily. Ely streckt den Arm nach mir aus, doch der Pater hält sie zurück. Sein Blick ist voller Verzweiflung und Angst.

Schon gut, will ich sagen, aber ich schmecke zu viel Blut in meinem Mund, als das ich sprechen könnte.

»Na los!«, brüllt der Teufel.

Immer noch Stille, ich blinzele, habe das Gefühl, das Bewusstsein zu verlieren, als schwarzer Rauch sich vor mir bildet. Der Schatten nimmt allmählich Gestalt an.

Träume ich ein letztes Mal oder sehe ich tatsächlich in Emilios Augen?

»Hey, Pfarrerssohn«, raunt er mir zu. Er kniet unmittelbar vor mir, sein Geruch hüllt mich ein und lässt mich trotz allem lächeln. Gott, er ist hier. Ich darf ihn sehen, spüren. Ein letztes Mal.

Ergeben schließe ich die Augen, hebe zitternd die Hand und lege sie in seine. Er drückt fest meine Finger.

So, denke ich mir noch, *fühlt sich Sterben fast schön an.*

KAPITEL 38

EMILIO

»Hey!«, rufe ich und schlage Landon leicht gegen die Wange. »Nicht. Mach die Augen auf, Baby. Lan!«

Aus dem Augenwinkel bemerke ich Gideon, der einen Dolch zieht und bedrohlich einen Schritt auf uns zu macht. Die Angst und Panik um meinen Freund explodieren in meinem Inneren. Ich hebe eine Hand und lasse das Gefühl heraus, Schatten strömen aus meinen Fingern und treffen den Dämon wie eine Stahlwand, die ihn umhaut.

»Lan. Lass den Scheiß«, flehe ich und konzentriere mich wieder ganz auf ihn, umfasse seine Wangen und halte seinen Kopf fest. Seine Lider flattern.

»Na los«, höre ich die süßliche Stimme des Teufels. Sie fließt wie Milch und Honig durch mich hindurch. »Bring es zu Ende, Emilio. Du willst es doch auch. Er ist bereits fast tot.«

Das Mal an meinem Arm scheint zu wachsen und als ich auf meine zitternden Hände starre, erkenne ich, dass das Brandmal sich schwarz und verrußt bis auf meine Handfläche ausbreitet.

Nein. Ich will nicht. Ich kann nicht! Es ist Landon. Ich will ihm nicht wehtun.

Dennoch bewegen sich meine Finger wie von selbst zu der Klinge des Messers, die immer noch in Lans Bauch steckt.

Nein. Nein. Nein.

Das Wort hämmert genauso laut, genauso schmerzhaft wie mein eigenes, verdammtes Herz.

»Im Namen des Herrn, des Sohnes und des Heiligen Geistes«, dröhnt plötzlich die Stimme des Paters durch den Flur. Er macht einen Schritt aus dem Krankenzimmer heraus, ein Holzkreuz gegen den Teufel erhoben. Dieser zischt auf. »Ich befehle dir, Satan, zurückzuweichen.«

Die Schreie des Teufels werden unmenschlich und schrill, als der Pater ein Gebet spricht. Die Schwärze auf meiner Hand zieht sich zurück. Ich umfasse den Griff des Messers und ziehe es ruckartig heraus, schleudere es weg und presse dann meine Lippen auf Landons.

Ich habe keine Ahnung, wie das funktioniert, ich bin geschwächt durch den Kampf und das viele Teleportieren, aber ich habe nur diese eine Chance. Alle Hingabe, alle Angst und Liebe, die ich in diesem Moment fühle, gebe ich in diesen Kuss, spüre, wie meine Energie auf Landon überfließt, mehr und mehr.

Nichts passiert. Sein Blut fließt warm und heiß und immer schneller über die Wunde.

»Lan«, flehe ich und lege meine Stirn an seine. »Landon. Bitte.«

Jemand kniet sich neben mich, ich spüre eine schwere Hand auf meinem Rücken.

»Hey! Weg von ihm!«

Pure Erleichterung fließt durch meine Adern, als ich die vertraute Stimme höre. Der Pater weicht sofort zurück und macht Platz für Kilian und Damien, die atemlos zu uns schlittern.

Sie sind hier. Sie haben es geschafft.

»Lucifer hat ihn …«, setze ich an, breche dann aber ab, als ich in Damiens konzentriertes Gesicht sehe. Ihm ist egal, was passiert ist, er ist da, um es wieder geradezubiegen.

Gott, bitte, lass es funktionieren.

»Kian, deine Hände hierhin«, befiehlt er und platziert Kilians Finger unter Landons Hinterkopf, um ihn zu stützen. »Emilio. Drück auf die Wunde. Aber nicht zu fest.«

Ich tue es sofort.

Damien blinzelt hoch und betrachtet offenbar den Pater. »Lucifer wird gleich zurück sein. Ihr müsst ihn aufhalten«, bittet er.

»Das kriegen wir hin«, antwortet der Pater. »Cecily …«

»Bin schon hier.«

»Ich ebenfalls«, höre ich Elys Stimme.

Wer hätte gedacht, dass Jäger und Dämonen irgendwann einmal zusammenarbeiten? Nur wegen ihm. Um Landons Leben zu retten.

»Konzentration«, weist Damien uns an und platziert seine Hände auf Lans Schläfe.

Ich drücke leicht auf seine Wunde, beuge mich vor und fahre mit den Lippen über seinen Mund, küsse ihn, gebe ihm alles, was ich habe. Es ist jetzt anders als zuvor, ich spüre die Verbindung zu meinem Rudel, zu Landon, fühle, wie sein Herz schneller und kräftiger schlägt.

Als er nach einer gefühlten Ewigkeit endlich den Druck meiner Lippen erwidert, bekomme ich erst mit, was für ein Chaos um uns herum herrscht. Ich achte nicht darauf, ich habe nur Landon im Fokus, der blinzelnd die Augen aufschlägt. Er schlingt die Arme um meinen Hals und die anderen lassen ihn langsam los. Ich nicht. Ich gebe ihm auch den letzten Funken Energie, der in mir steckt.

»Emilio«, wispert er gegen meinen Mund.

»Ich hätte dich fast umgebracht«, platzt es aus mir heraus.

Seine Lippen verziehen sich zu einem Lächeln. Dann blinzelt er, löst sich von mir und erkennt, was vor sich gut.

»Fuck.« Ich helfe ihm auf die Beine zu kommen, und betrachte das Chaos um uns herum. Schatten umschlingen Gideon, als wäre er drauf und dran, wieder zu verschwinden, Lucifer reißt dem Pater gerade das Kreuz aus der Hand und schleudert es in die nächste Ecke.

»Nein!«, entfährt es Landon, er stolpert nach vorne, aber er ist zu schwach. Zu langsam.

Es ist Damien, der schließlich reagiert, losrennt und in Schatten verschwindet, wie ich es so oft tue.

»Damien!«, höre ich Kilian noch panisch rufen, als dieser vor dem Pater auftaucht und Lucifer mit einer Feuerwalze überrascht. Der Teufel schreit schrill vor Schmerzen, seine Gestalt verschwimmt und brennt, aber er bleibt standhaft. Mit einem Ruck packt er Damien und schleudert ihn gegen die

Wand, hält eine Hand an seine Kehle und die andere ballt er zu einer flammenden Faust.

Ich sprinte vor und umfasse Lucifers Handgelenk. Über die Schulter grinst er mich an.

»Du willst mich nicht aufhalten«, säuselt er. »Eigentlich willst du das doch auch, nicht wahr? Einer stirbt. Die anderen dürfen leben.«

Erneut überkommt mich die Hitze, das Brennen, das unangenehme Kribbeln. Das Teufelsmal breitet sich wieder bis zu meinem Handrücken aus, umschlingt meine Finger. Blinzelnd wende ich den Blick vom Teufel ab und sehe in Damiens dunkle Rehaugen.

»Emilio!«, ruft Kilian. Seine Stimme kommt mir weit entfernt vor.

»Lass mich los und es zu Ende bringen«, schlägt der Teufel vor. »Dann ist es nicht mehr deine Schuld. Du warst einfach schwach genug.«

»Mio.« Lan klingt erstickt, keuchend, als würde ihn jemand zurückzerren. Ich schaffe es immer noch nicht, den Kopf zu den anderen zu drehen. »Du kannst Nein sagen! Sag einfach Nein!«

Ich blinzele und sehe von Damien zu Lucifer, dessen Lächeln in sich zusammengefallen ist. Sein Gesicht ist wie eingefroren.

»Emilio.« Seine Stimme donnert in meinem Kopf. Ich kämpfe dagegen an.

»*Nein.*«

Die Flammen um Lucifers Faust verschwinden, seine Gestalt flirrt und verschwimmt so ruckartig, dass ich prompt gegen Damien falle. Er fängt mich auf und huscht dann an mir vorbei, um Kilian zur Hilfe zu kommen. Gideon hat den Rest seines Rudels dazugeholt, Jack ist gerade dabei, Kian ein Messer in die Schulter zu rammen, als Damien dessen Arm zurückschlägt und ihn mit so viel Kraft zu Boden befördert, dass er geradezu in den Beton einsinkt.

Ich zucke leicht zusammen und sehe dann auf meinen Arm, schiebe den Ärmel hoch und ... nichts. Das Teufelsmal ist verschwunden. Wie zur Hölle ...

Mein Blick fällt auf Landon, der im selben Moment innehält und sich zu mir herumdreht. Ein zögerliches Lächeln erscheint auf seinen Zügen und er nickt mir bekräftigend zu. Für ein paar Sekunden, in denen ich in seine blauen Augen gucke und nichts als Liebe und Dankbarkeit verspüre, steht die Zeit still.

Dann dreht sich alles umso schneller, Landon fährt herum und wehrt Gideons Angriff ab, der Pater kommt ihm zur Hilfe und ich stürme ebenfalls vor, um mich schützend vor meinen Freund zu stellen. Gemeinsam mit Damien und Kilian kesseln wir ihn ein, die Jäger entfernen sich erschöpft. Gideon knurrt wütend, er hebt die Hand und ruft die Schatten, wie ich es vorhin getan habe.

»Stopp!«

Die Stimme fegt über den Flur und lässt uns alle kollektiv innehalten. Ich drehe mich zu Valerie, die mit erhobenem Kopf einen Schritt aus dem Krankenhauszimmer macht.

»Das hat jetzt ein Ende.«

Aus Reflex packe ich Landons Arm und ziehe ihn zurück, als sie noch einen Schritt nach vorne macht.

»Lucifer!«, ruft sie. »Ich bin hier. Komm und hol mich.«

Atemlos sehen wir dabei zu, wie Lucifer aus den Schatten tritt. Er hat den Kopf gesenkt und starrt von unten zu Valerie. Das macht einen beinahe demütigen Eindruck, obwohl er größer ist als sie.

Valerie beginnt zu zittern.

»Du wolltest mich töten«, erinnert sie ihn.

»Und du bist vor mir weggelaufen«, erwidert Lucifer.

Es ist so still, dass die Schritte, die plötzlich erklingen, überdeutlich im Flur widerhallen. Adam kommt zur Party dazu. Er tritt hinter Valerie. Lucifer beachtet ihn gar nicht weiter.

»Wieso hast du das getan?«, fragt Valerie schluchzend. »Hast du mir nicht genug genommen?«

Adam starrt zu dem Teufel, den seine Frau vor vielen Jahrtausenden erschaffen hat. »Das muss ein Ende finden, Eva«, spricht er laut. »Ich habe für dich einen Weg gefunden, ihm seine Macht zu nehmen.« Sein Blick streift Landon. »Jetzt liegt es an dir, es zu beenden.«

»E-er hat immer noch Macht«, stottert Valerie. Adam fasst sacht ihre Schultern und drängt sie nach vorne.

»Nein. Sieh hin. Das ist nur ein Teil von dir, den du ausgestoßen hast.«

Lucifers Gestalt verschwimmt und flimmert, wird kleiner und zierlicher, bis er zu einem Ebenbild von Valerie wird. Die beiden Frauen stehen sich jetzt gegenüber, eine weinend und schluchzend, die andere ganz gefasst.

»Was habe ich getan?«, fragt sie tonlos. Tränen schimmern auf ihren Wangen. Die zweite Version von ihr löst sich in tausend kleine Teile auf. Sie wehen in Valeries Richtung und diese schließt ergeben die Augen, als sie zurück mit ihr verschmelzen.

Eine ganz neue Art der Stille legt sich über den zerstörten Krankenhausflur. Ich greife nach Landons Hand und verschränke die Finger mit seinen. Er blinzelt ungläubig zu mir hoch. Uns beiden liegt wohl dieselbe Frage auf der Zunge.

Was zur Hölle ist gerade passiert?

KAPITEL 39

LANDON

Frischer Wind weht durch mein Haar, ich schließe die Augen und lasse zu, dass er meine erhitzten Wangen kühlt. Es ist komisch, hier zu sein. *Frei zu sein.* Ich weiß nicht, was uns ausgerechnet hierher gebracht hat. Wir mussten raus und das Dach des Krankenhauses erschien mir passend.

Die Incubi sind mir schweigend gefolgt und so sitzen wir hier.

»Hörst du auf, dich an mir festzuklammern?«

Kilians Stimme reißt mich aus der Stille, ich öffne die Lider und blicke über Emilio zu den anderen. Tatsächlich hat Damien einen Arm um Kilians Taille geschlungen und hält auch noch dessen Hand in seiner.

»Wir sind auf einem Dach«, brummt Damien. »Ich will nicht, dass du springst.«

Kilian schnaubt liebevoll und ich lächele, bevor ich den Kopf auf Mios Schulter ablege. Dieser starrt gedankenverloren auf seinen Unterarm.

»Was ist los?«, frage ich ihn.

»Es ist komisch ohne das Teufelsmal, ohne den Druck und die stetige Angst.«

Ich kuschele mich enger an ihn. »Es ist vorbei.«

»Ist es das?«, fragt er zweifelnd. »Ich verstehe überhaupt nicht, was gerade passiert ist.«

»Vielleicht kann ich Licht ins Dunkle bringen.«

Wir fahren kollektiv herum und sehen zu Adam Peddle, der über das Dach zu uns schlendert, die Hände in den Hosentaschen vergraben. Emilio neben mir spannt sich merklich an, er springt auf die Beine und wendet sich dem Professor vollends zu.

»Was möchtest du?«

»Ich schulde euch eine Erklärung. Vor allem dir, Landon.«

»Fass meine Freunde nicht an«, knurrt Mio.

»Das habe ich nicht vor.«

Ich hebe den Arm und greife nach Mios Hand. »Setz dich zu uns, Adam«, schlage ich vor. »Mio, komm schon. Es ist alles in Ordnung.«

»Das weißt du nicht«, murrt mein Freund, hockt sich aber wieder zu mir.

Adam schlendert auf uns zu und setzt sich ebenfalls an die Kante, wenn auch in etwas Abstand zu uns. Er lässt den Blick gedankenverloren über die blinkende Stadt gleiten, die wir unser Zuhause nennen. Das Meer glitzert im Hintergrund, wo die Sonne gerade das Wasser küsst.

»Hier fing alles an«, fängt Adam an. »Das war Eden. Das Paradies. Es hat sich über die Jahre verändert und wurde neu erfunden, aber das blieb immer mein Zuhause.«

Ich runzele die Stirn. »Warum ist Valerie hiergeblieben, wenn sie doch alles getan hat, um zu entkommen?«

»Oh, sie ist entkommen. Viele Male, wieder und wieder. Aber sie kam immer zurück. Es ist auch ihre Heimat. Tief in ihrem Herzen.«

»Du hast uns eingesperrt und uns fast dazu gebracht, uns gegenseitig umzubringen«, fährt Emilio ihn an. Ich lege beruhigend eine Hand auf seinen Arm, was ihn zumindest davon abhält, erneut aufzuspringen. »Wir wollen jetzt nicht mit dir über den verdammten Sonnenuntergang sprechen.«

»Ich fange am besten von vorne an«, meint Adam ruhig. »Eva hat euch vermutlich erzählt, dass sie Lucifer erschaffen hat, als sie ausbrechen wollte. Das stimmt nicht ganz. Sie hat einen Teil von sich abgesplittet, der ihr geholfen hat, alles zurückzulassen und zu gehen, um ihr eigenes Leben zu ergründen. Doch mit der Zeit wurde dieser Teil zu einem eigenständigen Wesen und mit jedem Menschen, der an ihn geglaubt hat, wurde er mächtiger und unbändiger.«

»Und so wurde der Teufel erschaffen?«, hake ich nach.

»Der Teufel ist kein Wesen, genauso wenig wie Gott. Es ist ein Konstrukt und für jeden etwas anderes.«

Das verwirrt mich auf mehreren Ebenen, doch ich lasse Adam weiterreden.

»Evas Teufel war ein Teil von ihr, weswegen er ihre Schöpferkraft besaß. So konnte er menschliche Seelen für sich nutzen und Dämonen erschaffen.

Euer Glaube an den Teufel machte ihn stärker und mächtiger.«

»So weit kann ich folgen«, sage ich nach einer kurzen Schweigeminute. »Aber was ist da gerade passiert? Was haben wir damit zu tun?«

»Nun, diese Geschichte begann vor gut fünfzehn Jahren. Ich habe es mir seit Anbeginn der Zeit zur Aufgabe gemacht, Lucifers Dämonen aufzufinden und zu töten. Ich hatte viele Helfer, zuletzt waren es die Guardians, die ich gegründet habe, nur mit dem Ziel, Dämonen zur Strecke zu bringen. Es erschien mir das Einzige, das ich tun konnte, um Menschen zu beschützen. Das und den Glauben an Gott zu stärken.«

»Herrliche Aussichten«, murmelt Emilio. Ich drücke seine Finger fester.

»Es war ein Abend wie jeder andere. Ich habe herausgefunden, wo der nächste Incubus erschaffen wird, und bin gekommen, um ihn zur Strecke zu bringen, bevor er Unheil anrichten kann. Doch ich kam zu spät und was ich vorfand, war ein gebrochener Mann, der um seine Familie trauerte, die er soeben umgebracht hat.«

Ich wende den Blick von der Aussicht ab und sehe hinüber zu Adam, der mich ebenfalls ansieht. »Mein ... mein Vater?«, rate ich.

Er nickt. »Er hat zu Gott gebetet, ihm zu vergeben und seine Tat rückgängig zu machen. Das hat mich berührt. Für die Frau und das Mädchen war es zu spät, aber der Junge ... sein Körper war noch warm und so flößte ich ihm etwas von meiner

Göttlichkeit ein und er wurde zurück zum Leben erweckt.«

Automatisch fasse ich mir an die Brust und atme hektisch ein und aus. Ich spüre es. Mein Vater hat mich umgebracht, aber ich bin nicht gestorben.

»Ich habe dich zum Pater gebracht und ihn in alles eingeweiht, damit er dir die wichtigsten Grundlagen beibringt. Ich habe dich im Blick behalten und gesehen, was aus dir geworden ist. Ich habe verstanden, dass du etwas Besonderes bist, weil du unsere ursprüngliche Schöpferkraft in dir trägst. Und ich sah eine Chance darin, Lucifer seiner Macht zu berauben.«

»Sind wir deshalb stärker, wenn wir Landons Energie konsumieren?«, hakt Damien nach.

»Mehr als das. Ihr konntet wieder glauben und ihr konntet euch dazu entscheiden, nicht mehr an den Teufel zu glauben. Das hat ihm seine Machtgrundlage entzogen.«

»Oh, warte mal.« Mir wird gerade etwas bewusst. »Du hast mich damals unter Drogen gesetzt und zu dem Rudel geschickt. Du wolltest, dass unsere Wege sich kreuzen.«

Adam verzieht die Mundwinkel ein wenig zu einem Lächeln. »Nun, ihr seid auf dieselbe Uni gegangen, aber Emilio hat dich größtenteils ignoriert, also musste ich … kreativ werden. Danach musste ich mich nochmal einmischen und Emilio zur Lerngruppe schicken. Ihr habt es euch nicht leicht gemacht.«

Ich muss lachen, verstumme sogleich und reibe mir überfordert über die Stirn. »Das ist ziemlich viel auf einmal.«

»Ich weiß.« Adam erhebt sich wieder.

»Warte mal.« Ich blicke zu ihm auf. »Mein Vater … er hat mir ein Armband geschenkt. Weißt du, was es damit auf sich hat? Wer hat es erschaffen?«

»Tatsächlich war es nicht von deinem Vater, sondern von mir. Ich dachte nur, dass es dir mehr bedeutet, wenn du es nicht von einem Fremden erhältst.«

Ich runzele die Stirn. »Wie funktioniert es?«

»Durch Glaube.« Adam lächelt sanft. »Es ist nur ein Armband, Landon. Aber weil du glaubst, dass es irgendetwas bewirkt, tut es das auch. Diese Macht ist in dir, Landon. Wähle weise, wie du sie einsetzt.«

Hart schlucke ich und senke den Blick. Adam kniet sich noch einmal hin und legt mir aufmunternd eine Hand auf die Schulter. »Manchmal ist es besser, sich seine Familie selbst auszusuchen.«

Ein trauriges Lächeln zupft an meinen Mundwinkeln. »Ich weiß.« Es tut trotzdem weh, zu erfahren, dass der eigene Vater ein Arschloch ist, das sich nicht um einen schert. Doch ich habe jetzt andere Leute in meinem Leben, die auf mich aufpassen und auf die ich aufpasse. Die meine Liebe wirklich verdient haben.

»Danke, Adam«, murmele ich und räuspere mich. »Wie geht es weiter? Jetzt, wo der Teufel nicht mehr da ist.«

»Es gibt viele Götter und es gibt viele Teufel«, sagt er schlicht und richtet sich auf. »Aber ja, euer Lucifer ist nicht mehr da. Seine Dämonen weilen noch unter uns und es ist meine Aufgabe, sie zu finden und auf den richtigen Pfad zu führen.«

»Was ist mit uns?«, fragt Emilio argwöhnisch. »Was sollen wir tun?«

»Keine Ahnung.« Adam klingt tatsächlich amüsiert, was die Anspannung in mir sofort entspannt. »Ihr habt noch geschätzt achtzig Jahre vor euch, wenn ihr euch gut anstellt. Was wollt ihr denn tun?«

Wir sehen ihm nach, wie er übers Dach schlendert und die Tür nach unten nimmt. Erneute Stille senkt sich über uns. Ich lege den Kopf zurück auf Emilios Schulter und er vergräbt die Nase in meinem Haar.

»Ich will mit euch zusammen sein«, murmele ich.

»Ich will malen und frei sein«, sagt Emilio. »Mit euch zusammen.«

»Also, ich will nur Damien«, meint Kilian, woraufhin Mio ihm vorwurfsvoll in die Seite knufft. Er lacht befreit. »Okay, Stopp, sonst falle ich wirklich vom Dach.«

»Was willst du wirklich?«, fragt Damien ihn sanft.

»Ein Zuhause. Mein Studium zu Ende machen.«
Kilian schweigt kurz und fügt hinzu: »Mit euch
zusammen.«

»Was hast du denn studiert?«, fragt Emilio
ernsthaft schockiert.

»Architektur und Baumanagement, aber dann
bin ich bei der Mafia eingestiegen und hatte keine
Zeit mehr dafür.«

»Wow. Wir werden alle zusammen zur Uni
gehen!«, entfährt es mir. »Das wird so lustig.«

»Dürfen wir dich dann beide ignorieren?«, zieht
Kilian mich auf, woraufhin ich gespielt schmolle.
Mio tätschelt meinen Oberschenkel.

»Tut mir leid, Baby. Dafür bist du jetzt mein Ein
und Alles, okay?«

»Was ist mit dir, Dami?«, fragt Kilian seinen
Freund.

Dieser lacht leise. »Ich bin ein paar Jahre älter
als ihr. Ich weiß nicht. Ich wollte schon lange ein
neues Start-up gründen oder in eine bestehende
Firma investieren. Irgendjemand muss euer ewiges
Architektur-Studium und die brotlose Kunst ja
finanzieren.«

Der letzte Teil ist scherzhaft gesagt und lässt
mich grinsen. Dann lache ich auf. »Das ist so
verrückt.«

Emilio dreht sich zu mir und ich hebe den Kopf,
um ihn zu küssen. Sacht umfasst er mein Kinn und
vertieft den Kuss, meine Energie fließt auf ihn über.

»Verschwinden wir vom Dach«, schlägt Emilio
vor. »Gehen wir nach Hause.«

»Meinst du damit mein Apartment?«, fragt
Damien argwöhnisch, der sich erhebt und nach
Kilians Hand greift, um ihm aufzuhelfen. Wir
schließen uns ihm an.

»Ähm, ja. Landon hat nur ein Zimmer und ich
schlafe in meinem Auto. Du brauchst allerdings ein
größeres Bett.«

»Herrlich.«

Emilio nimmt meine Hand und Damien legt
lässig einen Arm um meine Schulter. Gemächlich
schlendern wir übers Dach zurück zur Tür. Die
Sonne geht in unserem Rücken unter. Zum ersten
Mal in meinem Leben fühle ich mich ...

Vollständig.

Ich muss zugeben, dass Emilio Recht behält.

Wir brauchen dringend ein größeres Bett.

Ich habe das Gästezimmer zu einem weiteren Schlafzimmer für Mio und Landon verwandelt, aber irgendwie landen sie doch immer bei uns im Bett. Ehrlich gesagt, beschwere ich mich nicht darüber. Es ist schön, niemals wirklich allein zu sein. Überraschenderweise verbringen Studenten nicht viel Zeit an der Uni. Mio und Landon verwandeln das Apartment regelmäßig in ihr persönliches Atelier und Kilian schmeißt Partys mit seinen neuen Kommilitonen, die allesamt in meinem Wohnzimmer stattfinden.

Ich liebe so ziemlich alles an unserer kleinen Wohngemeinschaft. Vor allem die Unbeschwertheit, die damit einhergeht.

»Hey Schatz.« Kilian reißt mich aus meinen Träumereien, als er sich zu mir beugt und mir einen Kuss auf die Lippen drückt. »Was machst du?«

»Ich denke nach.« Räuspernd richte ich mich in dem Stuhl auf und strecke mich seufzend. »Was tust du überhaupt hier? Solltest du nicht in der Uni sein?«

»Hmh«, brummt Kilian und schlendert zum Kühlschrank, um sich eine Coke zu holen. »Der Professor hat mich abgefuckt. Ich musste da weg, weil Mio mir verboten hat, Leute von der Uni umzubringen.«

Ein Lächeln zupft an meinem Mundwinkel, als ich die Maus meines Laptops bewege, um den Bildschirmschoner zu deaktivieren. Kilian kommt zurück zum Tisch und schlingt die Arme von hinten um mich.

»Außerdem habe ich dich vermisst«, raunt er mir zu und küsst meinen Hals. »Wir haben so wenig Zeit allein. Lass uns auf dem Küchentisch vögeln, bevor die anderen zurückkommen.«

»Wir vögeln doch auch, wenn die Jungs zugucken«, erinnere ich ihn.

»Aber nicht in der Küche«, widerspricht Kian. »Landon ist so ein Snob. *Das ist unhygienisch, hier wird Essen zubereitet*, uff.«

Ich lache auf und neige den Kopf weiter, strecke den Arm nach ihm aus und vergrabe die Finger in seinem Haar. Er saugt sacht an meinem Hals und hinterlässt seine Spuren dort.

Eigentlich hätte ich jeden Moment ein Online-Meeting mit unseren neuen Investoren, aber ich kann Kilian unmöglich widerstehen. Und so stehe ich von dem Stuhl auf, drehe mich zu ihm herum und er hebt mich auf den Küchentisch. Stürmisch drängt er sich zwischen meine Beine, umfasst meine Hüften und zieht mich in einen leidenschaftlichen Kuss.

Ein bisschen frische Energie fließt auf mich über, ich stöhne hingebungsvoll und dränge mich ihm entgegen. Seine Hände wandern unter meine Klamotten.

»Ich kann immer noch nicht glauben, dass das unser Leben ist«, murmelt er gegen meine Lippen.

Ich weiß, was er meint. Eine so lange, quälende Zeit musste ich mich von ihm fernhalten, ihm das Herz brechen und dabei zusehen, wie er sich von mir zurückzieht und seinen Panzer hochzieht. Keine Ahnung, wie ich es verdient habe, dass er sich mir noch einmal öffnet, trotz allem. Aber ich will mein Glück nicht hinterfragen, sondern es nur genießen.

»Ich liebe dich so sehr«, wispere ich. Kilian lächelt gegen meinen Mund, drängt sich enger an mich und reibt aufreizend über meine Nippel. Ein Stöhnen entkommt mir.

Wir schmelzen gegeneinander, als ein lautes Klingeln durch mein Apartment dröhnt. Kilian seufzt entnervt.

»Oh Gott. Das ist Landon. Er hat einen sechsten Sinn dafür.«

»Er würde nicht klingeln«, erinnere ich ihn lachend und schiebe ihn zur Seite, um aufzustehen. »Vergiss nicht, wo wir stehengeblieben sind.«

»Werde ich nicht«, versichert Kilian mir.

Mit einem Lächeln und guter Laune sprinte ich zur Tür, öffne sie und … stocke. Meine Miene gefriert.

»Hallo, Damien«, sagt Pater Grayson zögerlich.

»Landon ist nicht da«, erkläre ich abgehackt und bin drauf und dran, sie wieder zuzuschlagen. Er hält sie mit einer Hand auf.

»Ich weiß. Ich wollte zu dir.«

Das überfordert mich so dermaßen, dass ich kein Wort herausbekomme. Wir haben uns monatelang nicht gesehen und geredet haben wir nicht mehr seit dem Gespräch in der Kirche.

Landon besucht regelmäßig seine Messen, aber wir reden nie darüber. Wenn er davon anfängt, verlasse ich den Raum oder Kilian bringt ihn zum Schweigen. Es ist immer noch ein schmerzhaftes Thema für mich.

Und jetzt taucht er ohne Vorwarnung vor meiner Tür auf.

Kilian erscheint hinter mir und legt mir eine Hand auf die Schulter. »Oh, Pater Grayson. Wie nett«, sagt er ironisch. »Wir wollten gerade vögeln. Danke für die Störung.«

Der Pater seufzt leise und senkt den Kopf. »Können wir unter vier Augen reden, Damien?«

»Nein«, antworte ich steif. »Sag einfach, was du möchtest. Geht es um Lan? Ist irgendetwas passiert?«

Er hebt sofort beschwichtigend die Hände. »Nein, alles in Ordnung. Ich bin nur gekommen ... nun ja, um dir etwas zu geben. Ich dachte ... du willst vielleicht ... Nein, entschuldige, ich bin etwas nervös. Wahrscheinlich war das ein Fehler.«

»Es war ein Fehler, deinen Sohn in das schlechteste Kinderheim der Stadt abzuschieben und dann fünfundzwanzig Jahre später zu versuchen, ihn und seine Freunde umzubringen«, kommentiert Kilian trocken.

»Was wolltest du mir geben?«, frage ich ruhig.

Der Pater zieht etwas aus seiner Tasche, eine kleine Holzschachtel mit einem Verschluss. »Sie gehörte deiner Mutter«, erklärt er.

Ich starre darauf, Sekunden vergehen zähflüssig, bis ich vorsichtig danach greife.

»Danke«, erwidere ich tonlos.

»Es tut mir leid.« Er macht einen Schritt zurück. »Vielleicht magst du Landon am Sonntag zur Messe begleiten?«

Argwöhnisch runzele ich die Stirn. »Willst du wirklich einen Dämon da haben?«

»Ich schätze, wir haben alle gelernt, dass Religion und Glaube immer neu definiert werden kann.« Seine Stimme wird ganz tonlos. »Ich würde gerne meine beiden Söhne da haben.«

Fotos meiner Mutter liegen in dem Kästchen, es sind nur fünf Fotografien, die aber so viel Emotionen in mir auslösen, dass ich sie kaum greifen kann. Sie ist so wunderschön.

»Dieses Lächeln hast du von ihr«, murmelt Kilian, als er mir erneut über die Schulter sieht. Das tut er schon den ganzen Tag. Ist bei mir, streichelt meine Haut, küsst meinen Hals und schweigt mit mir.

»Ich wünschte, ich hätte sie kennengelernt«, sage ich heiser.

»Natürlich. Sieh nur, wie sie gestrahlt hat. Sie war bestimmt ein wunderbarer Mensch.«

Ja, und sie hat Timothy Grayson so sehr geliebt, dass sie alles für ihn getan hätte. Sogar sein Geheimnis geblieben ist. Wäre das dann nicht fair, wenn ich ihm ebenfalls eine Chance gebe? Immerhin ist er auf mich zugegangen.

Der Schlüssel dreht sich im Schloss, die Tür geht auf und befreites Gelächter erklingt. Ich lege die Fotos bedächtig zurück und schließe das Kästchen.

»Warte, warte. Pscht. Wir wecken die Jungs«, flüstert Landon nicht gerade leise. Emilio lacht und blickt über den Raum hinweg zu uns.

»Ich fürchte, dafür ist es zu spät, Baby.«

Landon, der sich aus seiner Jacke schälen will, dreht eine Pirouette und sieht sich nach uns um, verheddert sich und stolpert prompt. Mio fängt ihn gerade noch rechtzeitig auf, bevor er sich der Länge nach hinlegen kann.

»Na«, kommentiere ich trocken. »Zum Glück teilen wir nicht dieselben Gene.«

Kilian schnaubt belustigt, Emilio hebt seinen Freund hoch und trägt ihn in Lichtgeschwindigkeit rüber zu uns auf die Couch.

»Fuck, jetzt ist mir schlecht«, jammert Landon.

»Ihr habt ohne mich getrunken?«, fragt Kilian anklagend. »Gemein.«

Lan seufzt und legt müde den Kopf gegen meine Schulter. »Wir waren spontan in einer Bar und es ist spät geworden. Ich hab euch vermisst.«

»Wir euch ebenfalls«, flüstere ich zurück und nehme seine Hand, um sie in meinen Schoß zu ziehen. Wärme durchflutet mich. Mio kommt mit einer Flasche Wasser und drückt sie Landon in die Hand, bevor er sich auf die andere Seite an Kilian kuschelt.

Stille senkt sich über uns, mein Blick fällt zu dem Kästchen auf dem Couchtisch, aber die Wehmut verfliegt.

Ja, ich hätte meine Mutter gerne kennengelernt. Ich hätte gerne eine echte Familie gehabt, bei der ich aufwachsen könnte, doch …

Dann hätte ich nicht diese Familie. Und die will ich um keinen Preis eintauschen.

»Wir brauchen auch eine größere Couch«, durchbricht Emilio die Stille.

Lächelnd sehe ich zu ihm und gebe Kilian dann einen Kuss, bevor ich zu Landon blicke und feststelle, dass er selig schlummert. Rekordgeschwindigkeit, Wahnsinn. Ich streichele ihm liebevoll die blonden Strähnen aus der Stirn.

»Holen wir uns neue Möbel«, schlage ich vor.

»Echt jetzt?« Emilio klingt viel zu aufgeregt deswegen, was mich erneut schmunzeln lässt.

»Ja. Wir können uns auch nach einem größeren Haus für uns umsehen. Scheinbar werde ich euch nicht mehr los.«

»Ich fürchte nicht«, kommentiert Kilian mit einem Lächeln.

Gott sei Dank.

Als Adam uns damals gefragt hat, was wir mit dem Rest unseres Lebens machen wollen, sind mir tausend Dinge durch den Kopf geschossen. Aber die Wahrheit ist so simpel.

Denn genau *das* möchte ich.

DANKE!

Danke an alle, die zur Fertigstellung dieses Buches und der gesamten Reihe beigetragen haben.

Ein Buch zu beenden bedeutet immer ein Abschied von liebgewonnenen Charakteren und dieses Mal ist es besonders bittersüß. Die Reise mit den Dämonen und Landon war für mich aufregend und lehrreich und es ist tröstend zu wissen, dass ich nur dieses Buch aufschlagen muss, um zurück in die Welt der Incubi gesogen zu werden. Danke, dass du dich mit mir auf dieses Abenteuer eingelassen hast. Wie hat es dir gefallen? Lass es mich gerne in Form einer Rezension, einer Nachricht über Instagram (@katyraze) oder direkt per Mail unter katyraze@web.de wissen. Ich freue mich, von dir zu hören!